《第二版》

幼兒數學新論

教材教法

周淑惠　著

作者簡介

周淑惠

現任：臺灣清華大學幼兒教育學系／所榮譽退休教授

學歷：美國麻州大學教育博士（主修幼兒教育）

　　　美國麻州大學教育碩士

　　　政治大學法學碩士（公共行政）

經歷：新竹教育大學幼兒教育學系／所教授

　　　新加坡新躍大學兼任教授

　　　澳門大學客座教授

　　　美國北科羅拉多大學研究學者

　　　美國內布拉斯加大學客座教授

　　　美國麻州大學客座學者

　　　新竹師範學院幼兒教育學系／所主任

　　　新竹師範學院幼兒教育中心主任

　　　行政院農業發展委員會薦任科員

考試：公務人員高等考試普通行政組及格

序言

　　自研究所畢業後，即以高考資格服務公職數載，其間歷經生兒育女階段，其後又赴美伴讀，乃至因緣際會地走入幼教一行，整個歷程變化之大，連自己都難以相信。每思及深造期間，在兒女、生活、與學業壓力下，爲目標孜孜奮力、心力交瘁之情景，迄今仍心有餘「悸」，但絕不悔行此「不歸路」之心志。三年前束笈返鄉，很幸運地能於竹師覓得一畝良田，躬逢生機盎然之幼教盛會，爲幼教園地克盡棉薄，遂衷心期盼生涯事業就此紮根，幼教前景日益開展。

　　本書──「幼兒數學新論──教材教法」顧名思義，是談論幼兒數學經驗應如何呈現？以及應呈現何種經驗？在麻州大學進修期間，主修幼兒教育的我一直以幼兒數學教育爲鑽研重點，返國後幸能任教專長領域。唯坊間尚無任何涉及幼兒數學之教科書可資運用，在繁忙倥傯之際，常身繫於編寫教材之苦，遂萌發將昔日所學與研究整理出版之心，一則供學生修課閱讀之用，一則也算是自己對過去時光的一個交待。竊以爲在邁向新里程前，必先總結所獲，省思過往、展望未來，俾能釐定腳步，確立今後亟待努力方向，此乃撰寫本書動機之一。在前市北師林佩蓉主任之牽引下，得與心理出版社簽約，了此心願，在此特別表達感激之意。

　　撰寫動機之二是筆者除敎職外尚兼幼敎中心行政職務，身負輔導幼稚園與辦理幼師在職研習之責；在每一次的接觸中，對於坊間數學敎學泰半以「講授──紙筆練習

─批改作業」無異於小學先修班之方式為主，其枯燥乏味之景象與筆者負笈期間所學、所見以操作、遊戲為主之歡樂有趣情景，實相去甚遠。幼兒的生活即遊戲，我們的幼兒自小所熟悉的數學既是那麼地無趣，又怎能期盼其對數學喜好、有熱切的學習動機呢？究其癥結乃在於國人所著重的是顯而易見的技能與成果：能算、能寫⋯，自然傾向漠視非有立竿見影之效的推理、解決問題能力。筆者深以為David Elkind所言甚是：「在任何時候，一盎司的動機都等值於一磅的技巧」，有了學習動機，就不怕無法獲得技能了。此外，筆者也常深思在面臨世代交替進入高度競爭挑戰社會之際，我們究竟要培養什麼樣的幼兒？是能快速作加減運算嗎？（按：屆時可能全部的計算工作皆委由電腦處理），抑是能推理思考、解決問題呢？職是之故，筆者認為實有必要著書立作，藉由闡述幼兒數學概念之發展，並據其發展提出對應之教學法，以揭示正確之理念，供在職教師教學之參考。

本書自八十二年十月簽約始，至八十四年一月底完成，共歷經一年四個月。雖僅僅是一年四個月，但實際上筆者自返國任教以來即未曾懈怠於對過去所學之整理，曾陸續發表一些文章，因此本書之實際孕育期當不止一、二年。撰寫期間，在每日至少埋首二小時於寫作之自我督促與在家人體諒支持下，終能順利完稿付梓，尤其對於一雙兒女──卓威、卓茵在星期假日還得為媽咪噤聲，以免干擾媽咪思緒，至今仍覺虧欠萬分。當然本書之所以能出版，絕對要感謝心理出版社許麗玉女士予我機會，讓我能

"push" 自己，完成拙作。在撰寫過程中，筆者還要特別感謝二位學生——書勤、與麗青爲我埋首於亂字堆中，尋出脈絡、整理謄寫，以及協助製作教具，若無其協助，出書時間恐將延宕。此外，還必須感謝我的國科會研究助理張玉燕小姐；玉燕是幼教碩士，深諳幼教，爲了體驗讀者對本書用語陳詞之理解情形，她不厭其煩地「閱讀」全書，提出建議並完成第二校工作。最後要感謝的是編輯蔡幸玲小姐，容忍我於二校後又斟詞修語、反覆更改，增其不少工作負擔。尤其是再版過程中研究助理的打字整理，使本書能順利發行。

　　至於本書內容原計九章十八節（初版）。第一章緒論乃敍述本書之目的、研究方法與範圍，並呈現數學教育之相關理論。第二章幼兒數學教育新趨勢，首先提及近年來之數學課程改革風潮，爲因應這些潮流趨勢與兼顧理論基礎，本章提出了今後幼兒數學教育之目標、內容與方法。自第三章至第八章乃針對數學三大主要領域：數與量、幾何與空間、邏輯關係（分類、型式與序列），闡述各概念之發展情形與特性，並因其發展情形與特性提出教學指導原則與具體的活動示例。因之，第三、五、七章分別是幼兒數與量經驗、幼兒幾何與空間經驗、幼兒分類、型式與序列經驗；第四、六、八章則爲幼兒數與量教學、幼兒幾何與空間教學、與幼兒分類、型式與序列教學。值得注意的是：數學之主要範疇除此幾大項目外，尚有時間、資料統計等，因限於篇幅，祇以這些要項爲主，但並不表示其它範疇就應排除於教學之外。最後的第九章乃探討統整化

課程之設計與省思，因爲幼兒的認知或數學本就與人格的其他層面或其他學科科目是密切相關、無法分割的，均衡並重與統整實施、相互爲用，應是培養完整幼兒的不二法門。在第二節裡，筆者還特意舉出兩個教學實例與第二章所呼籲的幼兒數學教育之教學方法，兩相比較並加以評析，以省思當前、寄望未來。八十八年再版新增第十章結論與建議，乃在統整本書文獻分析並提出有關教學教育之實質建議，此外，並於若干章節補充、修正。在此必須一提的是，筆者才疏學淺，對於拙作不敢敝帚自珍，懇請諸位幼教先進不吝予以指正。

　　最後，也是最重要的，個人藉此對陳院長漢強與系裡幾位同事們表達誠摯的謝意：簡楚瑛老師、江麗莉老師、孫立葳老師、劉慈惠老師、鍾梅菁老師、林麗卿老師與許玉齡老師等。若非陳院長予我有如「箭在弦上」的壓力與剴切的指導，我不會對國內幼教發展情形立即進入狀況，成爲外行人口裡所稱之「專家」；若非同事們的支援、體諒、與分享，駑鈍如我必「死」於行政瑣務之糾纏中而且也不會對幼教有深層的體認。當然，也要謝謝自己，是該給自己慰勞、獎賞的時候了。

寫於風城竹師
一九九五年農曆春節（初版）
一九九六年九月（修訂版）
一九九九年春（再版）

目錄

附表目次

附圖目次

活動目次

數與量部份

幾何與空間部份

分類、型式與序列部份

彩色
圖例

圖 4～1
套鎖小方塊 每一個
小方塊都有溝槽,可以
彼此套接在一起。

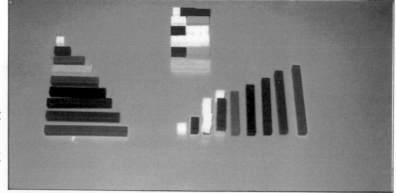

圖 4～2
數棒 每種顏色的數
棒,代表不同的數目,
如:1是白色,2是紅
色,3是粉紅…。

圖 4～7
數之概念層次活動
(Ⅴ)

圖4～8

數之概念層次活動
（VI）

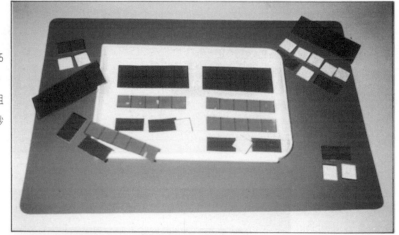

圖4～10

數條

數條有1元、2元、5
元、10元，各由1、2、
5、10個小方片所組
成，在遊戲時可當錢鈔
使用。

圖4～25

西瓜籽籽多活動（1）

圖 4〜22

雙色接龍活動（II）

圖 4〜26

西瓜籽籽多活動（II）

幼兒用 5 個黑白籽籽

所排出的各種可能組

合（3 黑 2 白、1 黑 4 白

……）

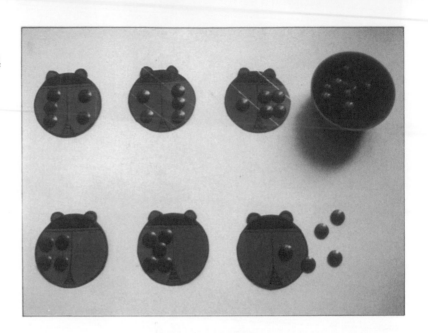

圖 4～28

小瓢蟲長斑點教具

圖 4～32

你叫價、我出錢活動（II）

小玩具叫價 7 元，幼兒

用各種錢鈔（數條）購

買，付錢方式有很多

種。

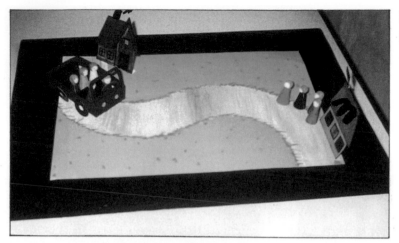

圖 4〜33

開車到麥當勞教具

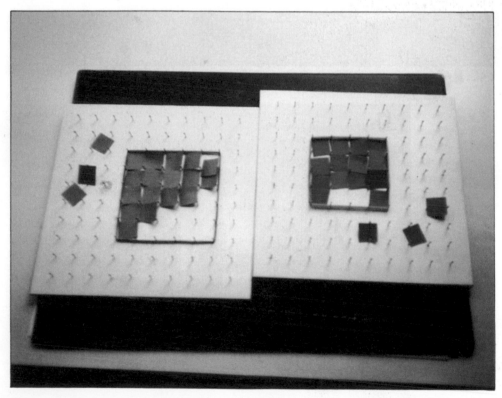

圖 4〜37

釘板花園活動（Ⅰ）

圖6～1　尋找同類朋友活動（Ⅰ）

圖6～4

尋找同類朋友活動
（Ⅳ）

幼兒找出與每一個立
體幾何模型相類似的
實物，配對成排。

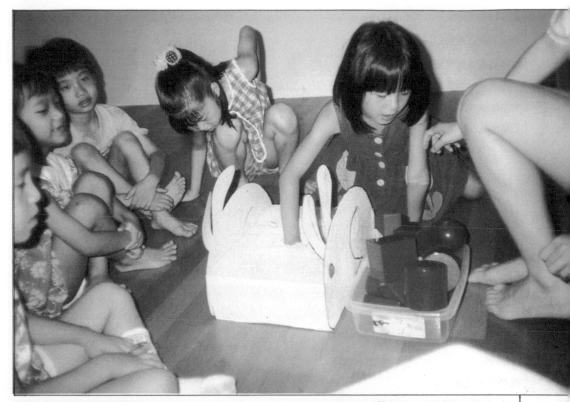

圖 6～6　神秘寶箱活動（Ⅰ）

圖 6～21

小狗穿新衣活動

小狗的身體部位可用

一個大六角形，也可用

二個梯形拼組

7

圖 6～23

圖形拼組工作板(II)

工作板下方除用原正
方形之各分解圖形自
由造形外，也可以用其
它幾何圖形自由構圖

圖 6～26

我們來說故事活動

圖 6～28
「動物住那裡？」空
間關係操作教具

圖 8～3
自製屬性教具
——葉片

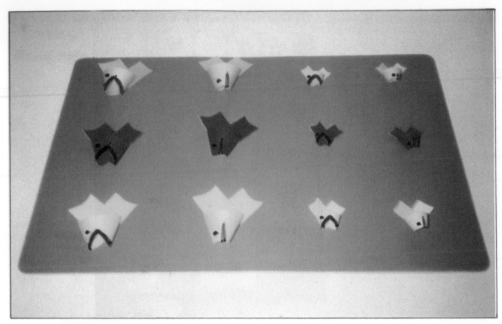

圖 8〜4 自製屬性教具 ——小魚兒

圖 8〜5 a 型式積木（１）

圖 8～6　一個屬性不同之葉片接龍示範（ I ）
第一片黃色葉子（蝸牛頭旁）所接的
綠色葉子是錯誤的（打×）在綠色葉
子上面的黃葉、下面的黃葉與此一黃
葉下的綠葉是正確的（打√）

圖 8～7　一個屬性不同之葉片接龍示範（ II ）

圖 8～9
猜臆分類標準活動

請幼兒猜中間的三角
形要放到那一堆中
呢？

圖 8～10
**重覆式延伸型式活
動**

右邊的女孩所延伸的
是重覆式型式：正方
形一菱形一梯形，正方
形一菱形一梯形，……

圖 8～11

滋長式延伸型式活動

一個菱形一六角形，二個菱形一六角形，三個菱形一六角形、四個菱形……

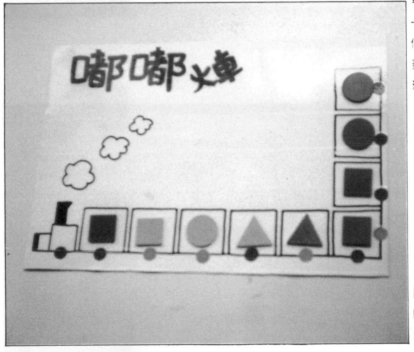

圖 8～13

嘟嘟火車接龍活動示例

13

圖 8～14

嘟嘟火車接龍遊戲

（1）：幾何屬性圖

片

圖 8～18

一個屬性不同之小

魚兒接龍遊戲

小魚兒跳圈圈成弧性

接龍。

圖 8～19

一個屬性不同之葉片接龍遊戲

葉片配上殼上有環節的蝸牛,幼兒順時鐘方向往內旋接龍。

圖 8～26

猜猜我的心活動

老師手上藍色的正方形要放在那一邊呢?

圖 8～31

釘板型式設計

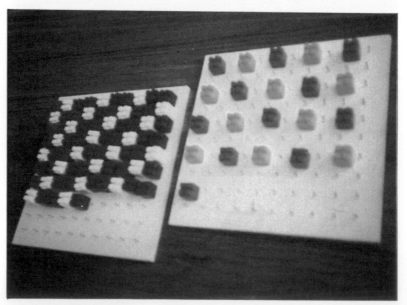

第一章

緒　論

第一節　幼兒之數學世界

　　我們生活在一個「數學」的世界中，數學無所不在，它支配著各行各業與每日生活：公務員每天按時打卡上下班、提出各樣計劃預算、運用與核銷經費，大企業家評估投資行為、週轉與運用資金，小販計算進出貨差價、秤重斤兩與兌找零錢，建築師測量工地、規劃空間與建築型式、繪製藍圖，教師批閱考試成績、計算總分與排列等第，家庭主婦購置生活日用品、計劃房屋購貸與裝潢佈置房舍，工程師規劃工程結構、計算速率（角度、方位），會計師審核帳目、製作帳表，裁縫師或設計師根據尺碼製圖、剪裁、縫製或設計款式等，舉凡各行各業之工作內容幾乎無一不涉及數學，實與數學休戚相關。

　　其實，人類本來就是為了謀生以賺取「生活費」而奔波勞累，而且也是為了維生而有各樣與金錢有關的消費行為，可以說無論是職業生活、日常生活或休閒生活均受數學的駕馭。以週末休閒生活為例，單身貴族連趕二場電影、啜飲一杯咖啡、購買二套打折衣飾，共花了 8,000 元，相當於薪水的五分之一；全家大小到墾丁渡假，吃喝玩樂總共用了 10,000 元，約是每月收入的十分之一。甚至在日常生活中有許多的情境必須依賴數學以作決定，不勝枚舉。例如：西餐一客 399 元，另加服務費一成，菜色固定；自助餐一客 450 元，不另加稅，菜色多樣，選擇那一種呢？坐公車車票 20 元，55 分鐘到站後還得步行；坐計程車 120 元，15 分鐘就可抵達目的地，搭那一種交通工具？建坪 65 坪、地坪 50 坪的透天厝售價 950 萬與另一建坪 75 坪、地坪 40 坪的透天厝售價 860 萬，那一種較為有利呢？類似質地的貨品，甲店要 1,500 元，但買一送一；乙店開價 1,000 元，可打 7 折，那一家便宜？

同樣地，幼兒的生活與數學也密不可分，以小茵的一天為例：

　　清晨在睡眼惺忪之際，聽到媽媽說：「七點了，該起床了」。刷了牙後，媽媽問：「你要吃一片烤土司，還是二片？還是一片切成二個三角形？」並且要小茵把一杯牛奶喝下去。接著就是：「快一點喲，還有二分鐘娃娃車就到了」、「別忘了把校外教學的 200 元給老師」。到了學校，聽到開娃娃車的叔叔告訴老師：「今天有 3 個小朋友生病沒來」。進了教室，發現帶來的龍貓塞不進自己櫃子的空間裡祇能放到老師的大櫃子；老師告訴小茵可以在學習角玩，短針指到 9，長針指到 12 就要收拾集合。走到積木區，看到角落上畫了 6 個小朋友，數一數在積木角有 5 個人，尚可容納 1 個人，因此很高興地進入積木區。玩了一會兒，老師要小茵把各種形狀的積木分門別類地放回櫃子裡面，並把所有的卡通動物模型放在櫃子下面的小盒子裡。

　　九點整到門口排隊與老師一起點數出席人數，總共 28 位小朋友，小茵知道有 2 個小朋友沒來。晨間律動時，老師要小朋友 5 個人圍 1 個小圈圈。分組活動時，小茵這組有 8 人，但只有 6 張椅子，小茵到另一組搬了 2 張椅子過來；今天的分組活動是卡片的花邊型式設計，小茵很高興她的設計和別人不同。點心時間每人 1 碗湯，湯裡有 2 個圓球體的貢丸；午餐時間吃日本壽司，老師說它像圓圓的柱子叫圓柱體，吃完後老師要小茵把盤、筷、湯匙、垃圾分別放入桶子中。午睡起來，小茵在娃娃家用假硬幣（籌碼）玩買賣遊戲，並且在益智角和小芬玩撲克牌比大小遊戲。下午的點心是珍珠湯圓，太好喝了，又向老師要了一碗；收拾時間時，老師要小茵到門的後面拿掃把，窗戶旁邊的桌子拿抹布。排隊上娃娃車時，老師說：「小茵長高了，比小君高呢！」；在娃娃車上，小茵拿出了貼紙簿，點

算了她的龍貓貼紙有 6 張，小君只有 4 張，她很高興比小君多了 2 張。

回到家，媽媽將一個蘋果對切成 4 份，分給小茵、弟弟、爺爺、和媽媽自己，媽媽說每人分 4 分之 1。吃完蘋果後，小茵拒絕隔壁小芳出去玩的要求，拿到電視選台器，按 22 台，因為她知道還有 5 分鐘，5 點鐘的卡通就要播映了。之後，小茵站在窗戶前面等爸爸，因為她知道還有 10 分鐘到 6 點，爸爸就要回家了。爸爸帶回來 10 張史奴比貼紙，要小茵給弟弟一半，小茵忙著數算要給弟弟幾張，以及自己現在總共有幾張貼紙？晚上全家吃意大利披薩與麵，披薩店送來時切了 12 塊，家裡有 5 個人，小茵心裡數算著，每個人大約可吃幾塊？吃完飯後，小茵打電話給奶奶，因為她認得電話上的數字。洗澡時，在磅秤上量體重，小茵 20 公斤，弟弟 12 公斤，小茵知道她比弟弟重。9 點鐘準時上床，小茵把床邊靠牆的填充動物重新按大小排列順序，等著媽媽為她和弟弟唸故事書；唸完後媽媽要小茵從 1 開始數羊，數到不知道第幾隻的時候，小茵已進入夢鄉，結束了快樂的一天。

從以上小茵的一天，可以看出小茵在一天中之所聞、所見、所想、所做均與數學（數、量、幾何、空間、分類、型式、序列等）發生密切關係，也就是在這樣的一個瀰漫了數學與解決問題氣氛的生活情境中，幼兒自然萌發了對數量的感知與算術技巧；很多的研究均證實學前幼兒在未進入小學正式教育前就擁有數學的計算解題能力或自行發明演算方法(Carpenter, 1985; Fuson, 1988, 1992 a, 1992 b; Davis & Pepper, 1992; Carpenter, Carey, & Kouba, 1990; Gelman & Gallistel, 1978; Groen & Parkman, 1972; Groen & Resnick, 1977; Starkey & Gelman, 1982; Hughes, 1985; Baroody, 1987; Ginsburg, 1989)。這些演算技巧或解題方法是以幼兒已具有的

計數（實物）技巧為基礎而自然地延伸發展，它包括了「數所有的」(counting all)、「繼續往上計數」(counting on)等策略，稍大幼兒則更精進能使用更有效的選擇性策略（見第三章幼兒數與量經驗）。金斯保(Ginsburg, 1989)與巴儒第(Baroody, 1987)將幼兒所發明的這些策略稱之為「非正式算數」(Informal Arithmetic)；它的存在證明了學前幼兒絕不是一個等待老師填塞的空白接收器皿，如何將新的知識與他腦中既有的認知與理解發生關聯，創造對幼兒有意義的學習，才是數學教學上的重大任務。

幼兒的數學能力乃為解決生活中的實用問題而自然萌發，此一特性其實與人類歷史中數學之所以被發明是同樣的現象。遠古漁獵穴居時代，我們的祖先為了紀錄時間與財產以一對一堆石、結繩法，或在樹枝、骨頭、石板上刻劃作記：譬如，從這個月圓始，每晚堆放一個小石頭，到下個月圓止，數算小石頭就知道過了幾天；獵人為了計數有多少張獸皮，在每割下一張張獸皮後，就在樹枝上作一個記號留存。到了農業、商業社會，生活愈進步與複雜，隨著手邊可用的十指數算而發明了 1、2、3、4、……的計數系統，計數系統可以說是人類文明能發展抽象數目概念而讓數學得以發明的重要工具(Dantzig, 1954; cited from Baroody, 1987)。之後，在更精確計算與紀錄的需求壓力下，十進位位值系統(Base-Ten Place-Value Numeration System)終被發明：當計數大量數目時，一對一刻紋作記是非常麻煩的，因而促使「重組」(grouping)概念的產生，而我們的 10 根手指正好是重行歸組最自然的基礎(Churchill, 1961; cited from Baroody, 1987)。以數 435 隻羊為例，獵人以 10 根手指計數，每通過 10 隻羊，就堆放一個石頭，10 個石頭就換成一個大石塊，這就是一個十進位系統。所謂「位值系統」是指一個數字所佔的位置決定了它的價值，以 45 為例，4 是在十的位置上，因此代表四個十，而非四個一；這樣的設計就不需要特殊的符號來代表一、十、百、千（例如古埃及人的 234 寫成

⊙⊙ ∩∩∩ ⅠⅠⅠⅠ）。有了十進位位值系統後，算術演算遂行發展。

至於幾何學之所以被發明也是為解決生活中的問題：尼羅河在每年春天均會氾濫，造成田園流失、地界不清，古埃及人為了釐清糾紛、重新丈量劃界，遂有幾何學之產生（Bunt et al, 1976; cited from Baroody, 1987）。幾何學──Geometry，是由希臘文演化而來，「Geo」表示「地」，「Metron」表示「量」，合起來就是「量地學」之義（Ifrah，1985，引自張平東，民八十三年）。

綜觀以上之數學史，充份顯示數學是人類面對實際生活時，為解決問題而產生的，與幼兒數學的萌發情形極為類似，皆具情境性、實用性、與解決問題特性。此外，幼兒的數學能力是始於直覺、具體、不穩定與有限制的狀態逐漸衍發成正式、抽象的數學，也與人類歷史上數學的演進歷程一樣，是經過不斷地修正、改良，新的或精確的知識是建築在既有的系統上，漸進發展而有今日由嚴謹符號、公式、與法則所構成的正式體系。吾人在從事幼兒數學教學時，對於幼兒非正式數學的存在與其特性，絕對不可忽視。

數學在本質上具有實用性、生活性、解決問題特性外，數學還具有趣味性（張平東，民八十二年）。事實上，自古以來，對於數學本質的看法相當歧異，莫衷一是，至少有5種以上不同的看法，根據杜賽（Dossey, 1992）之分析，這些看法大多是介於「內在論」與「外在論」觀點之間。外在論視數學為載於教科書上的一組概念、事實、原則與技巧所組成的外在建立體系，而內在論則視數學為一個個人所建構的、存於內在心靈的一組知識。對於數學本質看法之不同，影響其對「教」與「學」數學的論點，下一節

即針對數學教育理論進一步闡述之。

第二節　數學教育理論之簡介

　　數學是什麼？數學學習的本質是什麼？兒童是如何學習數學的？數學概念是如何獲得的？學習理論提供了教學實務之依據，是數學教學者所不可或缺的資訊。有關數學的學習理論，巴儒第（Baroody, 1987）將自古以來之紛歧論調，統稱之為「吸收論」（Absorption Theory）與「建構論」（Construction Theory）之爭。本節之主要目的乃在闡述此二派理論，並試圖以不同角度詮釋爭議，以期找出新的平衡點，進而對幼兒的數學學習提出合理的解釋。

一、吸收論

　　「吸收論」基本上是屬於行為主義觀（Behaviorist Theories），以桑代克（Edward L. Thorndike）、斯金納（B.F. Skinner）、和新行為學派的葛聶（Robert Gagñe）為代表人物（Post, 1988; Van De Walle, 1990）。持吸收論者視數學是一組事實（facts）與技能，數學學習之主要目的乃在獲得這些事實與技能。在行為主義觀點下，強調將數學知識透過工作分析（task analysis），有組織、有順序地呈現（傳授）給幼兒（Post, 1988），並運用外在的增強方式來控制學習進度與行為，因此，課程之設計，有非常清晰的行為目標以為遵行。葛聶（Gagñe, 1974）在學習要義（Essentials of Learning for Instruction）一書中就曾指出安排先決必要順序（sequences of prerequisites）是授課計劃的重點工作。在此種情況之下，學習者通常被視為一空白的接收器皿，被動吸收或抄襲（copy）知識，因之

巴儒第(Baroody, 1987)稱此種學習型態為吸收式學習。

此外，吸收論也認為學習數學內容與技能必須要靠不斷地記誦與練習以強化聯結關係之建立。以學習二數之和為例，學習 4＋2＝6 之主要工作乃在形成與建立 4、2、與 6 這三個數字間的聯結關係，兒童必須透過重覆性練習——運用閃示卡、紙筆作業、背誦等，才能「膠黏」(cement)「4＋2」，與「6」於腦中，所以此種學習理論又稱為「聯結論」(Association Theory)(Baroody, 1987; Castaneda, 1987)。基本上，在形成聯結關係時，「理解」不被視為必要，只要練習與記誦愈多，技能與概念就愈純熟穩固，累積的聯結實體也愈多。新的技能與概念只是個別孤立地堆積、存放於既有的知識庫上，而不是與既有的知識結構串聯、整合。當詢問「4＋2」等於多少時，兒童在他的記憶庫裡尋找與這個問題聯結的一個答案——「6」。在此種情況之下，「4＋2」的意義無關緊要，問題的要點是兒童能否正確的聯結，產生正確答案「6」。在這樣的學習模式中，學習動機是受外在所控制，學習的本身沒有太多的內在報酬，學習者扮演著被動的角色，集中於刺激、反應的活動中。

二、建構論

「建構論」是屬於認知心理學派的論點，主要代表人物是皮亞傑(Jean Piaget)與其追隨者卡蜜(Constance Kamii)等人。此外，深受皮氏影響的數學教育家狄恩斯(Zoltan Dienes)與認知心理學家布魯諾(Jerome Bruner)，在某些觀點上也有類似的看法。基本上，建構論者認為數學是一組「關係」，這種關係必須由學習者內在心靈去創造，因此在教學上十分強調理解，認為學習的過程重於結果的獲得。皮氏主要論點為：認知發展是一種個人在環境中為解決認知衝突，透過同化與調適二種功能以達成均衡的內在自我規制過程；又「邏輯數學知識」(logico-mathematical knowledge)之源起非存於物體也非存於主體，而是二者間複雜的交互作用，最重要的是學習者對他自己操作行動的省思(reflect on his own action)(Piaget, 1976)。正如他所說的：「要了解就必須去發現」(To understand is to invent)，真正要了解某概念或某理論意指這個理論或概念重新被這學習者所發現，內在心靈的建構才是知識的來源(Piaget, 1973 a, 1973 b)。簡言之，建構論強調在學習過程中，兒童必須創造自己的內見(insight)與理解。

卡蜜(Kamii, 1982, 1985, 1986, 1989)延伸了皮亞傑的理論，大力強調數目是屬於「邏輯數學知識」，是由個人內心所創的「關係」所組成的，非存在於外在實體，實有別於「社會知識」(social knowledge)之獨斷性與「物理知識」(physical knowlodge)之可觀察性。她指出一般人並未區分這三種知識，錯以為算術必須由人們傳授灌輸(好像社會知識一樣)或由外在實物內化 (如同物理知識一般)，完全忽略了算術的邏輯數學性。至於建構數概念涉及二種關係的合成：次序(order)與層級包含(class inclusion)；以上這二種關係各存在於兒童腦中，而非外在可觀察的實體中(Kamii, 1985, 1989)。

建構論者別於吸收論者，在於意識學習者並非是空白接受器皿，有其既有的認知系統；學習者欲真正理解某一新概念，則必須在心靈內部將此新概念與現有既存的概念連串互動。換言之，新概念不是僅僅堆積於舊概念之上，而是與舊概念整合為一關係系統。以學習 5＋5＝10 的加法運算為例，多數兒童在生活中已習得「1 隻手是 5 根手指，2 隻手伸出來就是 10 根手指」的非正式算術，這是直覺既有的想法；若在學習過程中能設法將不熟悉的抽象符號運算：5＋5＝10 與直覺既有的知識連貫，這樣的學習——創造自己的理解、意義化自己的學習，才是有意義的學習方式，也才能持久。幼兒能從既有計數技巧中「發明」

演算解題的非正式算數：數全部的(counting all)、繼續往上計數(counting on)、與從大數往上數(counting on from larger addend)的加法策略，就是創造自己的理解，意義化自己的學習（見第三章：幼兒數與量經驗）。

　　狄恩斯、布魯諾與以皮氏為主的建構論相似之處，在於他們均強調兒童與環境互動、活躍地參與學習過程的重要性。皮氏將兒童發展分為四階段：感覺動作期、前運思期、具體運思期、形式運思期，在未達具體運思期（六、七歲前）的幼兒是透過大量的探索、發現與環境互動而學習的，誠如他自己說過：「在數學教育上，我們必須強調行動的角色，特別是幼兒，操作實物的活動對了解算數是無可缺少的。」(Piaget, 1973 b)。狄恩斯是「狄氏多層算術積木」(Dienes Multibase Arithmetic Blocks)的發明者，根據其所倡導數學理論之「動態原則」(The Dynamic Principle)指出，真正了解一新概念涉及三個順序循環階段：自由遊戲階段、結構性經驗階段、重行運用階段。在第一個階段是屬於無結構性地探索教具，狄氏認為這樣的非正式活動是學習過程中一個很自然也很重要的部份。又根據他所謅的「建構原則」(The Constructivity Principle)指出，兒童大約在 12 歲以前是屬於建構思考者，12 歲之後才是分析思考者，因此在 12 歲以前必須容許以自己經驗為始的一種整體直觀方式來發展他自己的概念(Heddens & Speer, 1988; Post, 1988)。譬如兒童在玩索過「狄恩斯積木」後，從自己直觀經驗而知一「長條」等於十個小「單位」，一「平面」等於十根「長條」，一「立方體積木」等於十個「平面」，這是建構性思考，而非分析性思考（參閱圖1～1）。

　　布魯諾則認為概念理解有三個層次，第一個是「操作層次」(Enactive Level)，學習涉及了操作活動與直接經驗；第二層次是「視像層次」(Iconic Level)，學習涉及

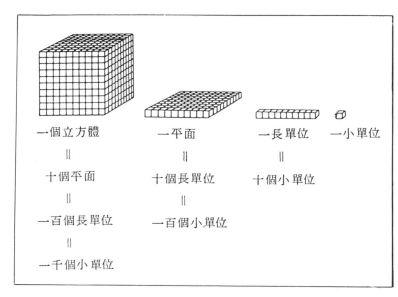

一個立方體
‖
十個平面
‖
一百個長單位
‖
一千個小單位

一平面
‖
十個長單位
‖
一百個小單位

一長單位
‖
十個小單位

一小單位

圖 |〜|
狄恩斯積木 （摘自
張平東，民八十三年）

了視覺媒體的運用；最後一個層次是以抽象符號表達實體的「符號層次」（Symbolic Level）（Heddens & Speer, 1988; Post, 1988）。以學習 2 ＋ 4 ＝ 6 為例，操作層次的學習是指幼兒實際操作 2 個積木和 4 個積木，並把他們合在一起數，得知結果是 6 個積木。如果幼兒以看圖片取代實際操作，即為視像層次的學習。如果幼兒能在心理運算或以算式 2 ＋ 3 ＝ 5 表達一組事物，那麼他就是在符號層次了。布魯諾概念理解層次論主要在說明概念的演化是始於與環境直接互動，幼兒必先操作具體實物以發展概念，進而提昇至以抽象符號表達概念的層次。

三、吸收論與建構論之爭議評析—社會建構論

建構主義者主張邏輯數學知識無法直接傳授，必須由學習者從內在心靈加以建構。卡蜜是極端的建構主義者，在她設計的數學課程方案裡絕不援用紙筆作業，甚至不教由右至左的標準演算方法（如 39＋23＝？9 加 3 等於 12，寫 2 進 1，1 加 3 加 2 等於 6，寫 6，答 62），而是讓幼兒透過討論、爭辯，自己去「發明」各式演算方式。此外，透過各種紙板、骰子、牌卡等數字遊戲，並且在日常生活中

討論數字來加強內在思考、建構數學關係。

　　近年來，有些研究皮亞傑的認知心理學者也開始注意到極端強調建構式學習的缺失，他們認為在兒童建構知識的過程中，某些接受式學習也是必要的。雷斯妮（Resnick, 1987; Resnick & Omanson, 1987）對皮亞傑所言：「要了解就必須去發現。」提出了反駁：「雖然兒童能夠發明，但並不能保證他一定就能理解。」，例如「他們所發明的錯誤演算程序（減法），它也是一種心靈思考的結果，但還是錯了，未能真正了解……，因此，在其學習過程中某種介入（intervention）還是必須的。」她指出：「想要在一個皮亞傑的數學方案裡，傳授重要知識」的這種兩難情境，至今仍未完全解決（Resnick & Klopfer, 1989）。金斯保（Ginsburg, 1981）也指出：「教育的目的之一是促進接收性學習，有時學生也須接受一些背誦記憶式的學習，皮亞傑的理論並未對接收式學習提供合理的解釋。如果老師的教學講授能促進兒童重新發現，那麼老師的『教學』（instruction）和『重新發現』（reinvention）是有同等價值的。」波斯特（Post, 1988）也贊同兒童的數學教學，應在探索發現式與灌輸式學習間採行一種比較平衡的方式，並非完全放棄類似吸收論所設定之行為目標，因為在某些情況下，他們還是頗為有用的。以上這些立論不無道理事實，事實上若無文化資產的薰染（例如數的名稱：一、二、三……）與一些反覆練習，兒童就不會建構出計數法則與實用算術（非正式算術）了。

　　事實上，晚近以來布魯諾也修正了他的觀點，他與一些後皮亞傑學派（Post-Piagetian）學者，基於蘇俄學者維高斯基理論，提出了「社會建構論」，有別於皮亞傑學派的「建構論」。皮亞傑學派的建構論強調知識是個體與環境互動所建構而來的，其重點是放在個體對其個人操作行動之省思，例如：當兒童在海邊把玩石頭時，他自己從其操作行動中發現了計數的知識。後皮亞傑學派則認為皮

亞傑之建構論將兒童描繪成一個獨立求知的科學家（Haste, 1987），忽略了文化社會層面對知識建構及兒童發展所扮演的角色。布魯諾與Haste（1987）在其所編理解意義：兒童的建構世界一書之前言第一頁即言：理解意義（making sense）是一個社會性過程，它是一個經常嵌於文化與歷史情境中的活動。布魯諾（1987）認為，主要的重點是，人們並非僅基於個人在自然狀態中所遭遇之實例而建構知識的，大部分的我們求知與理解世界的方式，是透過與他人討論、協商，是經仲介過程而來的。兒童的經驗若是沒有經文化團體之社會性傳介，就無法在內在認知層次上被理解（Wertsch, 1985），因為知識是社會所定義與決定的。換言之，後皮亞傑學派將知識的獲得與兒童的發展放在整個大的文化社會之情境脈絡中，兒童的知識建構過程通常是受到某些社會性因素（如：價值、信念、觀點）的影響，且兒童在與他人社會性互動時，更能促進其知識建構與智能發展。總之，後皮亞傑學派也承認兒童必須與環境互動而建構知識，然而此一知識之建構是透過成人與兒童一起共同學習的。在社會建構學習論，重點是放在成人與兒童共同工作，在建構論，重點是放在兒童與環境互動，為他自己活躍地建構知識（Fleer, 1992, 1993）。

在社會建構論下，兒童被視為正在建築中的建築物，須要鷹架支持，方能繼續建造新能力或創造「近側發展區」（ZPD——意指目前發展層次與未來發展層次間的差距）（Bruner & Haste, 1987; Berk & Winsler, 1995; Fleer,1993; Wood,Bruner & Ross, 1976; Wood, 1989）。教師的角色是十分積極的，在互動中，他運用各種策略為兒童搭構學習的鷹架，引導其理解概念。此一論點頗為吾人所接受，誠如Resnick之言，在兒童建構學習過程中某些介入還是必須的。尤其是三至五歲幼兒，在其遊戲建構中，恐怕比其他年齡層兒童須要更多的鷹架支持與引導。

吸收論與建構論爭論之主要癥結在於吸收論視算術為一組技能，而建構論視算術為一組心靈所創的關係，因此在教學上，前者強調程序性技能的獲得（結果），後者則偏重概念的理解（過程）。換言之，吸收論關心的是兒童學什麼（What children learn），建構論關心的是兒童如何學習（How children learn）（Post, 1988）。其實吾人若能採傅門與卜佛（Forman & Putfall, 1988）之論點，把技能也視為高度認知性，將思考植入程序性技能的學習中，二者之爭自能迎刃而解。正如葛來塞（Glaser, 1979；cited from Hiebert & Lefevre, 1986）所言，在發展數學能力時，技能與概念理解必須扮演重要的互動角色。此即希伯特和雷佛瑞（Hiebert & Lefevre, 1986）所建議：概念性與程序性知識必須相互聯貫。

美國數學教師協會於近年來曾編訂了數學課程與評鑑標準，揭示了今後數學課程應以「概念為取向」的基本立論（National Council of Teachers of Mathematics, 1990）。筆者以為所謂以概念為取向的課程，除了強調概念的理解外也著重技能的獲得，重要的是技能必須是以一種讓兒童能夠理解，覺得有道理、有意義（making sense）的方式來獲得；因此在教學上兒童必須活躍地「做」（do）數學，以學習各項數學技能與內容。換言之，吾人必須儘量寓教學於解決問題（problem solving）與生活情境中，讓兒童透過與物理世界、教具、同儕和老師的互動中去建構、整合、修正概念和技能，以意義化他的學習。教師扮演積極性角色：聆聽兒童的想法、提供刺激性思考問題、指引方向、引導其理解概念；其「教學講授」是建立在促進兒童「建構知識」的前題下，而非一味地灌輸、填鴨。此項基本立論實與上述吾人所贊同的論點相互呼應，指引了數學教育者今後應努力的方向。總之，幼兒數學教育應以幼兒的遊戲與建構為主，並彈性援用其他教學方法，以因應教室的文化生態與幼兒的特質。（請參見拙作──兒童數學之「教」與「學」：我國幼稚園數學教育問題探討。）

第二章

幼兒數學
教育新趨勢

第一節　當前數學教育課程之改革

　　在即將邁入二十一世紀之際，社會已開始劇烈變遷，最明顯的是教育普及、科技發達所帶來的高度競爭與挑戰的社會現象。在新時代的衝擊下，許多國家的政府官員與教育家，已開始思索當前的教育方向與趨勢，期能培養具有挑戰性、創新性、批判思考能力、與解決問題能力之公民，以適存於二十一世紀。數學為基礎科學，因此數學教育往往就成為諸多國家關心與省思的重點，這些國家包括英國、歐洲、美國與澳洲各國等（Hughes, 1985）。

　　以英國為例，最有名的是由寇克羅夫特（W.H. Cockroft）博士為首的調查委員會，這個委員會曾深入調查數學教育狀況，於一九八二年出版了 Mathematics Counts 報告，又稱之為寇克羅夫特報告（Cockroft Report）。除此份主要報告之外，英國教育界還有一些有關學童能力測驗的調查成果，綜而論之，其主要之研究發現為：

● 許多學童離開學校後對數學抱有負面的態度，許多成人對數學一科有深存的焦慮與不適感。
● 小學數學教育強調太多的基本運算能力，較少著重於數學概念的了解。
● 學童運用數學於實際生活情境的基本能力實有待加強。

　　因此寇克羅夫特報告與這些研究主要的建議是：學校數學教育應多重視技能的實際運用，在課室內應多有師生、學生間的問題討論，以及應多強調實際問題的解決。換言之，重點是教師不僅在教導概念與技能，而且也要幫助兒童了解這些概念與技能如何運用於熟悉與不熟悉的實際情境中（Hughes, 1985）。此外，電腦與計算機日漸普及於日常生活與工作中，將電腦納入課程中，讓兒童學習如何使用，也是今後努力的要項。

又以美國為例，近年來許多的調查研究均證實美國兒童的數學能力有低落於其他國家的現象，而且在教學上過份重視低層能力犧牲了高層思考力（Mcknight, 1987; Travers et al, 1985, both cited from Cooney, 1988; NAEP, 1983, cited from Hughes, 1985; NCEE, 1983, cited from Van De Walle, 1990; Stevenson et al, 1990），引起了社會大眾的注意與數學教育改革的聲浪。一九八九年，全國數學教師協會（National Council of Teachers of Mathematics）在三、四年衆人努力下完成了數學課程與評鑑標準（Curriculum and Evaluation Standards for School Mathematics），提出了以概念為取向的課程立論作為幼稚園、小學至高中數學教育的指針。同時，全國研究協會（National Research Council）也出版了一份有關數學教育的報告——Everybody Counts，在該份文件中報導了目前「老師解釋、學生聆聽」的主要教學現象，建議未來應以強調建構個人數學知識的教學實務取而代之。此外，還建議課程內容不僅只有算術而已，應廣泛包含幾何、測量、估算等，並且電腦與計算機也應納入教學內容中（NRC, 1989, cited from Payne, 1990）。最重要的是它指出在當前社會，「更智慧地工作」比「更努力地工作」還要重要。當代社會所需的工作者是在心理上能高度適存於變動挑戰者：即能隨時汲取新知、彈性調整修正、應付模稜情勢、辨知型式規則、與解決突發問題，並非祇做例行計算工作，這些例行工作已被電腦、計算機所取代，因而我們必須強調的是培養兒童思考與解決問題的能力（NRC, 1989, cited from Van De Walle, 1990）。以上這些建議與數學課程與評鑑標準所揭櫫之基本精神實相呼應。

近年來我國為因應潮流衝擊，教育部乃委託板橋教師研習會全面實驗修訂小學數學課程，所有的修訂工作均參照美國數學課程和評鑑標準，似乎這些標準所秉持的精神

已蔚然成風，成為今後數學教育的趨勢走向。茲將美國該份文件之前四項標準闡述於下以明其要旨：(NCTM, 1990, 1991)

● 數學即解決問題(Mathematics as Problem Solving)

　　「解決問題」應成為數學課程的主要焦點，然而這裡所言之解決問題絕非意謂另闢專門時段呈現待教單元——透過此一時段或單元教給兒童一些解決問題的技倆，例如「碰到問題中有『總共』二個字，就要用加法，有『拿走』二個字就要用減法　等技巧」。真正的解決問題意謂的是一個過程(process)，所有的問題均源自於對兒童有意義的每日生活經驗或情境；在這樣的過程與情境中，教師不斷地拋以問題刺激思考，兒童則以各種方式：猜臆、操作教具、做簡單圖表、實際演出問題情境、討論等去尋求與驗證答案，並調整自己的思考。解決問題的策略、技能、概念是兒童實際地從過程中，經老師的協助而探索發展出來的，並非老師全然灌輸的。

● 數學即溝通(Mathematis as Communication)

　　吾人應鼓勵兒童同儕間之互動交流，並常在生活情境中「談論」數學，讓幼兒將直覺想法用口語表達出來，使之與充滿符號的抽象化數學聯結。因為在溝通過程中，可以幫助兒童聯貫實物、圖畫、圖表、符號、語言等各種數學概念表達方式，增進概念理解，使學習變得有意義；而且還可交換不同的思考方式以澄清自己的思維。為了促進溝通，具體實物與教具就顯得格外地重要，因為這些東西可予幼兒談論對話的起點，進而解釋、驗證與調整自己的思考。

● 數學即推理(Mathematics as Reasoning)

　　學習數學不只限於記誦法則和程序，數學其實是富有邏輯、有意義與有趣的，學習數學涉及推理，它包括非正式思考、猜臆、與驗證等，這些都是在幫助兒童看

出數學是有道理、有意義的；正因為它是有理可證的，數學學習才變得有所樂趣。因之，吾人應鼓勵兒童以各種方式思考，並運用推理技巧發現數學關係。在推理過程中，解釋與調整思考是非常重要的，一個問題如何解決與它的答案也是一樣地重要。以 25-19＝？的二位數減法為例，在教正式演算方法時，老師可以幫助兒童運用各種方式思考解題的方法，例如 25－20＝？或 25－15＝？或 19 往上數多少次可到 25？……。

● 數學即聯繫（Mathematical Connections）

　　學習數學必須提供機會讓兒童建立聯繫關係，此種聯繫關係包括：

1. 概念知識與程序知識間的聯繫。
2. 具體、半具體（圖片）、半抽象（記號）、與抽象符號間的聯繫。
3. 數學本身的各領域間（幾何、算術……）的聯繫。
4. 數學與其它學科間的聯繫。
5. 數學與每日生活經驗的聯繫。

　　數學絕不是孤立的學科知識，當數學與每日生活經驗聯結，兒童才會感知數學的實用性；當數學的程序(例如演算方法) 與概念理解聯結，兒童才不致認為數學是一組武斷的法則，全賴死記死背；當抽象符號能與具體實物、半具體圖片聯結時，兒童才會覺得數學學習有意義、可理解。此外，兒童也須有機會理解數學與其它領域、學科間的關係，並且運用數學於其它領域，以及運用其它領域於數學，亦即所謂的統整性學習也。

　　以上是針對社會需要與潮流趨勢，提出了「數學教育」的發展方向。一九八六年美國全國的幼教協會（NAEYC）大力呼籲「適性發展之幼兒教育教學實務」（Developmentally Appropriate Practice in Early Childhood Programs）在幼教課程與教學上提出了若干指針（Brede-

Kamp, 1986）。吾人以爲這些適符幼兒發展的教學指引必須融入「幼兒數學教育」今後發展方向之考量中：

● 課程必須是統整的，提供幼兒各領域均衡發展的機會。
● 課程必須是基於教師的觀察與紀錄（每一個兒童的興趣與發展進度）。
● 學習是一個互動的過程，教師應爲幼兒準備一個可以活躍探索以及與成人、幼兒、教材互動的環境。
● 學習活動與材料必須是具體、眞實、並與幼兒的生活有關。
● 爲幼兒準備符合多樣能力（興趣）的教材、教法與室內環境。
● 教師以言語和材料上的支持，促進並加深加廣幼兒的學習。

　　基本上，幼兒的數學教育若能考量適性發展的觀點，那麼在教學上就是一個「以幼兒爲中心的教學方式」（Child-centered Approach）（Payne, 1990）。在此種教學方式下，幼兒數學教育的主要目標是藉由每日生活情境的實際經驗（或以仿生活情境爲素材），以促進幼兒思考與解決問題的能力。教師要協助與引導幼兒試著自己作推論，並以具體操作物、圖畫、表格、或語言來討論並證明他們的推理；而且也要引導幼兒建立數學中的各種聯結關係，讓幼兒深覺學習數學是很有意義與價值的。這些聯結關係包括數學中不同主題的聯結、具體與抽象數學的聯結、概念與技能的聯結、以及數學與其他課程領域的聯結。因此，在這樣的幼稚園裡，幼兒的角色從一被動的收受者，轉爲較爲活躍的參與者；從孤立的紙筆練習者，轉爲團隊合作互動者；從靜聽者成爲探查者、報導者、討論者；從膽小的跟隨者變爲探索與嘗試冒險者（NCTM, 1991）。教室裡放眼所見的是一群忙於操作、討論、思考、驗證的幼兒，是眞正以幼兒爲中心的教學。而相對的，教師的角色則是一個爲幼兒搭構鷹架、引導與促進幼兒學習的靈魂人物，既非主導者，也非放任幼兒建構者。

第二節　幼兒數學教育之目標、方法與
　　　　內容

一、教學目標

在面對二十一世紀的未來世界，諸多國家已意識到整個社會結構與工作情勢之急遽變化，並提出因應之課程修訂，強調以培養思考與解決問題能力之教學趨向。基本上，為因應社會變遷以培養一能適存於未來社會之公民，在幼兒之數學教育上，吾人提出「以幼兒為中心」的教學理論與課程，其主要教學目標乃指引幼教從業人員今後應努力方向：

(一)激發幼兒對數學的興趣

興趣是學習的泉源，對學習抱持興奮、熱切的心，學習才會有意義與效果。對數學有興趣、有動機就會自動地探索、研究、思考、驗證，誠如艾爾肯（Elkind, 1987）所言：「在任何時候，一『盎司』的動機都等值於『一磅』的技巧，有了動機就不怕無法學得技巧了。」重要的是身為幼兒教師者應如何激發幼兒學習數學的興趣？是無情境意義、無實用目的、枯燥乏味、無止境的紙筆練習嗎？抑是創造一個豐富的探索環境，幼兒可以在生活中為解決實際問題而「習」與「用」數學，也可以透過各種有趣的紙牌、盤面、骰子等操作性教具或由大小團體遊戲而「玩」數學？相信後者對幼兒是較為有趣與合適的。胡斯（Hughes, 1985）所言甚是：在一個幼兒覺得有趣、有清晰可見的尋求答案或使用符號的理由（目的）的情境問題裡，幼兒的能力最可能被激發的。為什麼近年來有關「數學焦慮」（mathematics anxiety）的研究層出不窮？為什麼許多參加大專聯考的高中生放棄了數學一科？這些都是頗值吾人深思的問題。深信吾人所期盼培養的幼兒，絕不是一個在學前階段就嚐盡枯燥無趣的數學練習，因而對數學失

去興趣，甚而恐懼的幼兒。

㈡促進幼兒對數學概念的理解

幼兒學習數學不僅要覺得有趣，而且更重要地，還要對自己的學習覺得是有道理、有意義的（making sense），亦即必須有概念上的理解。在數學學習上，吾人皆知概念性知識（conceptual knowledge）與程序性知識（procedural knowledge）是同樣地重要，而且二者必須加以聯結（Hiebert & Lefevre, 1986; Hiebert & Lindquist, 1990）；正如斯坎普（Skemp, 1978）所倡：對於數學法則與程序的「工具性了解」（instrumental understanding）還必須配合對概念的「關係性了解」（relational understanding）。問題是長久以來大家對於按部就班的求答演算或其它操弄符號的程序技能已經過份地重視，造成知道程序步驟怎麼做，却缺乏為什麼這麼做之概念理解現象。在數學學習上若無概念理解，勢必全然依賴記憶、背誦，而在數學領域上有太多的法則、公式、程序，自然造成記憶的負荷，遑論遇到什麼樣的問題要運用什麼樣的法則的運用選擇能力，因而吾人特意呼籲學前幼兒的數學教育應一反陳習而以概念理解為重。所謂促進幼兒概念理解（或建立概念性知識）意指幫助幼兒尋求新的知識與其既有知識間的關係並且相互聯貫。吾人以為，幼兒學習數學之諸多困難，其實大都源於無法將其已理解的與所要學的符號、法則聯結（Hiebert & Lindquist, 1990）；因而幫助幼兒覺得自己的學習是有道理的、有意義的，是教學上今後努力的重點。

㈢促進推理與解決問題之運用能力

所謂解決問題是一個過程，它是在不熟悉情境中思索並尋求解答的一種方法。強化解決問題能力，就是強化面對不確定，不熟悉問題情境時之思考、推理能力（Worth, 1990）。學習數學不僅要理解概念與熟練技巧（如：演算技巧），而且還要能將概念與技巧靈活地運用於實際情境中，

如此才是真正的理解。今日的幼兒是要面對二十一世紀比現在更劇烈變化、更高度競爭的社會，因而我們所希望培養的是具有流暢思維、推理與創新能力的幼兒：他能自信無畏地面對瞬息萬變的社會與困境，由調整適應，進而突破困境、解決問題，而非一個欠缺思考能力，凡事依賴、處處聽命，面對困難畏縮退避、束手無策的幼兒。如果促進推理與解決問題能力是幼兒數學教育目標，那麼無庸置疑地，在幼兒期我們就應該多提供幼兒推理與解決問題的經驗，而在教學上絕對不再是以老師說、幼兒聽，老師做、幼兒看，再加上在紙筆上反覆練習的被動式學習型態。事實上，許多的研究均證實學前幼兒推理與解決數學問題的能力是超乎一般人所認定的，例如卡本特（Carpenter, 1985）與傅笙（Fuson, 1992 a）發現幼稚園階段幼兒能解加、減法情境應用題，甚至乘、除法情境問題（Carpenter et al, 1990）。大衛斯和裴柏（Davis & Pepper, 1992）也發現學前幼兒能解類似除法的分配性問題。其實幼兒所發明之各種非正式算術演算策略——往上數、數全部的，從大的往上加等（見第三章幼兒數與量經驗），都是解決問題能力的最好證明。問題是雖然研究均證實幼兒具有解決各類問題的能力，但這樣的能力卻經常被低估，實頗值深思。吾人以為面對二十一世紀的壓力，提供解決問題經驗以培養獨立思考與解決問題能力幼兒為今後教學首要努力方向，實乃迫不待言。

㈣培養完整幼兒

　　幼兒是由情緒、社會、認知、創造力、生理、語言等各層面所統合而成的一個完整個體，各層面之間的關係如同齒輪一般，彼此相互依存與影響。例如生理體能危弱時，必定影響認知方面的學習；而認知方面的落後也會影響其自信與情緒；缺乏自信或情緒不穩，必定影響其人際關係或語言溝通……。反過來說，語言溝通能力不佳會影響別人對其了解與人際關係；人際關係不佳、被人排斥，會動搖其自信與情緒；而欠缺自信、情緒不佳，自然危及於認

知學習⋯⋯。從另一方面而言，在面對未來高度競爭與挑戰的世代，培養完整幼兒更具時代意義：因為我們所希望塑造的幼兒是一個在身心各方面均健全，在知情意各方面均平衡發展，能健康、快樂、自信與智慧地應變適存於未來變動與高度競爭、挑戰的社會，而不是一個只在認知或學業上填充飽滿而在其它方面卻非常匱乏之文弱書生。

二、教學方法

為達上述幼兒數學教育的理想目標，吾人提出五項教學方法以為幼教實務者之參考。基本上這些教學方法是通則性，本書各章（數與量，分類、型式與序列，幾何與空間）所論及之各項教學原則，均植基於此五項教學方法：

㈠生活化

為激發幼兒對數學的興趣並促進幼兒對數學的概念理解，教學首重之務即為生活化。先民時代，數學之所以被發明、運用乃是為解決生活中的問題，幼兒的實用算術之所以萌發，也和數學的歷史演化一樣，是為解決生活中切身問題，從實際情境中自然發展的。生活既與數學無可剝離，從生活中學數學，深具自然性、實用性、與意義性，不僅可增進幼兒概念理解，而且還可縮減幼兒對數學的心理距離，甚或懼怕。果若如此，對幼兒而言，數學是處理生活中切身相關的芝麻綠豆問題，而非抽象符號所構成的「天書」，或無可理解的高深學問。數學生活化涉及隨機抓住生活中的情境問題，談論與解決問題，如無法做到生活化，也要儘量模擬實際生活中的各樣問題，以為活動設計的依據。

㈡遊戲化

遊戲化教學是激發幼兒對數學興趣最直接的方法，因為幼兒的生活本就是以遊戲為重點。遊戲化包括角落自由探索遊戲（free play）（例如娃娃家買賣、積木角建構空間

與造形的活動），以及操作各種紙卡、盤面、骰子等教（玩）具，與進行體能、音樂所構成的小組或團體遊戲。數學遊戲化的結果，不但能讓幼兒在輕鬆自然氣氛下學到數學，而且也能讓其喜歡數學。例如幼兒擲骰子，以 2 只骰面數目之和作為紙板上前進格數依據之「尋寶遊戲」，幼兒在歡愉且熱切氣氛下，不但習得加法運算技能，而且也對數學發生濃厚興趣。

(三)解題化

　　為了促進幼兒的思考與解決問題能力，吾人提倡「解決問題教學方式」（Problem-solving Approach），此一教學法特別強調創造一個解決問題的氣氛，讓幼兒在解決問題的情境與過程中，透過推論、操作、預測、討論、與驗證，學到概念與技能。沃斯（Worth, 1990）曾指出，解決問題教學法可幫助幼兒「意義化」概念、技能與二者間關係，在幼兒數學教育課程中是很重要的。而解題情境應多源自於生活中的實際問題，或模擬的情境問題。其實解題化與生活化是一體的兩面，很難區分，目前極為盛行的「情境中學習」（situated learning）或「學徒式學習」（Apprenticeship learning），強調在知識運用的實際情境中學習與運用有關知識（Lave, Smith & Butler, 1988; Schoenfeld, 1988）即為數學生活化、解題化的一種寫照。

　　解決問題教學法首要創造一個正向的解題氣氛，讓幼兒在一溫暖、無焦慮、有充份時間的環境中，自信地、願意嘗試地發展解決問題的策略。此外，解決問題教學方式主要目的之一在強化幼兒面對不確定、不熟悉問題情境時之思考、推理能力，因此，在幼兒解題過程中必須伴有不斷的開放式問題（open-ended question），以引發擴散性思考。柯烈特等人（Cliatt, et. al, 1980, cited from Worth, 1990）曾指出幼稚園階段幼兒若重覆地處於擴散思考情境中，其擴散思考能力會提昇。因而教師應常提出類似「為什麼？」「怎麼做的？」「有什麼不一樣？」「還有

別的方法嗎?」等問話於幼兒解決問題情境之中。最後,也是最重要的,解決問題教學法絕非教導幼兒解決問題的步驟與程序,以為之遵守;在解決問題教學法中,所有的解題策略與方法均是透過思考、推理、與探索而來的,教師僅扮演著觸媒者、激發思考者的角色。

㈣具體化

為增進幼兒的理解,抽象的符號與概念必須伴以具體的經驗與活動。在解題化教學趨勢下,一個好的問題情境重要特徵之一即多涉及可讓幼兒操作、轉換、或移動之實物或模擬實物,以增進對問題之理解並能與真實世界聯結,因此,幼兒期的數學教學模式可稱之為「行動模式」(action model)(Nelson & Kirkpatrick, 1988)。自狄恩斯與布魯諾著書立作以來,運用具體化教具或實物於數學教學上已普遍地被接受;大部份的研究也證實教具對於概念的獲得確有功效(Kieren, 1971; Fennema, 1972; Fuson & Briars, 1990; Wearne & Hiebert, 1988; Hiebert, Wearne & Taber, 1991; Suydam and Higgins,1976)。誠如金斯保與亞馬莫托(Ginsburg & Yamamoto, 1986)所言,教具或實物可以說是一種中介基模(intermediary schemata),其功能如同橋樑般,對於聯結具體與抽象(符號)數學的確很有幫助。操作性教具或實物除可促進概念理解外,它同時也可引起幼兒對數學的興趣,因為幼兒多喜歡可具體操作的各式教材。據此,在學前活動室裡必須充滿各式各樣的教具,例如小方塊、數棒、屬性積木(Attribute Block)、型式積木(Pattern Block)、立體幾何模型、平面幾何片、小動物模型等。

值得注意的是,吾人提倡具體化操作教具並非意謂著絕對避免抽象符號於幼兒期,抽象符號有其強有力之功效,問題是如何善用幼兒感覺需要符號的情境而適時地呈現(Buxton, 1982, cited from Hughes, 1985),這通常要等幼兒有充足的具體經驗之後。吾人所強調的是,概念

或抽象符號的學習要始於具體層次、經半具體圖片、半抽象畫記的聯結，漸行導引至抽象的符號層次（Baratta-Lorton, 1979; Charlesworth, 1984; Heddens & Speer, 1988）。此外，教具的使用必須配合活躍的心靈，誠如皮亞傑所言，兒童所發現的知識是源自於對他自己操作行動的省思。我們必須將教具或實物視為思考的觸媒劑，在幼兒使用或操作時，還必須仰賴教師以能激發思考的問題與之互動（Payne, 1990）。

具體化教學不僅包括教具、實物的運用，還包括與幼兒的具體經驗、直覺想法聯結，因為這些對幼兒而言是有實質意義的，是他可以理解的。許多幼兒學習數學之所以有困難，絕大多數的原因是無法將抽象的數學與他已經知道，對他有意義的直覺想法、非正式數學發生關聯之故。因此吾人在教學時應多鼓勵幼兒說出他的想法，看重他所發明的非標準化的演算或解題方法，以此為基礎，設法引導幼兒理解標準化的正式數學。

㈤多樣化

為達培養完整幼兒之目標，吾人提倡課程多樣化，包括教學內容多樣化與教學方法多樣化。就教學內容之設計而言，應各領域兼俱並重提供整體統整發展的機會，不可偏重或偏廢某一領域或層面；而且也要加強各領域間的聯繫與相互為用，讓幼兒不但能從其它領域中習得數學概念與技能，或從數學領域中習得其它領域的重要概念，而且也能運用數學於其它領域，或在數學中運用其它領域。例如，美勞活動中運用色彩創造型式花樣（pattern），或運用剪好的幾何形狀色紙自由造形；體能律動中配合唱數、計數，或納入上、下、左、右、裡、外、中間的空間概念於動作中；烹飪活動運用測量、計數、空間、科學、安全等概念……。又如在教計數、測量或幾何概念時運用坊間圖畫故事書，教導分類概念時運用自然領域中的觀察技巧與自然之旅所得之小石頭、樹葉等，教導唱數（計數）時運

用唱數兒歌或敲打樂器等……。傳統式的獨立分科，支離破碎地呈現教學內容已不再適於當代的社會。

　　就教學方法多樣化而言，首先在教學型態上，應兼採大、小團體活動、與學習角自由探索活動，讓幼兒能獨立建構探索學習，也能與人合作或交流互動。數學即是溝通，當幼兒在交流發表的過程中，為了自圓其說，在無形中就會整理自己的思緒、澄清自己的想法了；對別的幼兒而言，他也可分享到自己從來沒想到的觀點，有助於思路的擴展。而且在溝通過程中教師也可獲知幼兒的直覺想法或非正式數學，進而幫助幼兒理解充滿抽象符號的正式數學。只是在目前，我們似乎過份著重於教師主導、師說生聽的大團體活動，小組與學習區探索活動仍有待加強。其次，數學教學不限於室內，戶外遊戲場、園外場地均可隨機利用提供數學經驗。最後，教學方法多樣化還包括教學媒體的運用：電腦、計算機、投影機等媒體均可運用於幼兒數學教育上，尤其在電腦科技發達的今日，此項建議更具實質意義。例如Logo語言，就是探索幾何概念的有效媒介，還有許多模擬真實情境、訓練解決問題能力的電腦軟體，均有助益於邏輯思考能力的培養，應多加援用。

三、教學內容

　　此外，就數學內容的本身而言也具多樣化，幼兒數學不再僅等於幼兒算術（如：加減運算），它包含數與量，幾何與空間，分類、型式與序列，估算與測量，統計與資料整理，時間等……。尤其是在今日計算機發達，只要輕按幾個鍵，無論多麼繁瑣的計算均能迎刃而解的時代，以講求背誦無意義口訣的心算與要求速度的速算，或純粹操弄抽象符號之剝離情境式的紙筆作業，似乎已不再迫切需要，培養估算或創造思考力、解決問題能力反而更合於潮流趨勢。數學領域既包容甚廣，本書限於篇幅僅就數與量，

幾何與空間，分類、型式與序列三大部份詳加闡述概念之
發展與其對應之數學原則與內容，並且在每一章均有詳細
之活動示例，以供讀者參考。

(一)數與量
　　1.唱數與計數。
　　2.數字認識、書寫與運用。
　　3.數字關係。
　　4.運算與估算。
　　5.連續量表徵與比較。
(二)幾何與空間
　　1.幾何圖形探索活動。
　　2.空間關係與空間運用活動。
　　3.其他空間知覺活動。
(三)邏輯思考
　　1.分類：辨識異同關係、自由分類、感官分類、延續
　　　　屬性異同、猜臆分類標準等。
　　2.型式：辨識型式、延伸型式、填補型式、創造型式
　　　　等。
　　3.序列：感官序列、雙重序列、數量序列、序數等。

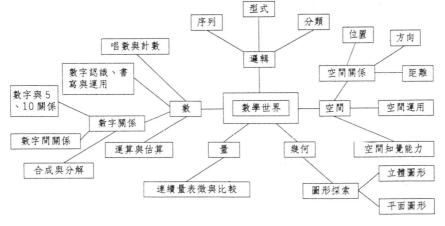

圖2～1
數學概念網絡圖

　　而依據教育部所頒幼稚園課程標準中之數量形概念內容如下：

㈠數與量

　　1.物體數、量、形之比較：比較物體的大小、多少、長短、輕重、厚薄、高低等。

　　2.物體的單位名稱。

　　3.順數與倒數。

　　4.質量：同等數量物品，形狀改變時，數量不變。

　　5.阿拉伯數字之辨認。

　　6.結合與分解：十以內數目之結合與分解。

㈡幾何與空間

　　1.認識基本圖形：如正方形、三角形等。

　　2.認識方位：如上下、前後、中間、左右等。

㈢時間概念

　　1.對時間感興趣與關注。

　　2.知星期日至六之正確說法。

　　由上所述，足見本書所揭示之幼兒數學教育內容與部頒之標準實大致吻合，均包含數量及幾何空間。時間概念雖十分重要，但在幼兒期要正確無誤地指認×時×分，稍嫌困難，因而本書將幼兒數學教育的內容放在更為重要的分類、型式、序列等邏輯思考範疇。其理由除了分類、型式、序列經驗與幼兒生活密切相關（如：玩具的分類收拾、每日作息的規律性、依高矮順序排隊等）外，主要考量乃為因應未來世紀高度挑戰競爭的社會所需，期能培養具推理思考、解決問題能力的幼兒。況且數學與邏輯思考本就不可分，培養邏輯思考能力，實屬必要。

　　其次，進而就數與量、幾何與空間，分別比較部頒內容與本書內容之異同。在數與量方面，部頒之物體數、量、形比較，即為本書之連續量表徵與比較，部頒之順數與倒數以及質量，包含於本書唱數與計數內容中，部頒之阿拉

伯數字辨認包含於本書數字認識、書寫、運用中，而結合與分解亦包含於數字關係（如：數字間順序、大小、多少關係，數字與5、10之關係，合成、分解關係）中。有關物體的單位名稱，係為語詞範疇（如：一枝筆、二隻貓），本書不特為討論。至於本書獨有之運算與估算，乃為解決問題式的運算與估算，援用每日生活實例或設計真實情境問題，容許幼兒以不同方式思考解決之（如：操作、畫圖作記、演示），非為背誦和差的數字加減運算（書面作業），這在因應未來世界考量之下，實屬非常重要。

再就幾何空間而言，部頒之認識幾何圖形，即涵蓋於本書之幾何圖形探索活動中（如：平面與立體圖形），認識方位亦包含於空間關係（如：位置、方向、距離）活動中。而本書獨有之其他空間知覺活動（如：眼、動作協調，圖形－背景知覺，視覺分辨，視覺記憶等），因是幼兒了解並精進幾何概念的基礎與必要條件，因此本書特為納入幼兒學習經驗中。

第三章

幼兒數與量經驗

第一節　幼兒之數與量世界

　　「數」與「量」各是什麼？如何區分？一般而言，「數」是指可以用事物總數1、2、3……等分別以計數的量，即通常所稱之「分離量」；因為構成它的集合的每一個個體都是一個一個分開而獨立，所以必須用1、2、3、4加以數算並以幾個來表示它。例如：5輛車、3隻貓、2個蘋果、4枝鉛筆……等。而「量」通常是指「連續量」，相對於分離量，連續量乃指必須用測量方法才能知道其有多少，因為它的組成是連續成一體、無法獨立一個一個地分開。例如果汁，它混成一體，其中無縫隙，實難以劃分成一個一個，必須用生活中的隨意單位（如杯子）或標準單位（cc, ml, Qt…等）才能測量它的份量。生活中的許多事物必須用連續量來理解，例如：想知道綠豆有多少？土地有多大？洞有多深？路有多遠？個兒長得有多高？……等（吳貞祥，民七十九年）。

　　幼兒的生活與數、量密不可分，從每日生活情事與對話內容可見端倪，例如：「我要喝一杯汽水」、「弟弟的果汁比我多」、「媽媽說甜甜圈要二人平分」、「短針指到9，我就要上床」、「爸爸的手比我的大，可以蓋住我的」、「我比弟弟高」、「老師說只有5個小朋友可以到積木角玩」、「今天我吃得比你多，我吃了2碗」、「這裏祇有4張椅子、還要再搬2張椅子，才夠坐」、「這一盒糖有10粒，你5粒，我5粒」。再如玩遊戲時之對話：「我有6張牌你只有3張，我贏了」、「2點和4點是6點，（擲骰子）你只能走6步」、「不公平，他們有5個人，我們才4個人」、「我跳得最遠，芳君第二遠，你們輸了」、「這種積木祇有4塊，你一個人拿了3塊，不公平」以上之對話內容充份顯示幼兒是生活在數與量的世界中，與數、量息息相關，脫離了數與量就不成其為生活了。

　　幼兒的生活、遊戲既然與數、量不可分，學習數與量是順乎生活需要、自然且有意義的事，本章第二節乃就有關幼兒數與量概念發展的研究作一闡述，包括皮亞傑學派與其他心理學派，期能增進吾人對數量概念發展之理解。作者以為，對概念發展有所理解，方能根據其發展特性提出對應之教學方法與教學內容，裨益教學實務。

第二節　幼兒數與量概念之發展

一、皮亞傑學派研究

　　對幼兒數與量概念之發展頗有鑽研之學者，實非皮亞傑莫屬。首先，有關數（分離量）概念之發展，其主要論點為：⑴數與其他數學概念之真正理解是源於兒童的心智發展，這些概念的發展是獨立自發、無人教導的（Piaget, 1953）；⑵保留數目不變性的能力是數學理解的先決條件，兒童到了六歲半左右就會自然發展出這樣的能力（Piaget & Szeminska, 1952）。所謂「保留數目」，意指不管兩組同數實物的物理外觀安排如何變化，幼兒能辨識其數目仍為同等不變（Ginsburg, 1988）。皮氏認為，雖然幼兒在六歲半以前會唱數、計數、甚而會一些簡單的加減運算，但是他不具保留（conservation）的心智能力，因此都不算是對數目有真正的了解。他曾以一排實物（約六、七個銅板、鈕扣、或糖果）示以幼兒，請其建構一組與這些實物一樣多（同數）的東西；然後將其中一排實物拉長或縮小，再詢問幼兒兩組實物數目是否一樣多。從此實驗中發現幼兒對數的了解有三個發展階段：

●第一階段（四歲左右）：是對數概念無法了解的階段，無法運用一對一對應關係去建構兩組具有同數之實物，通常幼兒的焦點集中於以排列出實物的長度是否相同來判定兩組數目是否同等，因此他所建構的兩組實物具有同等長度（兩端同長）但數目卻不等（見圖3～1）。在這個時期即使幼兒能夠計數，對於保留數目的同等性卻毫無助益。

圖3～1

數發展第一階段幼兒特徵 實驗者要幼兒擺出與A「同數」的實物，幼兒擺出B，他以為祗要二組實物有相同的長度，即為同數。

●第二階段（五至六歲）：是過渡時期，會運用一對一對應關係建構同等數目（見圖3～2A），但對於一對一關係不是充份理解；當其所排出的一對一對應關係被破壞（拉長或縮短其中一組實物）後，幼兒就無法保留他自己所建立的同等性，即認為二組實物非同數（見圖3～2B）。此時，他的焦點已經擴展了一些，有時注意到長度，有時會注意密度，不像第一階段幼兒經常祗注意長度。因此，有時他會堅稱比較長的那排數目較多，因為它比較長，下一刻卻力言比較短的那排數目較多，因為它比較密。

圖3～2

數發展第二階段幼兒特徵 幼兒能建構一對一關係但當這一對一關係被破壞後（拉長或縮短），幼兒就認為A、B二組不再是同數。

●第三階段（六歲半以後）：是對數概念能真正理解的階段，幼兒已能用各種方法建構同等性，例如：用數的，或用一對一對應方式，並且也能保留數目之不變性，不管外觀安排如何變化（例如拉長或縮短），都不會影響其同等性之判斷。根據皮氏的劃分，第一、二階段幼兒是處於認知發展的前運思期，而第三階段幼兒則進入具體運思期。

　　依上所述，可知第一、二階段的幼兒深受知覺的外觀所影響，在作數量判斷時是根據其整體外型（general shape）來作決定，將分離量當成就好像他們是連續的形態一樣（如：一組彈珠如同有長度一樣）（Piaget & Szeminska,1952）。有關幼兒對「連續量」（液量、體積、重量等）的發展，皮氏亦作了相似的實驗，結果也發現前運思期幼兒未具有保留量之不變性的能力，也無法了解某一定量無論如何轉換（如：換置或分置），其整體量仍恆存不變。例如：當兩杯同量的水（A，B），其中B杯倒入較矮寬之C杯、或較細長之D杯、或數個較小的E杯後，幼兒就無法辨識A、C，或A、D，或A、E水量是否同等（見圖3～3）。

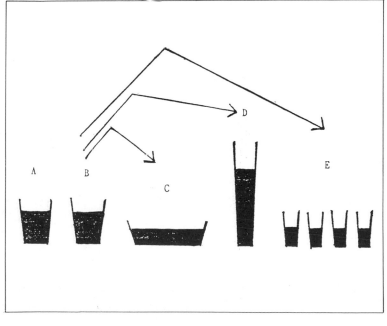

圖3～3

連續量之保留實驗

（摘自 Ginsburg,1988）

再如：兩塊同樣大小的黏土，把其中一塊揉成香腸形狀，幼兒多認為兩塊黏土不再是等量。大體上而言，量概念之發展也和數概念之發展一樣，第一階段是缺乏保留期，第二階段是過渡期，第三階段則為保留期。從發展順序而言，長度與面積概念最先發展（約六、七歲），質量保留概念次之（約七、八歲），接著是重量保留概念（約九、十歲），最後才是體積保留概念（約十一、二歲）。

根據皮氏，幼兒保留能力之獲得是其分散注意力（decentration）的結果，它涉及了三種邏輯運思之協調（Ginsburg, 1988; Gross, 1985）：

1. 相互性（reciprocity）：某部分增加了就會抵銷（平衡）另一減少的部分，兩者間具有補償作用。例如：水由一矮寬杯子倒入高窄杯子中，造成水的高度增加，但寬度卻減少了，因此二者仍應同量。

2. 恆同性（identity）：從始至終涉及同樣的數與量，沒有加多也沒有拿走任何東西。例如：在液體量實驗中，當杯中的水倒入不同的容器，其實並沒有加多或倒掉任何的水，仍是同一的水。

3. 逆反性（negation）：某一改變狀態可以在心裡以同等但反向的轉換被逆反回到原來狀態。例如：圖3～3中，水是從B杯倒入不同形狀的C杯中，它可以再回到原來的B杯中，回復初始等量二杯水（A、B）的狀態。

相互性與逆反性運思能力均為可逆性能力（reversibility）的一種。可見前運思期幼兒之所以無法恆常「保留」數與量，大多歸諸於未具逆向思考能力，無法回思事物本來狀態與了解互補作用，意識邏輯不變性。換言之，由於先決的邏輯結構尚未發展，所以他們無法了解數目或算數，在數學上是無能的（Baroody, 1992）。進而言之，皮氏以為「數目」與「集合」源起於相同的運作機能，若對某一個無法完全了解則另一個也無法了解；集合的邏輯包

括了整體與部分的關係，數目也是如此，只不過區別在於數目的組成部分是屬同質的單位，而一個集合的組成部分是以其同特質而聯合的。具體而言，加減法之理解涉及層級包含的部份與整體關係，要真正了解加法就必須意會「無論組成部份如何變化，一個整體是恆常不變的」。例如：學習 2＋4＝6，是取決於發展「6 是一個由 2 與 4 這二個部份所構成的整體」的觀念，同時，「它也是由 1 和 5，3 和 3 所構成」。總之，數目的建構與邏輯的發展是相生共隨、同步發展的（goes hand-in-hand），邏輯前期就等於數前期（Piaget & Szeminska, 1952）。

皮亞傑的追隨者卡蜜（Kamii, 1985, 1989）延伸皮氏有關「數目建構乃綜合了層級包含（hierarchical inclusion）與次序（order）兩種關係」的觀點。在「一」系統之建構上，「順序」乃指 1、2、3、4……在心靈上連串成一線之排列；「層級包含」意指 1 包含於 2、2 包含於 3、3 包含於 4…的層層橢圓包含關係。因此當我們說 8 時是指所有的 8 個東西，而非僅指最後一個東西，在心靈上已層級包含所有之物。至於「十」系統的建構則涉及了在已建立的「一」層級系統上建立第二個系統「十」；即必須將第一個系統在心理上分割成幾個相等的部份，然後如同建立第

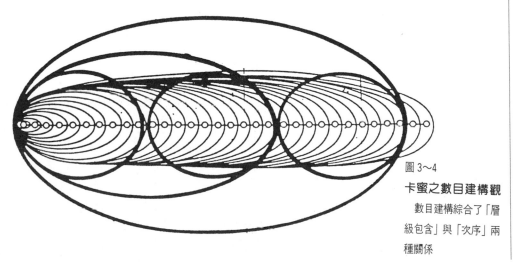

圖 3～4

卡蜜之數目建構觀

數目建構綜合了「層級包含」與「次序」兩種關係

一個系統一樣都須經歷排序（10、20、30、40…）的程序與層級包含各部份的程序（把10包含於20，20包含於30…）（見圖3～4）。總之，數目的理解實涉及內在心靈的邏輯建構。

二、其他心理學研究

皮亞傑學派堅信具邏輯運思本質之數量保留（守恆）能力是數學理解之先決條件，學前幼兒心智邏輯能力尚未發展，無法保留數量之不變性，因而無法真正理解數量。對於此一論點，有諸多學者與研究投以肯定的回響，但同時也廣受質疑，主要的爭論點大部份來自於保留實驗的本身。有些研究指出知覺上的線索（perceptual clues）會影響保留能力的表現。舉例言之，米勒等人（Miller, Held-meyer & Miller, 1973, cited from Payne & Rath-mell, 1988）曾用一組保留實驗測試六十四位平均年齡四歲四個月的幼兒：在第一個實驗中特別提供強調一對一對應關係的「知覺線索」，即施測者告知幼兒每一組籠中動物都是一樣，但是施測者與幼兒的籠子顏色互不相同，而且排列方式是非直線的（見圖3～5上）；當原一對一關係被破壞後，幼兒被詢以是否與施測者具有同等實物時，有77％幼兒給予正確答案（見圖3～5下）。但相對地，在第二個實驗中，兩排珠子呈傳統保留實驗中之直線一對一對應關係（見圖3～6左），然後將其中一排擴散拉長（見圖3～6右）；也就是在沒有任何知覺線索的提供下，祇有41％能正確回答（見圖3～6）。在整個實驗中，研究者發現當保留實驗中的測試實物以直線重新安排後（拉長或縮短），就會減少能保留的幼兒數，換言之，「長度」是一個主要的知覺干擾因素，會誤導幼兒。這個實驗的重要性主要在說明知覺上的線索可以幫助較多的幼兒正確完成保留能力的測試，然而某些特徵也會造成知覺干擾以致影響幼兒判斷。其實在更早，葛爾蔓（Gelman, 1969）已發現幼兒在典型的保留實驗中之所以無法保留是因為幼兒只注意一

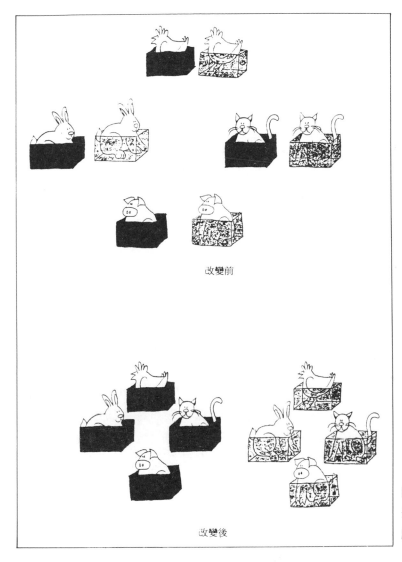

改變前

改變後

圖3〜5

米勒等人之保留實驗（Ⅰ）

些無關的特徵，對於相關的數量關係反而未加以注意。此外，布魯諾（Bruner, 1964, cited from Gross, 1985）也發現若將突顯的知覺上的誤導（暗示）遠離幼兒視線，有助於正確的保留判斷。布氏將典型的液量保留實驗加以改良，即將水從Ｂ杯倒入不同形狀Ｃ杯的操作過程加以遮蔽（幼兒看不見Ｃ杯中水的高度，沒有知覺上的誤導作用）。結果發現45％的四歲幼兒與83％的五歲幼兒認為杯中的水量未變，但是當遮蔽物拿走，露出杯中水的高度後，所

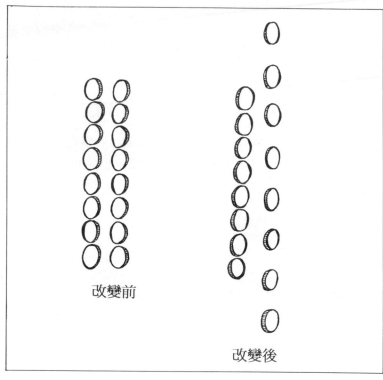

改變前

改變後

有四歲幼兒認為自己錯了，水量有變（不能保留），幾乎所有五歲幼兒能保留，認為水量未變（在傳統液量保留實驗中，祇有 20％之五歲幼兒認為水量未變）。

以上的研究說明了幼兒在傳統的保留實驗測試中，往往受到知覺上的誤導或干擾，因而影響其判斷；事實上，若無這些干擾，幼兒保留能力的表現往往比較好。此外，有關皮氏論點的質疑尚如保留能力之年齡表現，學者也發現幼兒的保留能力比皮亞傑學派所認定的六、七歲還要早。例如在上述米勒等人的實驗中發現，在二十位三歲幼兒中有十七位至少能作一個保留判斷。葛爾蔓等人(Gelman, 1972; Gelman & Gallistel, 1978; Gelman & Baillargeon, 1983)的研究顯示當測驗項目不多時，三、四歲幼兒也能對物體數目持恆：研究者在實驗中給幼兒二盤數目不同但皆呈直線排列的玩具老鼠，讓幼兒選擇一盤，然後將兩盤均蓋起來；施測者從中動手腳將受試者所選擇的那一盤不是改變老鼠數目，就是將老鼠間之距離拉長或

縮短。結果發現幼兒對自己那盤中玩具陳列長度的改變沒有反應，但當發現玩具少了（即改變數目），幼兒會露出驚訝表情並試圖尋找。幼兒只注意玩具數目而不注意物體排列長度之變化，顯示了幼兒已有數目概念。此外，希佛門和布里佳（Silverman & Briga, 1981, cited from Gross, 1985）的研究也支持三歲幼兒能運用簡單的計數比較，對項目少的物體數目表現出保留能力。事實上，運用類似的研究方式，有的研究甚而證明小嬰兒也能保留數目，也就是認識二個與三個或三個與四個物體間之不同（Antell & Keating, 1983）。

有關其他學者對皮亞傑的研究最根本的質疑點是皮氏以為保留概念是自然衍發、無法教導的，並以幼兒在守恆（保留）實驗中的表現斷定幼兒無法理解數量概念，然而這些學者卻堅稱守恆概念其實是可以被訓練的。例如葛爾蔓與葛莉絲提（Gelman & Gallistel, 1978）就發現經過訓練後，將近 100% 兒童具有數與長度守恆概念（沒有訓練時祇有 60%）。甚至連皮亞傑的同僚尹荷德等人（Inhelder, Sinclair, & Bovet, 1974）也證實居於不能保留與能保留階段中間的轉型期幼兒能經認知衝突之引發而趨於守恆之境。誠如莫瑞（Murray, 1978, 引自林清山譯，民八十三年）所言：「雖然不同的研究法用了不同的教學技術，但無所存疑地，守恆概念是可以被教導的」。

有不少學者更進一步地駁斥皮亞傑所認定之幼兒在數學上是完全無能的看法，如葛爾蔓和葛莉絲提（Gelman & Gallistel, 1978）就力言為正確了解幼兒數學知識，須正視幼兒可以做的能力（What they can do）而非將焦點放在其不能做之事。近年來有相當多的研究均証實，幼兒的確有數量方面的能力，對數量概念有一些了解（Gelman & Gallistel, 1978; Gelman & Meck, 1983, 1986, 1992; Gelman, Meck & Merkin, 1986; Greeno, Riley & Gelman, 1984; Groen & Parkman, 1972; Groen &

Resnick, 1977; Resnick & Ford, 1981; Fuson, 1988; Baroody, 1986, 1987; Hughes, 1985; Ginsburg, 1977 , 1989; Carpenter, 1985; Carpenter, Carey & Kouba, 1990)。金斯保（Ginsburg, 1989）與巴儒第（Baroody, 1987）對這些能力表現統稱之為「非正式算術」（Informal Arithmetic），並認為它是幼兒時期最大的成就之一。非正式算術之發展與其表現可分為多少、序列、同等，唱數、計數，與實用算術等方面，茲分別敘述於后：

(一)多少、序列、和同等

即使是小嬰兒也具有對數目的直覺，能辨識少量實物間數量的交迭變化；即連續示以嬰兒同數之實物（如：3個）在過程中間雜以不同數之物（如：4個），嬰兒會對不同數之物特別加以注意（Cooper, 1984; Starkey, Spelke & Gelman, 1983, 1990; Strauss & Curtis, 1981; all cited from Gelman & Meck, 1992; Antell & Keating, 1983）。從二歲起幼兒開始發展數量概念，包括多少、序列和同等，可是他們的概念與技能大體上是內隱的、非正式的、甚至無法用口語明確表達的，而且他們的技巧是有限制的、脆弱的。

以判斷隨意平放的兩組實物孰多孰少為例，研究證實三、四歲幼兒已能對少量的實物作相當正確的判斷（Binet, 1969; Estes & Combs, 1966; Posner, 1982; Ginsburg & Russell, 1981, all cited from Ginsburg, 1989）通常幼兒在不會計算的情況下，其判斷是基於直覺的物理外觀，亦即兩組東西所佔的空間大小；其實這是相當合理的策略，一般而言，數量的多寡（或同等）與其所佔的空間大小是有關係的。再以排序列為例，雖然根據皮亞傑之說，第一階段（四-五歲）幼兒無法做到，但有些幼兒確能做到小部份的排序，或是頂端部份成序列狀；第二階段（五-六歲）之幼兒雖無法整體統合考慮，但也能由「嘗

試錯誤」的方式排出序列，可見幼兒還是有一些基本的序列概念。

(二)唱數與計數

　　幼兒生活在唱數的世界中，數就像是每日的語言一樣，不斷地被聽到也被唱。學習唸 1、2、3 就像是唱歌一樣，兒童喜歡，並樂此不疲。不斷練習的結果，終於學到了數目的先後順序，尤其是 1 到 10 幾個數字。對於 10 以後（11、12、13……、21、22、23、……31、32、33……、91、92、93……）的唱數學習，金斯保曾觀察並訪問幼兒，發現他們不再強記無意義的聲音；在積極嘗試複雜的唱數過程中，藉著別人的主動協助或自己的要求協助，幼兒發現了一些基本的形式法則，並企圖將這些法則與既有且已精熟之 1 至 10 的唱數結構結合。最後，經過不斷嘗試與自我修正、建構的過程，終於學會唱數法則的運用（Ginsburg, 1989）。所以就幼兒對唱數的學習而言，涉及了二種不同型態的學習方式：最初是背誦練習（1 至 10），然後是試圖建構 10 以後複雜的唱數法則（Ginsburg, 1989; Fuson & Hall, 1983）；換言之，新概念的了解（10 以後的唱數）是建立在既有的知識架構（1 至 10 的唱數）之上，二者相互連貫、緊密結合。

　　能唱數並不代表就能正確地運用計數，例如幼兒經常能唱到 100 卻無法正確地數 20 件東西。關於幼兒計數實物能力，根據巴儒第（Baroody, 1992）綜合各方研究之分析：有研究者提出「技巧為先」（skills-first）觀點，認為計數技巧之獲得是經由模仿、練習、強化而記誦的，並未真正了解內涵之意（計數之原則與概念）（Briars & Siegler, 1984, Wynn, 1990, cited from Baroody, 1992），然目前多數學者則提出「原則為先」（principles-first）或「原則—技巧相互發展」之觀點。「原則為先」的觀點以葛爾蔓等人（Gelman & Gallistel, 1978; Gelman & Meck, 1983,

1986, 1992; Gelman, Meck & Merkin, 1986; Greeno, Riley & Gelman, 1984; Gelman & Greeno, 1989)的一系列研究為主，其基本立論為幼兒計數技巧的發展是受到計數原則的駕馭與指引，幼兒在三歲時就懂得計數實物的概念與原則。這些原則包括：

● 固定順序原則(the stable-order principle)：在每一次計數時，計數之「標記」必須是遵守同樣的順序（1.2.3.…或 a.b.c.…）。

● 一對一原則(the one-to-one principle)：集合中的每一個項目只能有一個數目標記，即唱每一個數與點算每一物，要一對一對應。

● 基數原則(the cardinal principle)：計數後集合中最後一個項目的標記代表此堆事物之項目總數。

● 抽象原則(the abstraction principle)：以上三原則均可適用於任何可數的事物，即任何東西皆可拿來數（實物、想像中之事物…）。

● 次序無關原則(the order-irrelevance)：只要遵守其它計數原則，集合中的項目無論從那一個開始數起，並不影響其結果（總數）。

　　葛爾蔓等人進一步指出，當幼兒在計數少量物品時通常都是很正確，可是在計數大量物品時就會發生錯誤；那是因為一個成功的計數，不僅要有概念上的了解，還必須要有執行概念的能力，包括評估工作要求的能力（utilization competence)和程序性能力(procedural competence)(Greeno, Riley & Gelman, 1984; Gelman, Meck & Merkin, 1986)。程序性能力例如：計數每一實物後（尤其是非直線排列者），將已數過的推到一邊或作記號，以利計數；幼兒年紀愈小就愈可能欠缺運用與程序能力，因而造成錯誤，但並不代表幼兒無概念上的理解。幼兒在「限制性計數」(constrained counting)實驗中（一組直線排列的 3 或 5 個實物，第 2 個實物在每一次計數時，必須分別地給予 1、2、3、4、5 的標記），能發明各樣

的正確計數方法，譬如「跳來轉去」（skip-around）、「對應利用」（correspondence-capitalize）、「創造」（create）等，充份證明了幼兒理解並尊重計數原則（Gelman & Gallistel, 1978; Gelman, Meck & Merkin, 1986）（見圖3～7）

至於「相互發展」觀點則認為計數之原則與技巧，二者是相互交織般地共同發展（Baroody & Ginsburg, 1986; Ginsburg, 1989; Baroody, 1992; Fuson & Hall, 1983; Sophiam, 1992）。無論是「原則為先」或「原則—技巧相互發展」觀點，均認為學前幼兒對計數實物有一些概念上的理解；例如，幼兒都知道「每件東西只能數一次」是很重要的，但在數多量東西時，卻無法正確運用這些原則，因為他們缺少作系統性記錄已數過東西的能力，必須常靠記憶，造成記憶上的負擔（Ginsburg, 1989）。根據傅笙（Fuson, 1992b）的研究，三歲至三歲半，三歲半至四歲，與四歲至四歲半幼兒數直線排列的4至14個實物，其成功率分別為84%，94%與97%；若直線排列的實物加長至32個，其正確率稍降為56%、64%、71%。一般而言，平均四歲左右的幼兒能計數九件東西，五歲幼兒大約二十件，六歲兒童則能正確計數二十八件（Baldwin & Stecher, 1925; cited from Ginsburg, 1989）。

(三)實用算術

在幼兒的每日生活情境中，自然地充滿了數量的活動：與弟妹、朋友分食物、物品，和母親上街買玩具，和父親玩大富翁遊戲等，都與數量不可分，而且從這些活動裡，也顯示學會計數和算術是非常具有實用價值的。譬如，原來小茵有五塊餅乾，媽媽要他給弟弟二塊，小表妹二塊，他還剩下幾塊？夠不夠自己吃呢？再如爸爸要小茵把新買回來的12張貼紙分給弟弟一半，那是幾張呢？現在自己總共有幾張貼紙呢？比弟弟多多少？少多少呢？在這種實際

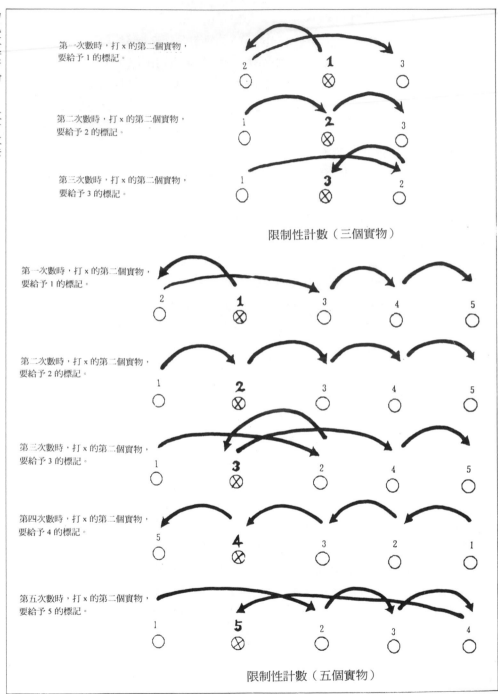

第一次數時,打 x 的第二個實物,
要給予 1 的標記。

第二次數時,打 x 的第二個實物,
要給予 2 的標記。

第三次數時,打 x 的第二個實物,
要給予 3 的標記。

限制性計數（三個實物）

第一次數時,打 x 的第二個實物,
要給予 1 的標記。

第二次數時,打 x 的第二個實物,
要給予 2 的標記。

第三次數時,打 x 的第二個實物,
要給予 3 的標記。

第四次數時,打 x 的第二個實物,
要給予 4 的標記。

第五次數時,打 x 的第二個實物,
要給予 5 的標記。

限制性計數（五個實物）

圖 3～7　葛爾蔓之限制性計數實驗　在實驗中,幼兒能發明各樣計數策略,如在五個實物中的第二與第四次計數,幼兒所用的策略是「對應利用」。

問題情境中，使得原本不會正式數學運算的幼兒從他們原有的「直覺」和「計數」的能力中，自然發展出「實用算術」。

不過幼兒所創的實用算術是非常具體的，給予之問題必須配合具體實物在其面前，方能解出。「你有2個糖果，我再給你5個，你總共有多少個？」對於這樣的問題，二、三歲幼兒還未具有能力理解問題；四歲的幼兒已經知道如何求兩組東西之總合，他用的策略是「計數（點算）所有東西」（counting all），也就是將兩組東西合起來，從第一組的第一個東西開始數起〔1、2〕，然後接著數第二組〔3、4、5、6、7〕，所以答案是7個。五歲的幼兒除了用數全部東西之策略外，甚至能發明更有效率的計算方法——「往上繼續計數」（counting on），即從第一組東西之數目：2開始繼續計數〔2，3(1)、4(2)、5(3)、6(4)、7(5)〕，所以答案是7個，不再從第一組的第一件東西：1開始數。或者更進步的策略是從數目大的那組之數目：5開始往上計數〔5，6(1)、7(2)〕。至於減法問題，例如：「小珍有5枝筆，丟了2枝，還賸下幾枝筆？」幼兒則實際拿走2個實物，點算賸下的數目〔1、2、3〕（Groen & Parkman, 1972; Groen & Resnick, 1977; Baroody, 1987; Ginsburg, 1989; Gelman & Gallistel, 1978; Starkey & Gelman, 1982）。

如果要幼兒加想像中的東西，不給實物操作，就比較困難了。根據金斯保的研究，在這種情況下，幼兒通常會以手指或手邊的實物來計數運算。斯塔基和葛爾蔓（Starkey & Gelman, 1982）也發現，在沒有實物可計數時，有些幼兒用手指代表看不見的東西，有些幼兒則大聲計數。假如要幼兒利用符號、記號來代替想像中的東西以便計數，就更加困難了（Ginsburg, 1989）。根據研究，大部份幼兒在小學初期仍延用其已發展之實用算術，但是更趨成熟，已經進展到能在心裡運算的層次了（Carpenter &

Moser, 1982, 1984; Carpenter, 1985; Carpenter, Carey & Kouba, 1990; Cobb, 1985; Madell, 1985; Baroody & Ginsburg, 1986; Baroody, 1987; Ginsburg, 1989; Resnick, 1983)。其所發明的捷徑計算方法，在減法方面，還涉及「往上增」(incrementing)與「往下減」(decrementing)二種策略的明智選擇。例如在做「9減2」與「9減7」時，作9減2會採往下降之法〔9，8(1)、7(2)〕，所以答案是7；而相對地，作9減7會選擇用往上增之法〔7，8(1)、9(2)〕，所以答案是2。

綜上所述，可見幼兒所發明之加減法策略與計數實物(counting)很難劃分。對幼兒而言，加法就是計數實物的一個延伸，即計數兩組合併的實物；減法也是一樣與計數實物密切相關，即計數從一組實物中拿走一部份東西後所賸下的東西。雷斯妮(Resnick, 1983)認為學前幼兒之所以會發明簡單的計算策略，是因為運用「心理數線」(mental number line)去表達數目並發展對數目的了解。在心理數線（見圖3～8）上的所有位置都有數字與其對應，所有個別位置是被漸序關係所連結，並且有一個方向記號指明線上愈後面的位置，價值愈大，因此，可用來比較數量。當然心理數線也有反向記號，讓幼兒在做減法時運用從大數目往下數的策略。

總之，學前幼兒是有一些數量的理解與能力，吾人絕不可忽視之。此外，有關兒童數概念的發展，大陸心理學者曾對全國十個地區千名以上三至七歲兒童作了大規模調查研究，結果發現學前幼兒有相當的能力表現，其發展階段有三（劉範，1981，引自李丹，民八十一年）：

● 對數量之動作感知階段（三歲左右）

　　幼兒對大小、多少有籠統的感知，能唱數至10；計數至5，但祇是數詞與手的動作協調，總數仍有錯誤。

● 數詞與物體數量間建立聯繫階段（四至五歲）

　　幼兒計數後能正確說出總數，末期並出現數量的守

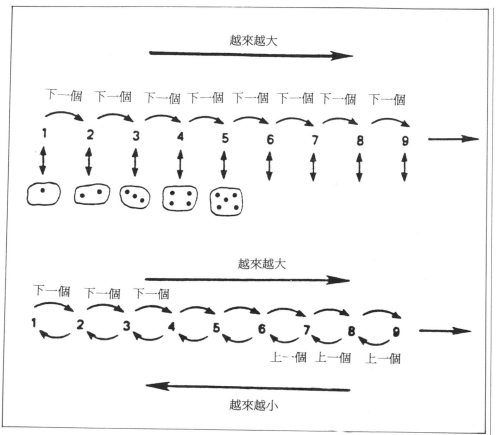

恆現象。此時能按數（約 5—15）取物，能認識序數（第幾），能知曉 10 內之合成、分解概念，做簡單的實物加減運算。

心理數線與其反向標記

● 數的運算之初期階段（五至七歲）

　　幼兒已能從實物的運算走向抽象數字運算，能作 20 以內的加減運算，基數和序數概念已呈穩定發展。

第四章

幼兒數與量教學

第一節　幼兒數與量教學之方法與內容

一、教學方法與原則

從上節非正式算術的發展充份顯示學前幼兒是有相當的能力，雖然這些能力是直覺的、脆弱的、有一些限制的、甚至內隱不明的，但絕不能輕忽之。吾人以為幼兒數學發展的特質，應該是教學時之重要考量依據，綜觀這些幼兒數學的特質包括下列幾項：

● 自發與自導性

幼兒的非正式算術多半是自我啟動、自我導引，他們非常喜歡唱數，不斷地「唱」著，即使錯了也會自我糾正或請教親長；甚至見了可數實物即馬上計數，重覆地練習，樂此不疲。尤其他們所發明的「數全部的」、「往上繼續計數」等捷徑計算法，也常是為解決生活中實際問題，在自發與自我導引下，從其計數實物的直覺想法中，心領神會發展出來的。基本上，幼兒具有熱切的學習動力，好奇並渴望理解周遭的世界，是個活躍的學習者。

● 建構與發明性

幼兒的加、減實用算術例如：「數全部的」與「往上繼續計數」策略，實為計數的延伸，與計數實物密切相關；足見幼兒絕不是一個空白的容器（如同吸收論之觀點），新的知識（實用算術）是建構在舊有的認知結構上（計數）並與之交相聯結。「往上繼續計數」與「數全部的」加法策略，甚而選擇性「上增」、「下減」的減法策略是幼兒自己的發明，完全未經他人教導，正如同語文之讀寫萌發（emergent literacy）一樣，幼兒能在自然環境中自創文字，吾人實應尊重學前幼兒的主動建構能力。事實顯示幼

兒的建構能力是令人稱奇的，卡蜜（1985，1989）曾刻意不教一、二年級學童傳統的加減運算方法（諸如 19＋18＝？ 9＋8＝17 寫 7 進 1，1＋1＋1＝3，答 37），完全由學童「發明」（reinvent），結果發現他們能建構各種解答策略，例如（19＋20＝39，39－2＝37），（18＋20＝38，38－1＝37），（20＋20＝40，40－2－1＝37）、（15＋15＝30，30＋4＋3＝37），……。此外，金斯保（Ginsburg, 1989）也發現學童所發明的演算方法，包羅萬象。因此之故，吾人實不可小看幼兒的建構能力。

● 情境與實用性

　　幼兒的實用算術大體上是在自然生活與遊戲情境中為解決問題而衍發的，與日常生活密不可分。諸如「生日派對時，我和妹妹邀請表弟、表妹以及 2 個小客人，媽媽得買幾根棒棒糖？」，「我已有 7 張貼紙，老師說有 10 張就可以換好寶寶禮物，那我還要幾張才可以拿到好寶寶禮物？」，「一包糖果有十二顆，我和妹妹平分，我可以分到幾顆？」，「我還要多走幾步才能比爸爸先到終點？（玩板面遊戲時）」。富情境與實用性的幼兒數學，實予吾人教學之重大啟示。

● 直覺與具體性

　　實用算術是幼兒在不會正規演算方法時，從其現有的認知架構中即直覺想法中建構出來的，在當時他只會唱數、計數，這是他所能理解的，也是他覺得安心的方法，於是很自然地發展了「數全部」與「繼續往上數」的策略。直覺式（非正式）的數學當然不是很成熟，但它的存在代表了幼兒在學習過程中扮演了重要的角色。此外，幼兒的數學也是具體的、看得見的、摸得著、可以數算的，若要他們計算想像中的事物，就必須尋找替代物，這樣的特性在教學上足以令人省思。

　　幼兒天生好奇、熱切於學習，在內在興趣與實際功用

二項因素之激勵下，他們以一種自我主導的方式學到了很多出於直覺，而且是非常具體的實用算術。在另一方面，從數概念的發展過程中，也顯示數字的文化資產（例如：數之名稱1、2、3、4……。）對幼兒建構非正式數學是不可缺少的。試想，若無一次次聽人唱數，幼兒怎可發現唱數的法則？若無實際的解題情境鼓勵他去計數各種實物，又怎可能發明實用算術呢？根據以上的分析，吾人認為有關幼兒的數教育，首要之務是提供一個豐富且刺激性的環境來儘量回應與支持幼兒的興趣。所謂豐富且刺激的環境包括了人為的支持、協助，與各種具體可數物、玩具、教具的提供；不過人為的支持、協助是以回應幼兒的興趣為原則，而非強施教學、主導幼兒學習。換言之，幼兒喜歡唱數就應順著他的興趣，陪他唱數，適時地指出他的錯誤；喜歡計數就供給他各式可數的實物、教具去點算計數，教他程序性技巧；喜歡數的運算，就在日常生活中，提供實際的解題情境並以各樣問題刺激其思考。回應與支持幼兒的興趣，又可分為下列幾項具體教學方法與指導原則：

㈠與幼兒之生活經驗聯結

人類生活與數量息息相關，密不可分，有一本幼兒圖畫故事書──不准說一個數字，將每日生活中實在不可能不提及數目之情況描繪得淋漓盡致相當傳真。生活中既然無時無刻不充滿數量語詞與活動，吾人即應適時抓住機會進行數量學習。況且幼兒的非正式算術本來就是在日常生活中受到實用價值的激勵自然衍發而來，那麼我們就應該多讓幼兒從生活中耳濡目染數量概念，然後再運用於生活之中。類似這樣著重生活性與實用性，才是一種有意義的學習，並可激發興趣，減少幼兒對數學的焦慮與恐懼。

幼兒數量教學要儘量從生活中取材、隨機教導，以點心時間為例：吾人可以提供兩種不同（顏色、形狀或口味）的餅乾，請幼兒依自己喜好取用，但最多只能拿幾塊（例：5或6、7……），這就涉及數的「合成、分解」概念（如：

1 草莓 4 巧克力、2 草莓 3 巧克力、3 草莓 2 巧克力……)。
又如在晨間圍坐點名時，計算多少人出、缺席？或在分組
工作時，查驗剪刀夠不夠用、差幾把？或在排隊集合時比
較誰長得最高、走得最快？都和數量有關。即使是刻意設
計的活動也要以幼兒日常生活情境為素材，儘量與幼兒之
生活經驗相結合，並使其學習具有意義；或以遊戲方式呈
現，因幼兒之生活即遊戲，利用各類型板面、紙卡等數量
操作遊戲和團體遊戲，讓幼兒在歡愉快樂的氣氛中學習與
運用數字。總之，數與量教學不能剝離情境，必須緊密融
入幼兒的生活中。

(二)以解題、推理為導向

　　幼兒絕非是一個被動收受的空白器皿，而是一個有思
考、有能力建構知識的個體，因而幼兒的數與量教學應摒
棄填塞灌輸模式，多強調解決問題與推理能力的培養。教
學若瀰漫解題氣氛，那麼教室裡將洋溢著與生活有關的各
種「情境問題」，並充滿刺激思考的問話；幼兒們則忙著操
作教具、與其他幼兒互相討論、將問題以行動演示出來、
在紙上畫圖表等，此即為一個以幼兒為中心(child
-centered)的教學型態。例如：老師提出校外教學的實際
問題，要幼兒算出「若每 5 位幼兒須要 1 位家長陪伴，全
班 20 位幼兒，共須多少家長參加？」，再如：老師拋出一
個模擬乘法的情境問題「小威的生日會邀請了 4 個小朋友
到家裡玩，小威打算給每個小朋友 2 根棒棒糖，請問小威
共需準備幾根？」，幼兒就可用各種方法實際「做出」答
案：具體操作點算，以行動演出情境，在紙上畫圖作記……
等。總之，解決問題實為一個過程學習，透過此一過程去
臆測、推算、解釋、並證實自己的想法，而解題的策略是
經由此一過程摸索習得的，非強加教導的。在解題的情境
中，幼兒才是學習的主體，促進思考、推理是解題教學的
精神（National Council of Teachers of Mathe-
matics, 1990），因此，教師的問話技巧就顯得非常重要，
開放性或擴散性問題應常出現在教師的問話中。

㈢援引幼兒之直覺想法

幼兒的直覺想法是幼兒建構知識的基礎，學前幼兒所發明的實用算術策略，就是源於既有認知結構中之直覺想法；甚至到了小學，非正式算術仍然繼續發展中，兒童總是把學校所教的算術，融入既有的知識結構中。所以吾人在設計課程或教學時應鼓勵並援引他們的直覺想法，進而設法將之與充滿抽象符號之正式數學聯結，因為這些想法是代表他們試圖理解的努力。舉例而言，老師示以幼兒八隻小雞模型，然後背著幼兒視線不知拿走幾隻小雞，最後只剩下五隻小雞模型出現在小朋友面前，老師問：「老鷹抓走了幾隻小雞？」有小朋友答：「三隻，因為這裡有五隻，所以六(1)、七(2)、八(3)，剩下三隻（指著空白的地方，三次分別說六、七、八）」。這種用「往上加」的辦法來解決減法的問題，其實是相當聰明的；老師在介紹減法的概念時，若能借用此種幼兒能理解的，且對幼兒具有實質意義的往上加的概念，必定更能增進其理解力。

㈣運用具體教具與實物

幼兒的數學既是非常具體的，純粹的紙筆作業、操弄抽象符號實與兒童的自然學習不符，對數學概念的發展沒有助益。皮亞傑(Piaget，1973 b)曾說過：「在數學教育裡，我們必須強調行動的角色；特別是幼兒，操弄實物對了解算術是不可缺少的。」金斯保(Ginsburg，1989)也指出，將幼兒算術植基於具體實物與行動是無害的，在缺少具體實物和其它特殊經驗，兒童可能將算術看成是一個武斷、無意義的遊戲。所以在幼兒的教室裡，要充滿各式各樣的實物和教具，任何可數之物均可利用，例如小貝殼，小石塊、鈕扣、豆子等。坊間生產的數量教具像供計數用之小動物模型、籌碼、小方塊積木、套鎖小方塊(Interlocking Cubes，見圖4～1)、各類型數棒(Number Rods，見圖4～2)、十進位積木(Base-Ten Blocks)、天秤等都儘量讓幼兒操作，以發展數量概念。甚至可自製各式撲克牌

卡、點數卡、板面遊戲、數盤、數條……等供幼兒操作與遊戲。但是操作實物與教具必須配合省思與推理，內在心靈的活躍才能賦教具以生命。根據筆者的訪視，目前幼兒的數與量教學，多半採用坊間現成的紙筆作業，大多是抽象符號的紙筆練習，練習完畢由教師打成績，此種教學方式頗值吾人深思。

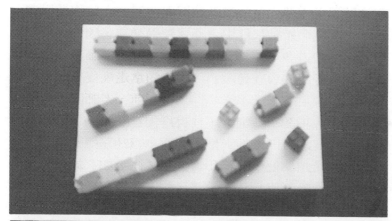

圖4～1
套鎖小方塊 （亦請參見本書前頁之彩色圖例）
每一個小方塊都有溝槽，可以彼此套接在一起。

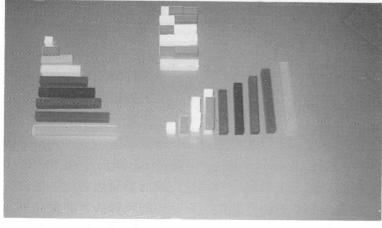

圖4～2
數棒 （亦請參見本書前頁之彩色圖例）
每種顏色的數棒，代表不同的數目，如：1是白色，2是紅色，3是粉紅…。

(五)鼓勵互動交流

　　許多的研究顯示社會交流能刺激兒童的省思能力，對知識建構頗有幫助（Doise & Mugny, 1984; Perret-clermont, 1980, cited from Kamii, 1985, 1989; Inhelder, Sinclair, & Bovet, 1974）；前所述卡蜜之建構教學方案裡，學童完全藉討論與爭辯而建構各種演算方法，即為明

證(Kamii，1985，1989)。古柏(Cobb，1985)所言甚是，既然兒童能發明自己的演算方法，因此，最適切的課程改革是鼓勵兒童之間或與老師談論他們的數學，這樣的互動會強化「數學是可以被思考的」和「數學涉及理解」的信念。吾人在教學時，無論是設計解題情境或遊戲情境，都要儘量提供並鼓勵幼兒們交流互動的機會，以談論其直覺想法與思考方式。上所提及之板面、骰子、牌卡遊戲與一些大、小團體遊戲最能引發幼兒互動交流，因為幼兒們都會很在意某人多走一步、多算一分，或誰快誰慢、誰多誰少，其直覺想法會在遊戲過程中表露無遺。

以上各項教學原則間，其實是相互關聯的，例如鼓勵幼兒的直覺思考即能促進推理能力，讓幼兒操作具體實物與教具亦可幫助他們解釋和調整思考。總之，加強推理、解題的能力為數學教學的主要目標，寓教學於解題情境實為今後幼兒數學教育之努力方向。

二、教學內容

幼兒數、量教學內容可歸納為下列幾項：

㈠唱數與計數

基本上，十以內的唱數屬於背誦記憶行為，如同唱歌一樣，按1、2、3……順序依次唱下去。在平日生活裡應多陪幼兒唱數（尤其是小班幼兒）或故意製造唱數的機會。坊間流行一些數的兒歌能引發幼兒對唱數或計數的興趣，例如：「1、2、3，3、2、1，1、2、3、4、5、6、7，7、6、5、4、3、2、1，大家一起穿新衣」，「一角兩角三角形，四角五角六角半，七角八角九插腰……」，「五隻猴子盪鞦韆，嘲笑鱷魚被水淹……四隻猴子……三隻猴子……」。此外，市面上也有一些幼兒圖畫故事書可資運用，例如：數數兒一書中的「你數一，我數一，一隻小貓叫咪咪，你數二，我數二……你數九、我數九，我們都是九個好朋友。」

對幼兒唱數與計數能力均頗有助益。

計數能力是幼兒建構非正式算術的基礎，理解數量概念的必要條件，因此在平日裡要隨時抓住機會讓幼兒練習計數（例如：排隊進出時之人數點算、上下樓梯時之階梯數數算、或分發教具物品時之實物點數）與體驗「一組東西無論如何安置擺放，絕不改其總數」。或者是刻意設計活動將幼兒計數時容易犯的錯誤（例如重覆計數某一東西或跳過某一東西未數）融入活動中，讓幼兒練習計數原則（固定順序、一對一、次序無關、基數、抽象原則）（見活動示例中之「小兔子數數」）。此外，設計活動讓幼兒往上繼續計數（counting on）與往回倒數（counting back）也是很有意義的活動，任何的遊戲都可運用齊聲倒數做為開始的信號，例如在「紙飛機飛得遠」的活動中，就可以讓小朋友10、9、8……4、3、2、1倒數計時地發射飛機。

(二)數字認識、書寫與運用

在學前階段會認讀數字是很重要的，更重要的是會將其所認讀之抽象數字與其所代表之具體實物、或半具體圖片、或其口語唸出之數目聯結，如此才是真正概念理解性的認讀數字。例如：當老師唸出「三」時，幼兒能拿出3個實物（積木、筆、或串珠等），並且在數字卡中找出「3」卡片；或當老師拿出「5」這張數字卡時，幼兒能唸出「五」，並拍5次手；或當老師舉6根手指時，幼兒能唸出「六」，並舉出「6」之數字卡或找到有6個實物的圖卡。吾人以為幼兒在認讀抽象數字前，一定要對數在概念層次上有充份地探索，換言之，必須體驗具體計數實物與半具體圖片的階段，純粹記憶式地認讀而無概念上的理解是毫無意義的。在認讀的過程中，教師可以在教室情境中強化數字認讀，例如：在每個學習區畫上可容納之幼兒數（人形），但寫上對應之數字；或設計一些促進聯結具體實物、半具體圖片、半抽象記號、和抽象數字之間的操作性教具或遊戲，圖4～3、4～4、4～5、4～6、4～7、4～8）均是提供數概

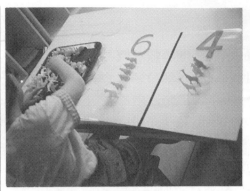

圖4～3　數之概念層次活動（Ｉ）

圖4～4　數之概念層次活動（Ⅱ）

圖4～5　數之概念層次活動（Ⅲ）

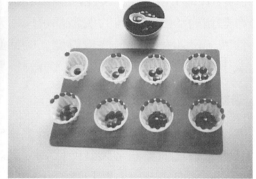

圖4～6　數之概念層次活動（Ⅳ）

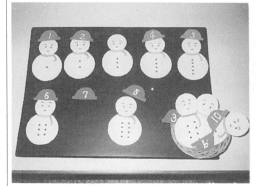

圖4～7　數之概念層次活動（Ⅴ）

（亦請參見本書前頁之彩色圖例）

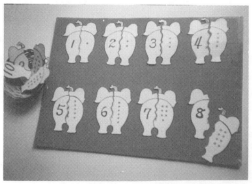

圖4～8　數之概念層次活動（Ⅵ）

（亦請參見本書前頁之彩色圖例）

念理解的學習角操作活動。牌卡遊戲中的跟牌（跟同樣數字）、板面遊戲中的「跳石子」（見圖4～9，改編於 Kamii & Devries, 1980，幼兒團體遊戲一書）對於數字認讀皆有助益。

圖4～9

數之遊戲—跳石子

　幼兒擲骰子，在石子路徑上找出具有兩只骰子和數的石頭，並跳到該塊石頭上。

　　至於數字之書寫在學前階段比較困難，許多可以認讀數字的國小一年級幼童，甚至還會把3寫成ε，6寫成ϱ。在小肌肉尚未完全發展時，吾人建議讓幼兒運用各種替代方法習寫數字、熟悉字形，例如：用手在空氣中作勢畫形、在沙箱中揮灑字形、用手指摸數字砂紙、用毛根塑出字形、用豆子黏貼字樣、用橡皮筋在釘板上造字形、用火柴棒（或牙籤）排出字形、用大刷子沾水在陽光下的水泥牆上刷寫、或用麵糰（黏土）烤（做）出數字等。若有書寫需要時儘量讓幼兒用蠟筆或粗麥克筆塗畫，避免在窄小的空格內反覆習寫，應讓幼兒覺得數學其實是很有趣的。當然也有幼兒自己對書寫很有興趣，出於自發拿筆寫字，教師必須予以適當的輔導。巴儒第（Baroody，1987）則建議採用口語描述動作的方式，幫助幼兒省思數字的外形，譬如：「7」這個數字，是由上面橫穿到右邊，然後畫一斜線下來到下面，當幼兒在作以上練習時，可以用他們自己的話，唸出筆順。

㈢數字關係

　　傳統的數字教學在讓幼兒學會簡單的計數後,就直接進到加減運算,這種教法其實是錯誤、不成熟的(Van de Walle, 1990)。在進入數字運算以前,我們必須讓幼兒充份了解數字間之各種關係,以做為將來數字運算的基礎,否則幼兒只能憑計數概念來解決各樣加減問題。數字關係包括每一數字與5、10之關係,數字間順序、大小、多少關係,數字之合成、分解(部份、整體)關係等。就每一數字與5、10之關係而言,以7為例,7是比5多2、比10少3,吾人可製作5和10為單位的「數條」(見圖4~10)或「數盤」(見圖4~11),以增進幼兒聯結數字和5、10的關係。數字間順序、大小、多少關係意指能依大小排序,比如給幼兒一疊數字卡,讓其依大小順序排列;或指序數關係(第一個、第二個……);另外尚指數字間多1、多2、少1、少2之關係,例如:比5多1為6,多2為7,少1為4,少2為3。至於數字之部份、整體關係更為加減運算的先驅,舉例而言,5可拆分為1、4二部份,也可分解為2與3,抑是5與0。

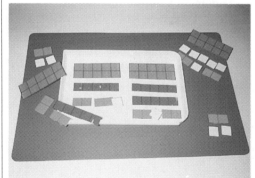

圖4~10　**數條**　(亦請參見本書前頁之彩色圖例)

　　數條有1元、2元、5元、10元,各由1、2、5、10個小方片所組成,在遊戲時可當錢鈔使用。

圖4~11　**數盤**　數盤由2行5個方格所組成,可予幼兒視覺上的幫助,聯結數字和5、10的關係。

　　以上數字關係活動之進行應儘量在生活中或遊戲中讓幼兒操作實物,強化概念之理解。前所提及之點心時間取

用 2 種顏色（或形狀、口味）的餅乾，即為在生活中自然學習數之合成、分解關係。許多的牌卡遊戲，例如數字接龍（可依 1、2、3、4……大小順序接龍，或接比原數字多 1 或 2、少 1 或 2 之牌，見活動示例之「順序列車」）、或合牌湊數（誰手中的牌能和中間翻開之牌湊成某一特定數目，誰就收入牌卡，見活動示例之「我們湊在一起」）、以及本章第二節活動示例中之操作性活動（例如雙色接龍、生日快樂）等，均可讓幼兒在遊戲中經驗數字關係。當然教師亦可自製各種學習角操作性教具讓幼兒自行探索數字關係。

㈣運算與估算

關於數字加減運算，吾人倡導「解決問題教學方式」（Problem Solving Approach）以發展概念與技巧（Carpenter, Carey & Kouba, 1990; Nelson & Kirkpatrick, 1988）。所謂解決問題教學方式意指援用每日生活實例或設計仿真實世界情境問題（類似一般所言之應用問題，例如：小君收集了 6 輛小模型汽車，他還要收集多少輛小汽車，才會和小威一樣總共有 10 輛？），容許幼兒運用各種不同方式：操作具體物、演示、在紙上畫圖作記、討論、運用計數技巧、或扳手指等，以解答問題，充份探索加減概念，而在幼兒對概念充份理解後，才引入代表概念的「＋」「－」抽象符號。這與傳統教學先教計算技巧（標準的演算方法），再做應用題的情形是大異其趣的：在傳統的教法下，兒童在紙上機械式反覆練習演算方法，計算技巧完全脫離情境，沒有實質意義，對概念的理解無所助益，而且對兒童而言，也較無興趣。又幼兒期運算概念的探索並不限於加、減而已，乘、除概念亦可納入，重要的是幼兒要能在每日生活中或有意義的情境問題中實際操作、經驗，以發展概念。因之類似「披薩一個，切成 12 小塊，全家有 4 人，每一人可吃幾塊？」（見圖 4～12）這樣的問題，幼兒能從中實際的模擬分配中，聯結除法意義與真實世界的情境，就顯得非常有意義。總之，幼兒時期的

圖 4～12

除法情境問題圖例

數字運算應以概念探索為先為重，多提供對幼兒有意義的情境問題以發展加減（甚或乘除）概念，這才是教學的重點。即使進入加減和差的計算技巧（例：3＋4＝？）階段，其教學也應以解決問題為取向，因為數字運算本就涉及數字關係，協助幼兒思考、發現關係就等於在教解決問題技巧（Baroody & Ginsburg, 1982, Baroody, 1985）。例如：5＋2＝7，那麼5＋3＝？；8－2＝6，那麼7－2＝？傳統的教學要熟記爛背基本的加減和差，吾人若能將幼兒的注意力多導向「3與2」之間以及「7與8」之間的關係，那麼就不難思考出解答方法是7＋1＝8與6－1＝5。此一以推理為精神的加減和差計算法，也為多數學者所強調。其實幼兒若能多在遊戲中經驗數字關係或數字運算，例如以上所提及之牌卡遊戲中的「合牌湊數」與本章第二節活動示例中的「看誰先找到寶藏」、「你叫價、我出錢」，就可減少對紙筆作業機械式練習的依賴，使數學成為有趣、好玩的活動。

美國數學教師協會在其編訂之數學課程與評鑑標準中將「估算」（estimation）也納入幼稚園的課程中（NCTM, 1990），吾人亦以為具估算能力在當今高度挑戰競爭、計算

機發達的時代，顯得格外重要。具估算力則能知用計算機時有否按錯鍵、計算結果合理嗎？例如：當在鍵入 319＋489＋302＋887 時，吾人估算 319 大約是 300，489 不超過 500，202 大約是 200，三個加起來應是 1000 左右，再加 887 絕對不超過 2000，如果計算機的答案是 3495，一定是按錯了鍵。估算也與吾人日常生活關係密切，譬如逛超市時，鮮奶一瓶 45 元，餅乾 25 元，麵包 18 元，身上只有 100 元時夠用嗎？若能估計則知鮮奶不超過 50 元，麵包不滿 25 元，因此餅乾與麵包也不超過 50 元，所以 100 元絕對夠了。誠如上述數學課程與評鑑標準中所指，在估算時，必須運用邏輯推理、判斷與決定能力，在講求推理思考、解決問題教學趨勢下，培養幼兒的估算能力亦應列為教學的重點。教師可以模擬逛超市的情境，給予簡易估算問題，讓幼兒推理思考；或給予估算「量」之經驗，例如這一堆是 10 個球，這一大盒裡大約有多少球？

(五)連續量表徵與比較

吾人用數字去表徵一組分立的事或物（分離量），例如：「桌上有 5 個蘋果」、「地上有 2 本書」；至於連續量（長度、面積、容量等），為了有助於了解與表達，通常我們也將它想成由一組細小且同等的分立部份所組成，這些部份可以被合在一起重建原有之量。例如一長方形紙條是由 10 段 1 公分長的小紙條所構成，一桶水是由 5 杯水所組成，這就涉及「測量」概念與技巧。換言之，測量涉及賦予事物一個數目，使之可以在相同的基礎上比較（Charlesworth & Radeloff, 1991）。當然，吾人也可僅憑感官去估量與比較量之多少，例如：憑視覺判斷不同杯中水量之多少，或實際用手分辨一組東西之輕重，但為正確比較與排序，測量還是較為可信的。不過，在實地測量活動進行前，教師應予幼兒「估量」之機會，以發展其思考力，然後再以測量結果驗證其答案。例如教室地毯或桌子的長度，在正式測量前，教師可用 10 個套鎖小方塊套成一長條，讓幼兒作為視覺上的參考，估算桌子大約有多少個長

條；再如在「一個大的紙盒可以裝得下多少個小紙盒？」的測量情境裡，幼兒以小紙盒為視覺參考物，先估量後再以實地測量考驗其答案。

將事物比較並分成類組：一樣長（大、多、高、重、快……）與不一樣長（大、多、高、重、快……）二組，或者是一樣長（大、多、高、重、快……）、較長（大、多、高、重、快……）、與較短（大、多、高、重、快……）三組，是最基本的連續量活動。舉例而言，吾人可準備長短不一的各類物品：迴紋針、橡皮擦、鉛筆、繩子、安全刀片、筆盒等，讓幼兒和某一長度之物品（如：紙條）比較，和紙條同長者為一類，比紙條短者歸為一類，比紙條長者又為另一類。在遊戲中比較（連續量）並分成等第類組，例如投球比賽比較遠近，跳橡皮筋比賽比較高低，也是很好的連續量活動。這樣的比較分類實為進一步依序排列（見第七章）的基礎。至於實際上到底有多長（大、多、高、重、快……）則必須依賴測量，測量是正確表徵與比較連續量之不二法門。

在幼兒期量之測量必須讓幼兒實際經驗，而非僅讓幼兒觀察老師測量，或作紙筆練習（Wilson & Osborne, 1988, cited from Liedtke, 1990）。測量活動（尤其是長度、面積）應循序漸進，始於用「身體部位單位」（body units），諸如食指姆指間距、手掌（寬距）、手肘（長度）、腳印（長度）步間距等，再進入「隨意單位」（arbitrary unit）測量，亦即所有任何東西都可以拿來作為測量的單位而加以使用，例如：桌子的長度大約是 5 本書的長度，桌面可以用20本書蓋滿，或一大碗綠豆可以裝成 5 個布丁杯，書與布丁杯均為隨意單位。但隨意單位無法作為溝通的基礎，舉例而言，如果我們想購買一部有10本書長的冰箱，對於別人而言，10本書是多長？毫無概念；可是如果吾人說的是 5 呎 2 吋的「標準單位」，相信在世界上任何國籍的人均能理解，因此，在教學上要循序引導，讓幼兒漸行感覺有使用標準單位的實際需要。

第二節　幼兒數與量教學之活動示例

　　本節主要目的在提供「數與量」教學活動實例，包括團體活動與學習角落活動，以供讀者參考運用。讀者可依幼兒的年齡、特質與教室的特殊環境，將活動實例加以適度改編，以符合需要。這些活動實例乃筆者綜合個人近年來在理論與實務上的領悟與心得，以及一些參考著作的活動創意，加以變化、改編而成。這些參考著作如下所示：

- 黃頭生譯（民 69 年）‧幼兒算術
- Baratta-Lorton, M. (1979). Workjobs II: Number Activities for Early Childhood.
- Kamii, C. & Devries, R. (1980). Groups Games in Early Education.
- Payne, J. (Ed.). (1988). Mathematics Learning in Early Childhood.
- Payne, J. (Ed.). (1990). Mathematics for the Young Child.
- National Council of Teachers of Mathematics. (1990). Curriculum and Evaluation Standards for School Mathematics.
- National Council of Teachers of Mathematics. (1991). Curriculum and Evaluation Standards for School Mathematics：Kindergarten Book.
- Charlesworth, R. & Radeloff, D. (1991). Experiences in Math for Young Children.
- Van De Walle, J. (1990). Elementary School Mathematics：Teaching Developmentally.
- Schultz, K. & Colarusso, R. & Strawderman.

(1989). Mathematics for Every Young Child.

· Ohio State Dept. of Education. (1988). Kindergarten Mathematics.

· Libby, Y. & Herr, J. (1990). Designing Creative Materials for Young Children.

· Kaye, P. (1991). Games for Leaning.

· Baratta-Lorton, M. (1976). Mathematics Their Way.

· Baratta-Lorton, R. (1977). Mathematics: A Way of Thinking.

· Burton, G. (1985). Towards A Good Beginning: Teaching Early Childhood Mathematics.

· Womack, D. (1988). Developing Mathematical and Scientific Thinking in Young Children.

活動 N₁：小兔子數數

目的：藉由動物手偶計數行為之誤，引出正確的計數方法，以發展計數能力與增進對「物體之排列方式不影響其總數」概念之理解。

準備：小兔子動物手偶一只（或小老鼠、小狗⋯⋯任何可愛動物手偶）、紅蘿蔔數個（或水果模型，或任何可數實物），排成一直線。

程序：1.教師持小兔子手偶，說：「小兔子剛開始上學，不太會數東西，常常數錯，請小朋友看著小兔子數，如果數錯了，要告訴牠。」

2.教師儘量逼真演出，故意把幼兒計數時常犯之錯誤──例如：一個東西數（唸）兩次（1、2、3、3、4、5、6⋯⋯），或漏掉一個數字未唸（1、2、3、4、5、7、8⋯⋯），帶入小兔子的計數行為中，讓幼兒仔細觀察、聆聽以發現錯誤（見圖4～13，

4～14）。然後全體幼兒和老師一起幫小兔子數二至三次，在數時老師手持之小兔子要逐一碰觸每一個東西，示範正確計數技巧。

3. 接著小兔子換從紅蘿蔔的另一端開始數，在數前老師問：「小朋友，剛才我們和小兔子從那一邊開始數是×個，現在小兔子要從這一邊開始數，你們猜猜看會有幾個？」然後重覆程序2故意數錯的行為，讓幼兒驗證答案並偵察錯誤。

4. 本活動之延伸，可將紅蘿蔔隨意不規則擺放，並加入另一兔媽媽手偶，教小兔子數過一樣東西後就做記號、或移開到一旁的計數技巧。然後再回復成一直線排列，重新計數，如此循環幾次引導幼兒發現「一組東西不管如何擺放，其總數仍然不變。」

附註：1. 當幼兒能正確計數少量物品後，可將數目漸增，參照以上方式，或讓幼兒自己操作手偶在遊戲中練習計數。

2. 當幼兒具體操作後，教師可為每一個3至10的數目製作一組「點數卡」（每一數目之點數排列有多種可能變化，以5為例，可能出現之點數排列有：上面1點下面4點，上面2點下面3點，5點一列排開，4點成4個角再加一點於中間或旁邊…），

圖4～13 小兔子數數活動（Ⅰ）

圖4～14 小兔子數數活動（Ⅱ） 小朋友發現小兔子數錯了，教小兔子如何計數

然後取任一組點數卡內摻入一張其它數目之點數卡（例如在 5 點的各種點數卡中摻入一張 6 點卡），讓幼兒辨識那一張卡片的點數和其它各張卡片都不一樣？引導其理解「一組事物無論如何排列、置放，仍不改其總數」的概念（見圖4～15）。這些點數卡辨認活動，除以團體活動進行外，也非常適於學習角之用（見圖4～16）。

圖4～15

點數卡辨識教具(Ⅰ)

那一張卡片的點數和其它各張卡片都不一樣？

圖4～16

點數卡辨識教具(Ⅱ)

那二張卡片的點數和其它各張都不一樣？但和前面盒中的卡片均是同數？

活動 N₂：搬運彩球

目的：讓幼兒在搬運彩球的遊戲過程中，聯結數之具體、半具體、抽象與口語層次。

準備：於地上（或草坪）置放五顏六色彩球若干，另外，繪製對應之數字卡與點數卡各數疊將其分別散置離彩球約四公尺與八公尺處，使成點數卡——數字卡——彩球之空間排列方式。此外，準備大、小提桶各數個（視組數而定）。

程序：1.將小朋友分組帶至離點數卡約四公尺處，使點數卡與數字卡位在小朋友與彩球之間，每組給一個大水桶與小水桶。

2.老師口中唸出一個數字，例如4，每組幼兒提著小水桶往前拾取畫有4點之點數卡，再拾取數字卡「4」，然後再往前拾取4粒彩球放入小水桶中，返回起點，與點數卡、數字卡一起倒入大水桶中（見圖4~17）。

3.在每一輪幼兒揀取彩球後，老師與幼兒一起核對球數、點數、與數字。

4.本活動可加以變化，例如老師所唸出口語數字可以改成敲擊樂器（如鈴鼓），讓幼兒聆聽敲擊次數，據以取牌卡與彩球。或者老師也可以豎起手指頭，讓幼兒依手指數拾取牌卡與彩球。

5.另外的一個變化是老師不予指示，由幼兒輪流接力自行前往拾取牌卡並依牌卡上之點數或數字拾取彩球。如果是這樣，每組必須有自己的一堆牌卡，而且每組是同樣的張數與點數，最後看那一組先拾完，並且是正確無誤。

附註：1.如果受限於空間，亦可準備小動物模型（或任何可數實物：小方塊、大串珠……）一大桶取代彩球，讓幼兒在桌面上依老師敘說之有×隻動物在森林遊玩，就拿出該數動物、與之對應之點數卡、與數字卡。教師亦可統整彈性運用，拿出數字卡，或動物模型，讓幼兒取出對應之動物或卡，甚而讓幼兒以肢體方式表現（踏×步、拍×下……）。

2.本活動亦可改成學習角活動，即教師製作一些操作性教具，讓幼兒配對（拼湊）抽象數字（卡）

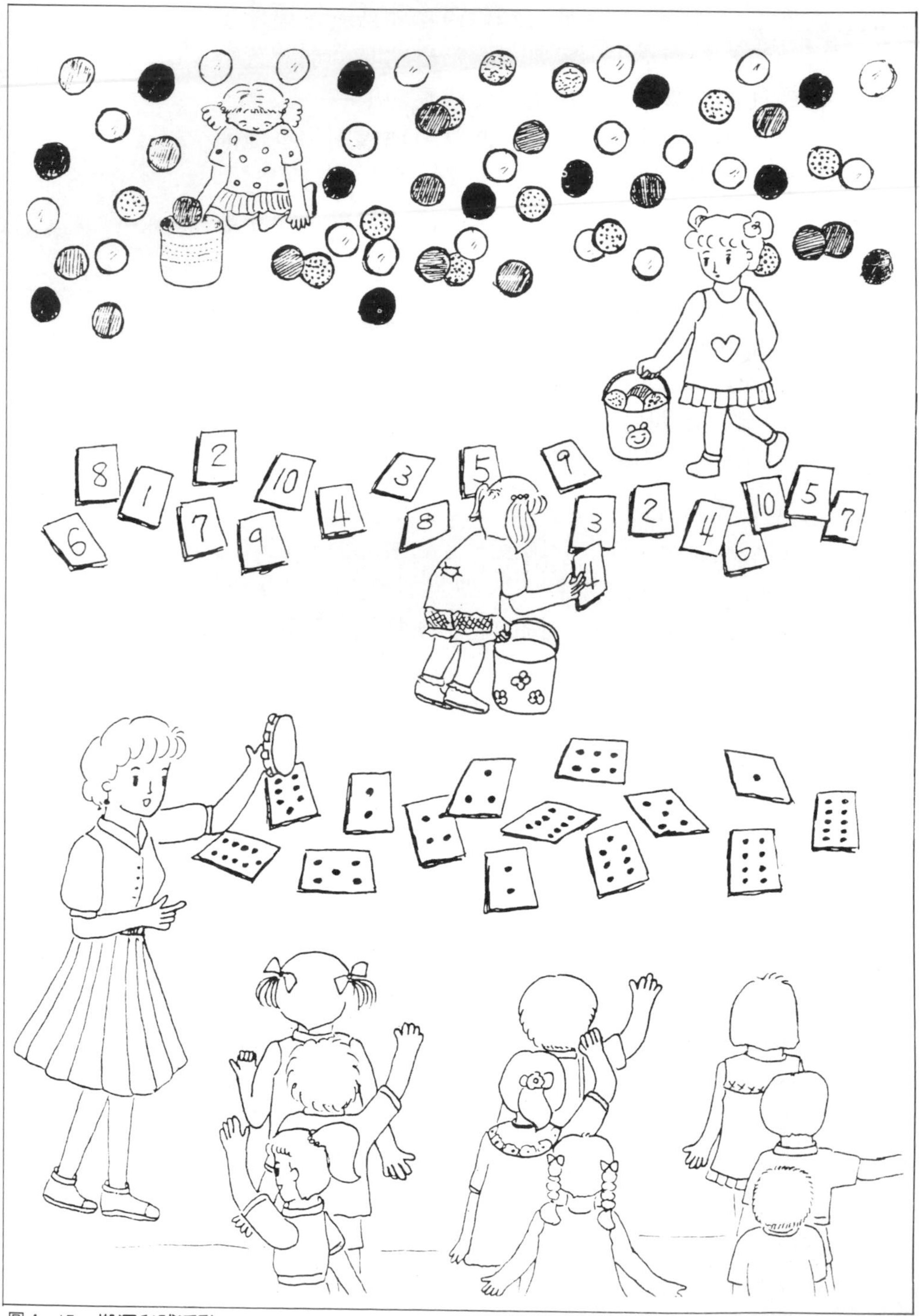

 圖 4～17　搬運彩球活動

與半具體圖片（見圖 4～4，4～5），或抽象數字
（卡）與點數（見圖 4～7、4～8），或者是以實物
操作出對應之數字、點數，例如以衣夾、大迴紋
針夾出卡片上之數字（卡片上是 5，則夾 5 個衣
夾），或用湯匙勺出與盒上點數同數之棋子（見圖
4～6），或擺出抽象數字所示的某數小動物（見圖
4～3）。

活動 N₃：順序列車

目的：讓幼兒從實際遊戲操作中理解數目的順序與大小
（多少）。

準備：自製有數字（1 至 10）也有點數對應之牌卡，或採
坊間之動物撲克牌。本活動宜全班分組進行。

程序：1. 老師先告訴幼兒要玩接牌遊戲，接成一輛長長的
火車，然後以「1」牌為始，幼兒輪流出牌，按數
字順序連續下去（1、2、3……），無牌可接者跳
過，最先用完牌卡者為贏家（見圖 4～18，
4～19）。或者也可倒數接龍，即由 10 往 1 倒接
（10、9、8、7……）。

2. 此遊戲也可改為雙向順序接龍，即由「5」牌開始，
幼兒有 2 個選擇：可接續增之數（6、7、8……），
也可接續減之數（4、3、2、1）。

3. 遊戲牌卡可加以變化成雙數字或雙點數之牌卡
（即一牌卡由中間劃分為左右兩邊，兩邊都分別
有數字或點數），老師拿出一牌卡，例如左邊是
2，右邊是 6，幼兒可往左右兩邊接續。接的方式
也可變化，除了可接多一個（此例左邊應接 3，右
邊應接 7），也可接少一個（此例左邊應接 1，右
邊應接 5），或接多 2 個、或少 2 個，按幼兒能力

而定。

附註：本活動可以延伸為「牌卡分堆」遊戲，即老師拿出一張牌卡（以 5 為例），讓幼兒找出與 5 同數之牌卡、比 5 多（大）之牌卡、和比 5 少（小）之牌卡，分別置於三堆。

圖 4～18

順序列車(Ⅰ)：撲克牌接龍遊戲

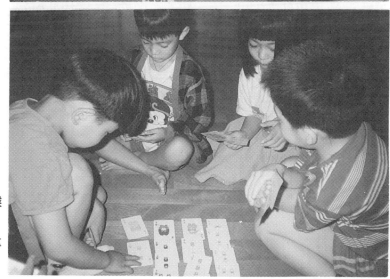

圖 4～19

順序列車(Ⅱ)：撲克牌接龍遊戲

看！小朋友玩得多專注

活動 N₄：數盤遊戲

目的：從遊戲中協助幼兒建構每一個數字與 5、10 間的關係。

準備：自製數盤(在硬紙上畫出上下 2 行並列，每行各 5 格共 10 格的數盤數張)，可計數之塑膠小動物模型(或以大鈕扣、小方塊積木等實物替代) 一桶。

程序：1. 在進行此一活動之前必先教示小朋友如何使用數盤——先把上面一行的 5 個空格由左到右依序排滿後才能排在下面第二行上。

　　　　2. 活動開始時先讓幼兒用塑膠小動物排列在數盤上(例如老師說：「有 7 隻小動物排隊要出去玩」，於是幼兒在數盤上面一行排滿 5 隻，以及下面一行排出 2 隻小動物)，老師遂問幼兒 7 隻動物比 5 隻動物多多少隻？ (提醒幼兒上面一行排滿是 5 隻)，然後老師再唸出另一個數字(例如 4 隻小動物)，請幼兒排出 4 隻小動物於數盤，老師接著問 4 隻動物還要再放幾隻動物就有 5 隻？

　　　　3. 重覆以上的程序數次，讓幼兒透過實際操作與視覺影像的幫助了解每一數字與 5 的關係。

　　　　4. 最後老師再唸出 5～10 間的任何一數字(例如 9)，當幼兒於數盤上如數排出小動物後，問幼兒 9 隻動物比 5 隻動物多幾隻？比 10 隻少幾隻(還要再放幾隻動物就有 10 隻？)讓幼兒注意每個數字和 10 間的關係。

附註：1. 幼兒在進行操作活動前，老師可在白板上畫上數盤，以彩色磁鐵代替具體實物，示範數盤使用法或進行更為結構性的活動。例如：老師在數盤上排出 7 個磁鐵，讓幼兒大聲說出「5 和 2」(與 5 之關係)，或說出 「7、3」(與 10 之關係)。

　　　　2. 老師也可將數盤置於學習區，讓幼兒自行逐一地抽出數字卡，依卡所示完成數盤排列(見圖 4～20)。置於學習區之數盤可用有吸著力之白板與磁鐵、塑膠面板與雙面膠貼紙、絨布板與魔鬼

沾等教材。

圖 4～20
數盤遊戲
幼兒依卡片所示將小
積木排於數盤上

活動 N₅：雙色接龍

目的：透過生活中之經驗與操作性活動，幫助幼兒理解數
之合成、分解關係。

準備：二種不同顏色之套鎖小方塊一桶。

程序：1. 進行此活動之前最好先安排暖身活動：即在點心
時間特意準備兩種不同顏色（或口味、形狀）的
餅乾，告訴幼兒每人可依自己喜好任意選取 5 塊
（例如 3 塊草莓夾心、2 塊巧克力夾心，4 塊草莓
夾心、1 塊巧克力夾心，或 5 塊全是草莓夾心）。

2. 將點心時間取用餅乾的各種不同組合方式延伸為
「雙色接龍」教學活動，由幼兒將套鎖小方塊當
作餅乾套接出各種可能的取用方式組合（例如：
1 粉紅 4 棕，2 粉紅 3 棕，3 粉紅 2 棕，4 粉紅 1
棕，5 個全為粉紅）。

3. 讓幼兒將所套接的各種組合陳列、討論，並加以整理，引導幼兒發現各組合間成階梯狀（遞減或遞增）關係（見圖4～21，4～22）。

4. 換一個數目，讓幼兒用套鎖小方塊再接出各種可能的組合，並重覆以上程序。

附註：套鎖小方塊非常實用，有助於小肌肉發展，平日可讓幼兒任意套接以比較長短；老師藉機提出問題，舉如：你的寶劍（或仙女棒）比他長（多）多少（幾個）（見圖4～23）？要再接幾個就會和小茵的一樣長(多)？還有沒有其他辦法讓你們兩個人的仙女棒一樣長(多)？總共有幾種方法呢？或者也可以將兩人之套鎖小方塊移到（拆開）天秤上，老師問誰的重？重多少？少的一邊要加幾塊才能使天秤二邊平衡（一樣重）？還有沒有其它方法讓兩邊平衡（見圖4～24）？在整個活動裡均強調思考的重要性，幼兒可用操作行動求證解答，是真正以幼兒為中心的學習型態。

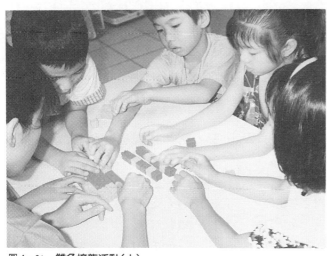

圖4～21　**雙色接龍活動(Ⅰ)**

圖4～22　**雙色接龍活動(Ⅱ)**
（亦請參見本書前頁之彩色圖例）

圖 4～23
套鎖小方塊活動(Ⅰ)
比比看，誰的較長，長
多少？

圖 4～24
套鎖小方塊活動(Ⅱ)
比比看，誰的較重，重
多少？

活動 N₆：生日快樂

目的：在美勞與操作活動中，幫助幼兒理解數之合成、分
　　　　解關係。

準備：黏土（或麵糰）若干塊，2 種顏色之一寸長毛根若干
　　　　（或 2 種顏色棉花棒），以及其它可裝飾蛋糕之小
　　　　東西，如串珠、豆子、種籽等。

程序：1.將幼兒分組，每組給一盒毛根及一盒裝飾用小東
　　　　　西，每位幼兒給一塊黏土，請其運用裝飾物做出
　　　　　各式創意生日蛋糕。

2. 蛋糕快要完成時，老師選擇一歲數（例如 6 歲），讓幼兒以毛根當蠟燭插出 6 歲，但必須使用 2 種顏色的蠟燭。

3. 作品完成後，讓幼兒展示其所設計的蛋糕並討論各種蠟燭插法，例如 1 根紅的、5 根綠的，2 根紅的、4 根綠的，3 根紅的、3 根綠的，……。

4. 最後老師將各種可能的蠟燭組合用毛根在白板上貼出來，讓幼兒比較其間關係。

5. 本項具體操作活動亦可變化為在紙上黏貼出所有的組合，老師可先在紙張上畫出數個蛋糕基座，讓幼兒直接在上面插貼毛根。

附註：類似本活動涉及數之合成與分解者相當多，吾人也可自製各式合成與分解教具，以供教學活動之用，或置於學習角讓幼兒操作探索。舉如「西瓜籽籽多」教具：用厚卡紙製作紅（或黃）色西瓜切片操作盤數個，另用色卡紙剪出黑白 2 色籽籽一堆後面貼以雙面膠（或用白、黑兩色瓜子），以及數卡一組；讓幼兒自行抽卡，依卡中數字用黑白籽籽在操作盤上黏貼出各種可能的黑白籽組合（見圖 4～25，4～26，4～27）。此外，「小瓢蟲長斑點」教具也是很有創意，背上的花點可用小豆子、鈕扣、棋子等替代（見圖 4～28）。

圖 4～25
西瓜籽籽多活動（Ⅰ）
（亦請參見本書前頁之
彩色圖例）

圖 4～26

西瓜籽籽多活動(II)

(亦請參見本書前頁之
彩色圖例)

幼兒用 5 個黑白籽籽
所排出的各種可能組
合(3 黑 2 白、1 黑 4 白
……)

圖 4～27

西瓜籽籽多活動(III)

活動結束前,教師將 5
個黑白籽籽的五種可
能組合加以統整說明

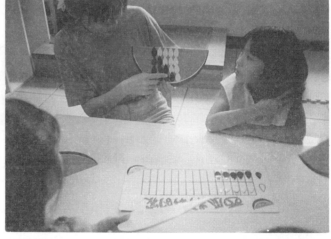

圖 4～28

小瓢蟲長斑點教具

(亦請參見本書前頁之
彩色圖例)

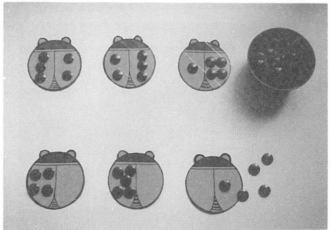

活動 N_7：我們湊在一起

目的：幫助幼兒從遊戲中理解數的合成與分解，為簡單加
　　　減運算奠下基礎。

準備：自製有數字、點數或圖形（三者組合）之牌卡或使
　　　用坊間現成之動物撲克牌，若要湊成的數字是7，則
　　　取出 A 至 6 牌（視人數決定要多少副牌），其餘不
　　　用。

程序：1.發給每位幼兒數張牌，桌上中央置有一疊共牌，
　　　　最上面一張牌翻開。

　　　2.誰手上之牌能與桌面之牌湊成7，就可以收回放
　　　　置一旁，並再翻開一張牌；若無法湊成7，則跳到
　　　　下家。

　　　3.最後中間的牌用完了，計算誰收回的牌最多，誰
　　　　就是贏家。

　　　4.也可湊成5、10 或其他數目，但要注意的是要取
　　　　出不用之牌，例如湊成5的話，牌中就不能有5及
　　　　以上之數卡。

附註：牌卡遊戲讓幼兒在歡樂氣氛中自然學習數學，而且
　　　幼兒在互動中也可彼此偵察錯誤，互相糾正，達同
　　　儕學習的效果。教師應儘量摒棄不當的紙筆練習，
　　　多自製或運用牌卡設計有趣的遊戲，讓幼兒在遊戲
　　　中學數學。

活動 N_8：大家來釣魚

目的：讓幼兒在遊戲中自然學習二數之和與數目之表徵。

準備：長竿、線、磁鐵所做成的釣竿四支，色卡紙摺剪成各種魚形，背面分別書寫 1 至 5 之數字（價格）與畫上對應之點數。將紙魚套上迴紋針放入魚池中，若無現成的大容器可當魚池，則以數張淺藍壁報紙當池水，外圍以粗繩作池岸。另外準備 4 只紙盒做的錢箱，裡面置有色卡紙剪成圓形的 1 元、5 元、10 元硬幣一堆。

程序：1. 先將小朋友分成二組（可視幼兒之能力與教師人力彈性調整），在魚池的二面排隊，每組分給一只錢箱，並選出老板 1 人。

2. 每組小朋友輪流至池邊釣魚，每人釣 2 尾魚。釣完後須依魚背後的價格自行計算總價，至錢箱取錢付給老板。幼兒可依自己能力計算總價，與選擇付錢方式，例如一尾魚 3 元，另一尾魚是 2 元，若幼兒不會計算數字之和，可一點一點地計數魚背後的點數之和；幼兒也可以選擇 5 個 1 元的硬幣或直接給予 1 個 5 元硬幣。

3. 當老板在檢查魚與錢數時，其他人必須和老板一起查對，查對無誤後，才輪到第 2 個人去釣魚；每人均釣過一次魚後，再換老板，讓每個人都有機會當老板。因此整個遊戲強調合作，組間、組內並不比賽。

附註：1. 本活動必須視幼兒年齡而加以適當變化，例如對愈小的幼兒，只讓他們分組在一定時間內輪流接力釣魚，最後全體一起計數與比較每組所釣到魚數之多寡，完全不涉及魚背後的數字（或點數）計算。

2. 對於稍大幼兒讓他們釣一尾魚並付錢，不涉及 2 數之合成；或釣 2 尾魚且付錢，可是魚背後的價格數字或點數減少至 2 或 3，而且老板的角色可由老師或助理擔任，幼兒僅專注於釣魚，然後至老師處付錢。

活動 N₉：看誰先找到寶藏

目的：讓幼兒透過遊戲方式，學習計數與二數之和。

準備：小朋友和老師共同在硬紙板上設計並繪出道路、路障（如：遇斜梯須退滑×步）、路階（如：遇飛鳥可送往前×步）、與終點寶藏之「尋寶路線圖」。另外還須三、四隻塑膠小動物模型（每位小朋友代表一隻動物）和一付大型點數或圖形（如：動物、植物）骰子。

程序：1. 剛開始玩時，須確定每位幼兒均會閱讀點數，先讓幼兒輪流使用一只骰子，依所擲骰子之點數順著路線圖移動小動物模型。遊戲進行時，容許幼兒一個一個地數算骰子的點數（見圖4～29，4～30），或在走路線時大聲地數出所走步數。遇到路障就依所示（如：←）退幾步，甚至進幾步（如：→），誰先到達終點寶藏處，誰就是贏家。

    2. 再讓幼兒們輪流操作2只骰子，依2只骰子點數之和，順著路線前進×步，以取寶藏。

附註：1. 幼兒們通常會很在意誰多走或少走一步，這種互動交流方式實可促進幼兒對數與數間關係的敏感，教師應多設計這種板面遊戲，讓幼兒快樂地學數學。

    2. 如果是大班小朋友可以嘗試純數字骰子，愈小的幼兒就必須儘量使用動、植物圖形骰子或點數骰子，且骰子上的點數要儘量地小。

    3. 本活動亦可將順著路線找到寶藏之設計改成取盒中之寶珠。即寶藏圖由數盒（視玩家多少而定）同數量寶珠（串珠、彈珠、籌碼、或小積木等）取代，幼兒仍投擲骰子，依點數之和取個人面前盒中之寶珠，誰先取完寶珠，誰就是贏家。

圖 4～29

看誰先找到寶藏活動（Ⅰ）

圖 4～30

看誰先找到寶藏活動（Ⅱ）

活動 N₁₀：你叫價，我出錢

目的：幫助幼兒理解數字間的關係，為簡單的加減法運算
　　　奠定基礎。

準備：製作「數條」錢鈔一盒，包括正方形小卡片（代表

　　1元）一些，由 2 張正方形小卡片所組成的長方形小
數條若干張（代表 2 元），由 5 張正方形小卡片所組
成的長方形長數條若干張（代表 5 元），由 2 個 5 元
數條上下並列所組成的大數條若干張（代表 10
元）。另外再準備填充玩具（如：小熊、熊貓、兔子
等）若干個。

程序：1. 發給每位幼兒 1 元、2 元、5 元、10 元數條錢鈔若
　　　　干。

　　　2. 老師拿起一填充玩具叫價×元，讓幼兒用數條錢
　　　　鈔購買。例如：如果叫價 8 元，可能的付錢方式
　　　　是 8 張 1 元、1 張 5 元 3 張 1 元、4 張 2 元、或給
　　　　10 元得找 2 元等，容許幼兒慢慢數算數條上的小
　　　　正方形，以決定面額（見圖 4～31，4～32）。

　　　3. 老師將幼兒的各種付錢方式排示在白板上，讓幼
　　　　兒省思其間關係。

　　　4. 重覆以上的程序數次，老師逐漸減少主導角色，
　　　　讓幼兒輪流當老板與顧客。

附註：1. 數條錢鈔是由小正方形組成，幼兒可計數小正方
　　　　形個數，以辨識面額（如：5 元數條有 5 個小正方

圖 4～31
你叫價、我出錢活動
（ I ） 小玩具叫價 6 元
，幼兒忙著點算數條，
以拿出正確面額購買

圖4～32

你叫價、我出錢活動（Ⅱ）

（亦請參見本書前頁之彩色圖例）

小玩具叫價7元，幼兒用各種錢鈔（數條）購買，付錢方式有很多種。

形），因此很適合年齡較小的小班幼兒。此外，數條可增進幼兒對數目與5、10間關係的認識，對簡單加減法頗有助益。大班幼兒可以將可計數的2元、5元、10元數條改成標有數字的銅板，幼兒必須辨識抽象數字，無法點數小正方形個數以決定面額，進入較為抽象的層次。

2. 幼兒玩熟後，可改為開商店全班活動，由幼兒自製商品、自定價格，進行買賣遊戲。

活動 N₁₁：開車到麥當勞

目的：在模擬實際情境的問題中，讓幼兒透過具體操作以解答問題，並從過程中理解真實生活中的除法程序，以增進對除法概念的理解。

準備：紙盒子做成的車子（長方體紙盒挖掉一個面當作車身，下貼四個由黑色卡紙所剪成的輪子）數輛（依組數、問題情境而定），塑膠人物模型一桶，並繪製簡易街道圖數張（依組數而定）。

程序：1.老師先將全班分成若干組，每組有一份街道圖，

數輛紙車子與一些人物模型。

2. 老師一面敘說坐車去麥當勞的情境問題，一面自己擺出街道圖、車子、與人物模型。這情境問題最好能反映幼兒的生活，例如：「君君在生日那天邀請 5 位小朋友到家裡玩，連同君君與弟弟共 7 位小朋友；之後爸爸媽媽提議開車帶大家去麥當勞。一輛車可坐 4 個人，請問爸爸要開幾趟車？」

3. 每組幼兒依照老師所說之數字拿出人物模型，並輪流操作，將塑膠人物模型放入紙車內，沿街道路線開至麥當勞把人放下後，又將車子折返再載人，最後點算所有人均送至麥當勞,共開幾趟車？（見圖 4～33）。

附註：1. 情境問題之人數可由 8、12、16 序增，讓幼兒充份探索真實世界中的除法過程與除法概念；當幼兒將人物一個個地放入車子中並一趟一趟地將人載至目的地，就是實際經驗真實世界中的除法程序，有助於除法概念的理解。甚至情境故事也可以多加變化，讓幼兒理解雖然是不同的情境，却

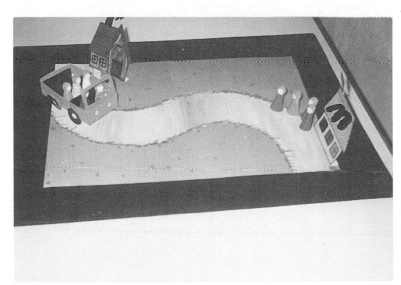

圖 4～33
開車到麥當勞教具
（亦請參見本書前頁之彩色圖例）

涉及了同樣的除法結構（除法問題有「測量性除法」與「分配性除法」，儘量能涵蓋每一種情境，並在每一種除法情境下多加以內容變化）。本活動示例之問題即為測量性除法問題，其它再如：「建築大樓時需要用起重機吊水泥上來，起重機每次可吊 5 包，請問 15 包水泥要吊幾次？」也屬之。分配性除法問題如：「一包糖有 12 顆，小茵、小威與小莉三個人要平分，每個人一樣多，請問每個小朋友可以分到幾顆？」

2. 教師所創的情境問題應不限於加減運算，亦可包含乘除情境問題，學前期幼兒所應著重的是概念的充份探索。

3. 幼兒有許多解題經驗後，教師逐漸減少主導色彩，在情境問題拋出後，容許幼兒用自己的方法求得答案。亦即教師不再主動提供所製作的教具，由幼兒自行決定解題方法（但幼兒可運用教室內的任何資源）。

活動 N_{12}：量量樂

目的：讓幼兒運用「身體單位」、「隨意單位」實際去測量事物，並從過程中體驗同一與標準單位的需要，以發展測量概念。

準備：鉛筆數枝，白板一個或大壁報紙一張。

進行：1. 將小組幼兒帶到積木角的小地毯邊排隊站好。

2. 請幼兒以腳為單位（身體單位），腳跟接腳尖地沿著地毯邊緣輪流行走，計數共走了多少腳步？然後將自己的腳步數，寫在白板或大壁報紙上，同時老師也將自己行走的腳步數記載於上（見圖 4～34）。

圖 4～34 量量樂活動（1）

3. 老師詢問幼兒為什麼同樣長度的地毯，大家測量的結果卻不一樣？要怎麼樣才可能量出相同的結果？儘量引導幼兒去發現運用同一單位的必要性。

4. 老師拿出同樣長度的鉛筆以供測量（書本或其它西，即隨意單位），指導幼兒於量過後作記號並接續再量的技巧，以及如何求大約的測量數據。在幼兒實際測量後，請其將結果也記在白板上與原有之腳步紀錄之數據並列，以供比較、討論（在實際測量前可讓幼兒先預測大概的鉛筆數，再以實際的測量結果驗證之）。

5. 最後教師刻意製造「打電話欲向老板訂購×枝鉛筆長的地毯，老板搞不清楚到底有多長」的對話情境，然後適時地將標準單位——尺介紹給幼兒。

附註：1. 如果幼兒無法做到腳跟接腳尖地行走，也可用走步方式代之，即讓幼兒以正常步伐行走以為測量。

2. 教室中的任何東西，例如：桌子、椅子、牆面、窗面的高度、寬度、長度，均可讓幼兒用身體單位、隨意單位去測量（見圖4～35）。

圖4～35

量量樂活動（II）

教室中的任何東西均可以測量，圖中的櫃子是用套鎖小方塊10個為一段作為「隨意單位」加以測量。

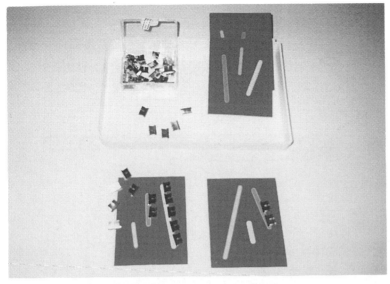

圖4～36

測量工作卡

3. 教師也可製作適合學習角落的「測量工作卡」，即在紙張上畫上（或貼上）數條線段，讓幼兒用大迴紋針、筆套、長條形橡皮擦、大紅豆等作為測量單位，將結果紀錄並（或）勾畫出最長、最短的線段（見圖4～36）。

活動 N₁₃：釘板花園

目的：讓幼兒運用「隨意單位」測量面積，比較面積之大小並理解面積之意涵。

準備：釘板數個，橡皮筋一包，裁成與釘板四根鐵釘所圍成範圍同等面積的小正方形紙片一疊。

程序：1. 發給小組每位幼兒一塊釘板，請其用橡皮筋圍出一個正方形或長方形區域作為花園。

2. 讓幼兒展示自己在釘板上所圍出的花園後，老師詢問誰的花園最大？誰的花園最小？為什麼他的花園最大（或最小）？你是怎麼知道的？

3. 對於大小差距甚遠能憑視覺立即察知者，自然不

會有問題，但對於大小相當者，則必須採用數算釘子數或測量方法，才能正確比較。老師因勢利導拿出預先準備的小正方形紙片，請幼兒一張張地蓋滿在其所圍的花園上（見圖4～37）。

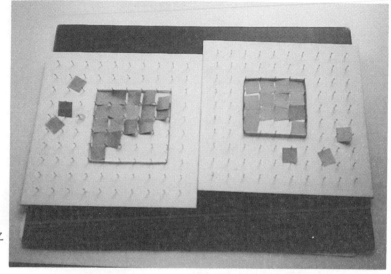

圖4～37
釘板花園活動（Ⅰ）
（亦請參見本書前頁之彩色圖例）

4. 請幼兒數算並比較彼此蓋在花園上的小紙片數之多寡，決定誰的花園最大或最小，或將幼兒間的花園按紙片數分成一樣大、較大、較小三組尺寸加以比較。

5. 最後請幼兒在自己的花園內，用橡皮筋自由造形，即種上各式各樣美麗的花、草植物。

6. 此活動可進一步延伸為簡易圖表製作活動，教師協助幼兒紀錄個別花園之紙片張數，或直接將蓋在個人花園之紙片黏成長條（或繪成長條）於黑白板上，成為簡單的統計圖表，讓幼兒觀看、比較（見圖4～38）。

附註：1. 若無釘板也可用自繪之方格紙，或點狀紙（由一點一點的距陣所構成，狀似釘板）替代，讓幼兒用麥克筆畫線圍出花園周邊，然後用正方形小紙片蓋上比較張數，最後用彩色筆繪出五顏六色的

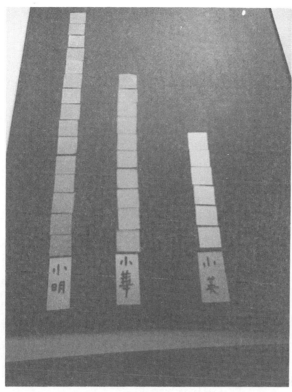

圖 4～38
釘板花園活動（II）
將蓋在釘板花園上的
小紙片黏成長條狀，成
為簡單的統計圖表

花草。

2. 本面積測量活動，也可複製成其它類型的測量活
動，例如容積測量活動。即將形形色色大小不一
的大容器呈現於幼兒面前，請幼兒用小紙杯（或
布丁杯等其它隨意單位）裝水（或豆子、米、小
珠子等）測量，最後比較那一個大容器裝得最多
或最少。

活動 N_{14}：看誰滾得遠

目的：讓幼兒藉遊戲競賽方式，實際比較排出序列關係。

準備：圓柱體形罐頭數個，有色膠帶黏在地上當作起點線、粗繩一綑。

程序：1.將幼兒分成三組（組數可視教師人力彈性調整）帶至起點線前排好隊，每組由第一個人起開始滾罐頭，俟罐頭停止滾動後，讓幼兒評定誰滾得最遠（組間比較），老師並且協助三人用粗繩剪出所滾遠（長）度。

2.當全體幼兒滾完罐頭且皆拿到所滾長度的粗繩後，老師讓各組幼兒作組內滾長之比較，即將一組的粗繩全放在地上，請幼兒按繩之長短排列出順序。

3.在幼兒完成排序時，老師可將自己所滾的長度的繩子帶到各組，請各組將老師的繩子插入幼兒所排之序列中。

4.教師亦可將幼兒的組別打散，讓幼兒重行排序，如是，在第一回合排序中是最短的，可能在第2回合有不同的序列結果，讓幼兒理解長、短是比較性、相對性的。

附註：本活動有多種變化，例如看誰跳得高、看誰長得高等。看誰長得高的活動是讓幼兒靠牆面的壁報紙站立，按個別高度作上記號並寫上名字，然後用剪刀裁剪下來成為代表個人高度的長形紙條。再請幼兒合作將這些紙條依序排列（排序時可依幼兒能力將全班適當分成若干組，亦即若干序列）。

第五章

幼兒幾何
與空間經驗

第一節　幼兒之幾何與空間世界

　　幾何（Geometry）是什麼？幼兒的數學經驗為什麼要包括幾何？傅丹瑟（Freudenthal, 1973, cited from Bruni & Seidenstein, 1990）之語：「幾何乃研究空間中的形狀和空間關係，它提供兒童聯結數學與真實世界的一個最佳機會」，道出了精確的見解。的確，我們居住在一個空間型式、形狀、與移動的世界裡，也就是一個幾何的世界裡（NCTM, 1991）：在自然界事物的結構中，小自花朵、蜂巢、蜘蛛、松果、礦石、水晶，大至植物、動物等，甚至整個太陽系；以及在人造的環境事物中，如建築物、公園、機械器具、藝術作品等，皆可發現幾何形式與形狀的存在。而事實上我們的每日生活也不斷地在運用幾何與空間概念（空間關係——位置、方向、距離，空間運用——空間安排、建構）在作決定並解決問題，舉如：上、下階梯，移動軀體以探取某物或接近某人，調整抽屜（櫥櫃）中物體存放方式，裝璜佈置或擺放傢俱，在擁擠的人潮中閃躲走避以免碰觸他人。當然，專業的建築師、工程師、木匠、藝術家、景觀設計師、土地測量規劃專家，更是日日與幾何及空間為伍。幼兒自小耳濡目染於所居住的幾何空間中，在其生活中本就自然地充滿各式幾何與空間經驗，舉如：聆聽師長有關形狀與空間的指示用語（把「圓」的盤子放在桌子「上」，到門「後」面拿掃把來，到窗戶「旁」邊的「方」桌前排隊……），收拾各形各色玩具於櫃架上或大容器裡，嬉戲穿梭於各種型態的遊樂與體能設施中（鑽、爬、走、溜於設施所提供的空間中：鑽入隧道「裡」面、爬到高台「上」面……），運用各種玩具建構與安排空間（用樂高積木蓋車庫並放入二輛車於車庫中、用積木圍出一農場並將各式動、植物模型排列於農場裡面……）等均屬之。幼兒既然活在幾何的空間裡，而且其幾何與空間經驗既是如此地生活化、遊戲化、趣味化，因此，幼兒的課程設計

必須涵蓋幾何與空間的探索，並構築於這些生活經驗之上，使之成為有意義的學習。

　　幼兒數學課程必須融入幾何經驗，除了幾何是有趣的，且可與幼兒的生活世界聯結外，根據美國數學教師協會所訂數學課程與評鑑標準記載尚指出其它三點重要理由。第一個理由是幾何可以改善空間能力（或稱之為「空間意識」，spatial sense），而空間能力是解釋、理解與欣賞我們的幾何世界所必須的。所謂空間意識是指對於二、三度空間圖形與其特徵、圖形間之相互關係、和圖形變化結果的內見與直覺；簡言之，是個人對其周遭環境以及環境中物體的一種直覺（NCTM, 1990）。在數學與心理學文獻中，空間意識通常被指為空間知覺（spatial perception）或空間視象化（spatial visualization），因為兒童是透過他們的眼睛看到了型式、圖形、和物體的方位與移動（Del Grande, 1990）。

　　空間知覺包括了多項能力，這些能力與數學、幾何的學習有關。布瑞南等人（Brennan, Jackson & Reeve, 1972, cited from Del Grande, 1990）指出了九項空間能力：視覺影印、手眼協調、左右協調、視覺分辨、視覺保留、視覺韻律、視覺包圍、圖形背景關係、以及語文與知覺。麥基（McGee 1979, cited from Bruni & Seidenstein, 1990）提出了二種大的空間能力：空間視象化（spatial visualization）與空間定位（spatial orientation）。前者是指能在心裡操作、旋轉、扭轉、或倒置一個以圖片呈現的刺激物；後者乃指有能力理解一個視覺型式裡的元素安排，以及有能力不被一個物體之方位變換所迷惑。林恩與彼得森（Linn & Petersen, 1985）則將空間能力分為空間知覺（spatial perception）、心靈旋轉（mental rotation）與空間視象化（spatial visualization）。空間知覺既是解釋、理解與欣賞我們的幾何世界所必須擁有的能力，茲舉霍佛（Hoffer, 1977, cited from Del Grande,

1990)所提出之七項空間知覺能力詳加說明如下：

1.眼與動作協調能力（Eye-moter coordination）

　　協調視覺與身體動作的能力是最根本的能力，誠如霍佛所言，若學童此項能力很差的話，他忙於簡單的動作技巧，根本無暇思考其他的事。幾何活動涉及眼與動作協調，計有在點狀紙上連接各點成線以畫圖形（見圖5～1），在窄、直、彎曲、或有角度的迷宮圖紙裡順著路徑描其路線（見圖5～2），描繪圖形的外緣或著色一區域，仿立體圖堆積木等。

連接各點成線以繪圖形

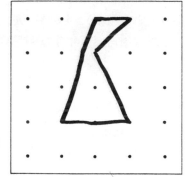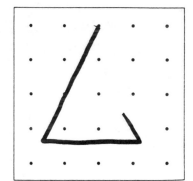

圖5～1
眼與動作協調能力
活動（1）

順路徑描路線

圖5～2
眼與動作協調能力
活動（II）

2.圖形──背景知識能力（Figure-ground perception）

此項能力可稱之為「從背景中分辨前景」，即在充滿交叉與「隱藏式」圖形的複雜背景裏指認一特殊的組成部份，能辨認某些動物使自己隱藏並「消失」在大自然事物背景中之擬態行為，即為「圖形—背景」知覺能力的例子。幾何活動涉及「圖形—背景知覺」，包括在一組重疊的圖形中指認一個特定圖形（見圖5～3），由一個複雜圖形的某一部份去仿畫該複雜圖形以完成整個圖形（見圖5～4），類似

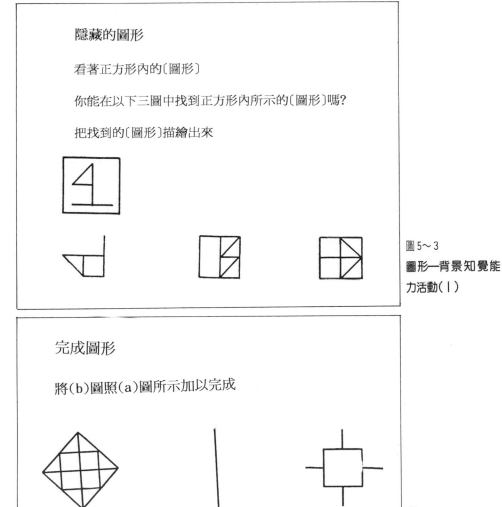

隱藏的圖形

看著正方形內的〔圖形〕

你能在以下三圖中找到正方形內所示的〔圖形〕嗎?

把找到的〔圖形〕描繪出來

圖5～3
圖形—背景知覺能力活動（I）

完成圖形

將(b)圖照(a)圖所示加以完成

（a）　　　　　　　　　　　　　　　　（b）

圖5～4
圖形—背景知覺能力活動（II）

七巧板活動由圖形的各個部份拼組成一個圖形等。

3. 知覺恆常能力（Perceptual constancy）

知覺恒常能力或稱圖形恒常能力，是指能辨識以各種方式呈現的圖形（大小、光影度、質地、在空間中的位置），以及能分辨與其類似之幾何圖形。例如能辨識正方形卡片轉四十五度角仍為正方形；再如一個球場看起來像梯形或平行四邊形（從不同角度觀看）吾人仍知覺它是長方形。幾何活動涉及「圖形恆常」，舉如：辨認相似圖形（圖形相同但尺寸不同），辨認全等圖形（圖形相同且尺寸相同），能依大小尺寸排列圖形等。

4. 空間中—位置知覺能力（Position-in-space perception）

空間中—位置知覺是有能力去尋求空間中的一個物體與自己的關係（在前、在後、在上、在下、在旁），兒童若對此有困難，很可能有倒寫或倒讀現象，譬如無法辨認「9」與「6」、「d」與「b」、或「p」與「q」。幾何活動涉及「空間中—位置知覺」例有辨識移位、旋轉角度、翻轉的倒轉圖形。

5. 空間關係知覺能力（Perception of spatial relationships）

空間關係知覺意指有能力看出二、三個物體與自己的關係或這些物體間彼此的關係。舉例言之，兒童在模仿圖樣堆建積木時，他必須察知積木的方位與自己的關係以及積木與積木間彼此的方位關係（見圖5～5）。

6. 視覺分辨能力（Visual discrimination）

視覺分辨乃指能指認物體間相似或相異之能力，像分類物體、幾何模型教具、屬性積木（積木本身之形狀、大小、顏色、厚度各有不同）、或一組圖片有助於發展此種視覺分辨能力。

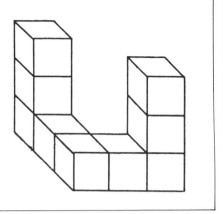

兩個或兩個以上物體間的相關位置

・把小方塊從袋中取出

・做一個如圖所示的立體形

圖 5～5
空間關係知覺能力
活動

7. 視覺記憶能力（Visual memory）

　　視覺記憶係能正確回憶現已不在視線內的物體，並且將其特質聯結於到其它看得見或看不見的物體。在日常生活中，幼兒對已玩了一地的玩具，能按原陳列位置歸位於矮架上，即具視覺記憶能力。在幾何教學上，老師於點狀紙上描繪一圖形後反蓋，讓幼兒憑視覺記憶能力仿畫出該圖形，亦屬之。

　　狄格南（Del Grande, 1987, cited from Bruni & Seidenstein, 1990）針對以上七項空間能力特舉實例繪成圖解，如圖 5～6 所示。

　　據上所述，吾人可將空間知覺能力歸納出幾個要點：
⑴空間能力常涉及在心靈裡將物體移位、旋轉、或翻轉，所以，空間知覺能力活動在本質上是屬變形轉換性的（transformation）。⑵空間能力是學習幾何概念的基礎，而且空間能力的改善與幾何學習是相互影響的。舉例而言，幼兒若欲了解轉了 45°的正方形仍為正方形，或是三角形的「尖尖的」不在上面仍是三角形，他必須具備「圖形恆常知覺」。幼兒要了解某種圖形的概念，他必須在「視覺」上理解該圖形；以三角形為例，幼兒要先認識它並且能從其它圖形中分辨出來，接著他必須用手描其外形輪廓與學

・眼睛與動作協調能力

描繪輪廓

・圖形背景知覺能力

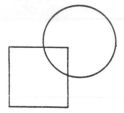

將圓圈內部塗紅色
將正方形的輪廓塗綠色

・視覺分辨能力

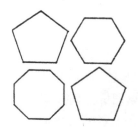

那一些圖形是一樣的

・知覺恆常能力

・上圖中有多少個三角形

・空間中位置知覺能力

繼續畫出原圖之形式花樣

・空間關係知覺能力

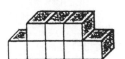

每一個立體造形需要
多少個小方塊

・視覺記憶能力

先以小積木為單位予以丈量

然後心裡想像那個長度

看看吸管是多少個積木的長度

120　圖5～6　**空間能力實例圖**

習看著圖照畫，最後，幼兒從記憶中畫出三角形，而以上這些均涉及空間知覺能力。(3)空間能力對許多的工作都很重要，諸如書寫國字與數字、閱讀表格、遵循方向指示、製作圖表、閱覽地圖、憑口語敘述以想像事物等。正因為空間能力如此地重要，而學習幾何可增進空間知覺能力，因此吾人必須將幾何經驗融入幼兒的課程中。

　　幾何經驗必須在幼兒課程中扮演重要角色的第二個重要理由是幾何可作為將來發展其它數學概念的橋樑與基礎。舉例而言，教師們在教學中經常運用具幾何本質的圖形來表徵數學概念，例如乘法概念常以長方形方格距陣來表示，分數概念本身就涉及幾何概念更常運用切割之圓形或長方形來說明，數之加減運算也會運用數線（Number Line）來顯示（Hoffer, 1988）。當然教師也經常運用具體教具來傳達概念，例如十進位積木、型式積木、分數積木等，當這些圖形、教具在教學中使用時，我們絕對無法忽視其中所隱含的幾何──空間成分。納幾何與空間經驗於幼兒課程的最後一個理由是豐富的幾何與空間經驗會培養解決問題的能力，因為運用幾何與空間意識去想像、模擬、或畫出抽象的問題情境是非常有價值的解決問題之重要策略（O'Daffer, 1980），況且幾何本身即為可讓幼兒學習解題思考的最佳問題來源之一（如：七巧板活動、幾何拼圖活動等），對於培養整體的解決問題能力頗有助益。因此，在教學上提倡以解決問題為趨向的今日，吾人應在學前階段儘量提供幼兒豐富的幾何與空間經驗。

第二節　幼兒幾何與空間概念之發展

一、皮亞傑學派研究

　　皮亞傑與其同僚曾對兒童的空間、幾何概念發展有一連串詳盡的研究，這些研究均顯示在其所著之兒童空間概念（The child's conception of space）與兒童幾何概念（The child's conception of geometry）二書中。基本上，皮氏認為兒童幾何概念的萌發是遵循一定的順序漸進發展：拓樸幾何（Topology）最先建構，接著是投影幾何（Projective Geometry）與歐基里得幾何（Euclidean Geometry）；這與歷史上幾何的發明是以歐氏幾何為先，其次是十七世紀的投影幾何，最後才是十九世紀的拓樸幾何，是相反的順序（Piaget, 1953; Piaget & Inhelder, 1967; Smock, 1976）。誠如皮氏自己所言：「非等到他（兒童）精通拓樸關係相當時間後，才開始發展歐基里德與投影幾何概念。」（Piaget, 1953）柯雷門和巴茨塔（Clements & Battista, 1992）將此種發展現象稱之為「拓樸為先」（topological primacy）理論。

　　然而歐氏、拓樸、投影幾何究何所指？舒茲等人（Schultz, Clarusso & Strawderman, 1989）曾以圖形「變形轉換」的觀點加以解釋，對三種幾何本質的了解頗有助益。他們指出幾何模型與物體皆具有其「特質」，諸如包圍性、分離性、次序性、接近性、空間度數、直或彎、大小尺寸、形狀（線段數、邊數、面數、點數）、位置、或方向　（上、下、左、右）等。當模型或物體以某種方式改變或變化而造成特質隨之改變或變化，在數學上，我們稱其為變形轉換（transformation）；有三種變形轉換與幾何教學有關：拓樸、投影、歐氏。「拓樸轉換」有時稱之為拉扯與壓縮，「投影轉換」乃由不同之視覺觀點而產生，「歐

基里得轉換」則是指翻轉（flip）、移位（slide）與旋轉（rotate）（Schultz, Colarusso & Strawderman, 1989）。

　　幾何形狀之變形轉換其實發生於幼兒的日常生活之中：母親的笑臉拉長了她臉上的某些部位（例：嘴形），同時也縮小了其它部位（例：眼形）；這樣的轉換（拓樸轉換）並不改變媽媽眼、鼻、嘴的次序，而且兩隻眼睛彼此仍然分離與保持接近，以及臉上所有部位均依然包圍在臉界之內。吹脹與洩了氣的氣球是另一個好例子，僅管氣球上的圖形隨著脹氣、洩氣而變大或縮小，但圖形本身的包圍性、分離性、次序性與接近性等特質絕不會改變；例如氣球上兔子的眼睛不會跑出兔子的臉之外（保有包圍性），鼻子不會和嘴巴換了位置（保有次序性）或黏在一起（保有分離性）。換言之，「拓樸轉換」會改變圖形的形狀或大小，但是包圍性、分離性、次序性、接近性等特質不會改變（見圖5～7之例子）。因而拓樸幾何即是在不管大小或形狀的狀況下，研究空間的關係與形式，其所處理的是開放與封閉的圖形，即無論此一圖形如何變形轉換，內與外間、開放與封閉圖形間之差異，並不因之消失（王文科譯，民八十一年）。

　　在日常生活中亦可隨時觀察到因觀視點不同而造成形狀和（或）大小有所變化的「投影轉換」：一個長方形球場從遠處觀望像個梯形，由高處望下是長方形；一個杯口邊緣從上看是個圓形，從眼的高度平視是一條直線；風箏、飛機當在天上飛時顯得渺小，降落時看起來却好大。投影幾何有時又稱之為「影子幾何」，因為投影轉換可以利用投影機產生的影子加以示範。一個直的物體總是投射一個直的影子，然而一條曲線也會投射出一條直線。簡言之，投影轉換會改變形狀和（或）大小，却不改變其直性（straightness）。此外，在日常生活之中也常可觀察到將幾何物體移位、旋轉、或倒翻，但却保留了形狀、大小不變的「歐氏

a.笑臉

正常臉

c.三歲幼兒的畫

笑臉

b.食物的變化

d.拉扯橡皮或毛織品

一碗冰淇淋　　融化的冰淇淋

拉扯前

蛋糕麵糰　　烤過的蛋糕

拉扯後

圖 5～7　**拓樸轉換的實例**（摘自 Schultz, Colarusso & Strawderman, 1989）

轉換」。例如將一長方體的積木翻轉，它還是同樣形狀、尺寸的長方體；拼圖的每片圖塊無論怎樣旋轉以找到適當位置與方向，它的每片圖塊的形狀和尺寸並不改變。所以歐氏轉換會改變圖形的位置和(或)方向，然而却不改變其形狀與大小(Schultz, Colarusso, Strawderman, 1989)。

茲將拓樸、投影、歐氏幾何轉換之比較對照繪如下表所示(Schultz, Colarusso & Strawderman, 1989)：

表5～1　拓樸、投影、歐氏幾何之比較對照表

轉換	未改變者	改變者
拓樸 (拉扯與壓縮)	接近性 順序性 包圍性 分離性	形狀 大小 直性 方向 位置
投影 (不同觀視點)	接近性 順序性 包圍性 分離性 直性	形狀 大小 方向 位置
歐氏 (移位、旋轉、倒翻)	接近性 順序性 包圍性 分離性 直性 形狀 大小	方向 位置

由以上分析，可知歐氏幾何是研究由點、線、面所構成，無論如何轉換（移位、翻轉、倒翻），大小與形狀恆常，具有嚴格（rigid）形狀的幾何圖形；相對地，在拓樸幾何，圖形不被視為有嚴格或固定的形狀，簡單的封閉圖形像三

角形、圓形、正方形，在拓樸意義上是同等的，因為他們可以被拉長或擠壓而形成彼此的形狀，如正方形可以拉成三角形或長方形，所以拓樸學有「橡皮幾何」的別名（Copeland, 1974）。從另一個角度而論，拓樸幾何處理的是個別物體的自身與內在各部份間的關係（接近、順序、包圍、分離性），投影幾何處理的是物體（外貌）對主體的（不同觀視點）的關係，而歐氏幾何處理的是物體對物體間的關係，即空間中不同物體間的關係：他們同長？同高？同距離？同樣大小？是垂直抑是平行？彼此間的方位關係？因此，涉及距離與測量概念（Copeland, 1974; Smock, 1976; Clements & Battista, 1992）。

兒童的幾何概念發展根據皮亞傑與尹荷德（Piaget & Inhelder, 1967）聲稱是以兩種不同的層次進行發展：知覺層次（透過觸覺和視覺而學習）與概念層次（思考與想像），而「拓樸為先」的發展路線均表現於此二層次上。在有關空間概念知覺發展的實驗中，皮亞傑曾讓兒童觸摸隱藏的實物，然後要其從另一堆實物中指認相同者或畫出該物外形，結果發現兒童對圖形的知覺發展有三階段（Piaget, 1953; Piaget & Inhelder, 1967; Smock, 1976; Clements & Battista, 1992; Copeland, 1974）：

● 第一階段(二至四歲)：第一階段之幼兒能分辨開放與封閉圖形（見圖5～8），但歐基里得圖形如圓形、正方形、三角形之不同則無法區辨，因這些圖形均為封閉圖形。兒童對於物體的探索是被動的，對於歐氏幾何之直線或角度無探索的意圖，他用手「抽譯」（abstract）實物的行動充份說明了這一點。例如：以手順著實物的四圍輪廓描摩，將手弓成杯狀含著（包圍）實物，從一手傳至另一手，把手指穿入洞中分離它，這些對物體外圍界線的知覺，注意它是否開放、封閉或分離，實涉及拓樸而非歐基里得數學關係。各類圖形對這個時期的許多兒童而言並無不同，事實上在拓樸學上，三角形、正方形、圓

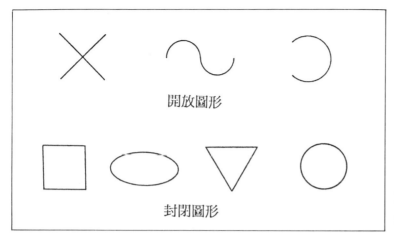

開放圖形

封閉圖形

圖5～8

封閉與開放圖形

形可以被拉長、壓縮而變形，本就無固定形狀，可以說
是同等的。

● 第二階段（四至六歲）：此一階段是過渡期，已開始能辨
認歐氏幾何圖形，即能區分直線圖形類（正方形、長方
形、平行四邊形、菱形等）與曲線圖形類（圓形、橢圓
形）之不同，如：正方形與圓形，但對於分辨每一類中
之各種圖形，譬如直線圖形中的正方形、長方形、平行
四邊形、菱形，則無法做到。此時期的探索物體行動較
前期活潑不再只是抓住物體而已，兒童辨認「直線」是
用眼、手動作不改變方向地「跟隨」圖形的邊圍，而辨
識「角」則是靠以上所述的兩個相交的動作。

● 第三階段（七歲左右）：至此階段，兒童已能辨識直線形
成的封閉圖形，他已具有逆向思考能力。在辨識形狀時
的動作是由某一固定參考點開始並且以一系統化方式回
到那一點，和前二期每一個行動都是分立而非彼此聯結
的情形比較起來，是較有整體計劃。以辨認六角星形為
例，他能用手順著輪廓探索每一個突出的星芒並依次回
到中央點，以統合整體的感官印象。

　皮氏對幼兒空間「概念層次」發展的研究，是讓幼兒

仿畫幾何圖形，因為繪圖是空間表徵的行為。根據幼兒繪畫的表現，皮氏指出，其發展也和知覺層次之發展一樣，充份反映「拓樸為先」的現象（王文科譯，民八十一年；Clements & Battista; 1992; Smock, 1976; Copeland, 1974, Piaget, 1953; Piaget & Inhelder, 1967）：

● 零階段（三歲以下）：無法看出目的，幼兒只是塗鴉而已。

● 第一階段（三至四歲）：能分辨開放與封閉的圖形，若予開放圖形，會畫出開放曲線，而正方形、三角形畫起來與圓形無法分辨，都是不規則封閉曲線。如果要幼兒繪一小圓形在大圓之內或外、或大小二圓相交、或開放的圖形（如圖5～9之C），都毫無問題，可以說幼兒在此階段能保留拓樸特質的包圍、接近、次序性等。

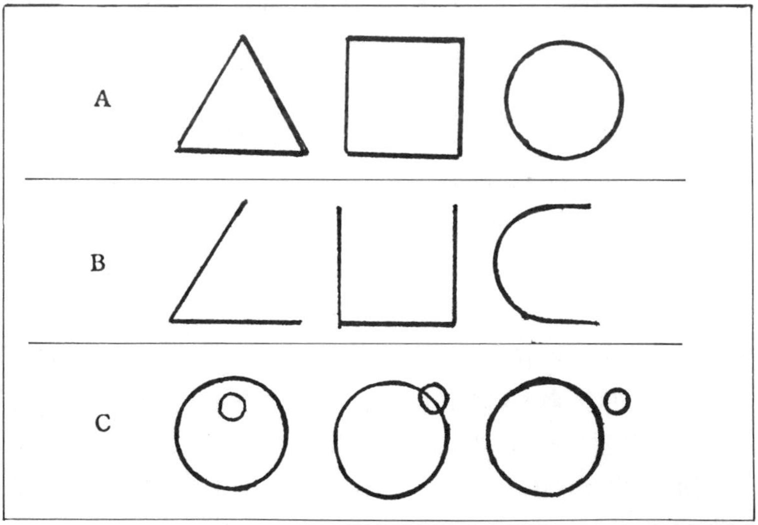

圖5～9
空間概念發展第一階段幼兒的拓樸表現（摘自王文科譯，民八十一年）

● 第二階段（四至六歲）：於此階段初始已能分辨直線與曲線圖形，但剛開始時無法分出多邊形、正方形、三角形等之不同；到了末期漸漸地能正確畫出正方形、三角形與長方形，或圓形與橢圓形之區別。值此階段能保留投

影幾何關係的直線性、歐基里得幾何關係像角和斜度則開始慢慢地發展。

● 第三階段(六至七歲)：能快速與正確地畫出包括菱形的所有圖形，能保留歐基里得幾何特質的距離與角度。幼兒至此階段對形狀的了解已至心智發展之運思階段。

　　有關幼兒對空間的知覺發展，皮亞傑認為與「物體永久存在」概念的發展息息相關，因為物體在空間中佔有一席之地，基本上嬰兒在二歲左右已具物體恆存概念，因而亦具有粗略的空間知覺。在二歲以前幼兒的空間知覺發展，初始是以實際空間(Practical spaces)來理解空間中的位置，這些空間代表著各自獨立與未協調的參照點，就好比視覺獨立於聲音之外，觸覺獨立於視覺之外一樣。這許多獨立的實際空間（視覺空間、聽覺空間、觸覺空間…）在幼兒操作物體中，漸漸地聚合在一起並統合協調。屆至感覺動作期最後一個階段（約近二歲），嬰兒的空間知覺發展有兩個顯著的特性：(Gross, 1985)

(一)易受毗鄰物體的迷惑

　　幼兒會將物體的位置與鄰近的任何標誌物融合在一起，即幼兒視兩個很接近的物體是結合的，不認為不同的物體在空間中佔有不同的物置。舉例而言，盧可斯與游基雷(Lucas and Uzgiris, 1977)在其研究中將玩具擺在 A 簾幕的前面，然後將 B 簾幕接近玩具將其遮隱，接著將 B 簾幕與玩具一起移至嬰兒的右邊，結果發現嬰兒會直接到 A 簾幕處去找尋玩具，此一現象說明了嬰兒認為物體在空間中的位置是融合一體的，受毗鄰物體的迷惑。

(二)以自我的身體為參照依據

　　嬰兒判斷事物的位置是基於自身或是身體上的線索，而非以空間中恒常不變的標誌為參照物（如：柱子、樓梯等）。例如，有一件東西原來是在嬰兒身體右邊，之後掉了，

不管他自己在空間中的方向已經改變了，他還是往右邊去尋找。

二歲以後進入前運思期幼兒，雖漸能使用外來的參照架構，並不表示他的空間知覺是與成人一樣，完全地脫離自我中心，事實上學前幼兒在作空間推理時，其判斷常受自我觀點所影響，必須要到七歲左右才有能力從不同觀點去看事物。舉例而言，勞倫度和皮納德(Laurendeau & Pinard, 1970, 引自王文科譯， 民八十一年)曾對四至十二歲兒童展示大小顏色不同的立體圓錐，然後給他們一組包含從九個不同觀視點所呈現的圓椎體排列圖片，請其選出一個玩具人從各個角度所應看到的正確排列現象（見圖5～10）。結果發現前運思期幼兒通常選的是從他們自己的觀視點看出去的圖片；當兒童變得較少自我中心並較能同時協調幾個面向（如：左右，與前後），他們從不同角度看事物的能力才能增進。可以說前運思期的智能結構，限制了幼兒在空間測試上轉移觀點的能力。

對於物體在空間中彼此之相關位置，成人通常使用物理世界中的自然參照架構，即水平軸與垂直軸（地面、牆面、旗桿等）來研判其空間關係，或作正確的安置擺放（如：將椅子擺在牆的左面，桌子放在黑板的前面……）。皮亞傑和尹荷德(Piaget & Inhelder, 1967)曾做了一個「瓶子水位」的實驗來探查兒童的空間參照系統。在這個實驗中，瓶中裝了色水，然後將瓶底提起一邊使之呈傾斜狀，並讓幼兒畫出傾斜後的瓶中水位。四、五歲幼兒的表現通常是塗鴉；五、六歲幼兒則以瓶底或瓶邊為參照架構，畫上與瓶底或(和)瓶邊平行的水位線，而非以自然世界中的水平軸——桌面為參照系統（見圖5～11）。直到第三階段九歲的幼兒才能理解水平、垂直軸是空間中不變的參照系統，並以其來建構空間。因此根據皮氏，學前幼兒無法在空間中將物體安置在相關位置使彼此間有正確的空間關係，例如：模擬排出一組堆疊好的積木或一組散置在一特定空間

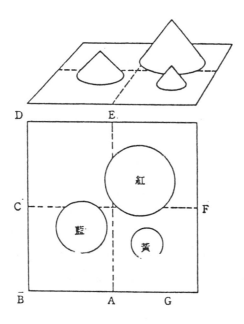

圖5～10

勞倫度與皮納德「觀點取代」實驗

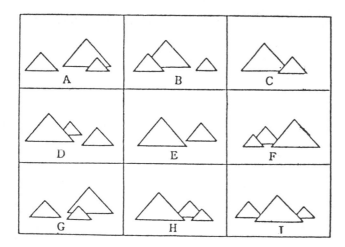

圖 5～11

皮亞傑「瓶子水位」實驗，五、六歲幼兒之表現

內的積木（Copeland, 1994）。

　　總之，根據皮亞傑與尹荷德，幾何是研究空間的科學，兒童的空間概念隨發展而變化。初始，幼兒僅能以拓樸學上之鄰近、次序、包圍等關係來理解空間；之後，他學習以觀察者的觀點來建構空間概念，並以左右、前後、上下來描述空間；到最後階段，兒童能保留距離之不變性，藉由一統整協調系統的協助，開始以度量衡的觀點來解釋空間（Smock, 1976）。換言之，在幼兒的思考尚未達到運思階段前，歐氏與投影幾何特質是無法有概念上的理解的。

二、范希樂（Van Hieles）之研究

　　荷蘭的兩位教育家范希樂夫婦（Pierre Van Hiele 與 Dina Van Hiele-Geldof）於一九五九年開始研究幾何思維發展與設計幾何教學課程，許多范氏所主張的論點也被俄國教育家所贊同，從事了范氏模式的許多研究，並且據以實驗新課程（Kilpatrick & Wirszup, 1977, cited from Hoffer, 1988）。最近十幾年來，范氏幾何思維階層論也開始受到美國與世界其他各地研究兒童幾何概念發展之學者和課程設計者之矚目。重要的是，有許多的實證研究均證實范希樂的層次論是明確存在的，對於描繪學童至成人的幾何概念發展是非常有用的（Hoffer, 1983; Burger & Shaughnessy, 1986; Fuys, Geddes & Tischler, 1988; Han, 1986）。范希樂模式最顯著的特色在於提出一個人學習幾何由視覺層次進展至複雜的分析和證明的五個不同思考層次，以下即為范希樂幾何思維五層級之簡要敘述（Van De Walle, 1990; Hoffer, 1988; Clements & Battista, 1992; Bruni & Seidenstein, 1990）：

● 零層級：屬視覺化階段。兒童辨識圖形乃根據其整體外觀，而不考慮它的部份，他們能說出長方形、三角形等圖形名稱，却無法明確地指出圖形的特殊性質。例如長方形之所以是長方形，是因為它看起來像一扇門，或它看起來長長的；正方形之所以是正方形，是因為它看起來「正正的」，或它看起來像一個正方形，沒有特殊理由（如：因為直角、四邊等長）；正如他們並不叫圖5～12之圖形 b 為正方形，是因為它看起來不像是一正方形。基本上，此階段兒童之思考推理深受視覺外觀與感覺所影響，對於圖形的特質與圖形各部份間的關係，不是很清楚。

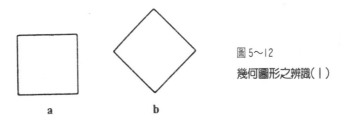

圖5～12

幾何圖形之辨識（1）

a　　　　b

● 第一層級：能分析的階段。兒童於此階段開始能注意並分析圖形的特性，亦即他們之所以能指認圖形，是因為知道圖形的特質，例如正方形有四個相等的邊，它所有的角都是直角，或長方形相對的兩邊相等。正因為他們是依圖形的特質以辨識圖形，所以不會受到圖形方位的影響，能指認圖5～13中之1、4、15、23、29均為長方形，9、10、16、19、20、26、30均為正方形，2、8、11、12、6、13、14、17、22、25、27均為三角形。但此階段兒童却無法了解各種圖形之間的相互關係，譬

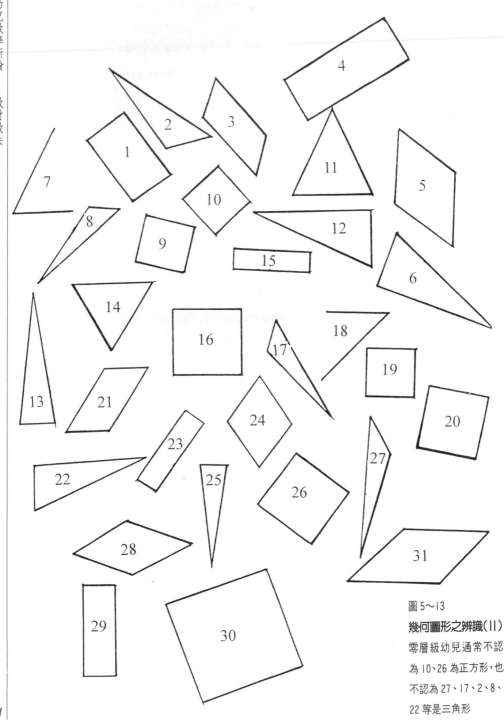

圖 5～13

幾何圖形之辨識(II)

零層級幼兒通常不認

為 10、26 為正方形，也

不認為 27、17、2、8、

22 等是三角形

如正方形是長方形的特例，或正方形是有直角的菱形，
或長方形是平行四邊形的一種。

● 第二層級：能非正式推理階段。此階段兒童能運用非正
式邏輯思考去推理，不但能認識圖形的特徵，將圖形以
最少的特徵加以定義、分類，譬如辨認長方形的理由是
因為它是一個直角的平行四邊形；而且也開始建構不同
類圖形間的關係，例如菱形、正方形、長方形、平行四
邊形關係（見圖 5～14）。若詢以什麼樣的四邊形具有「所
有四邊都是同等」、「所有的角都是直角」此二特質，此
階段兒童知道它是一個正方形。

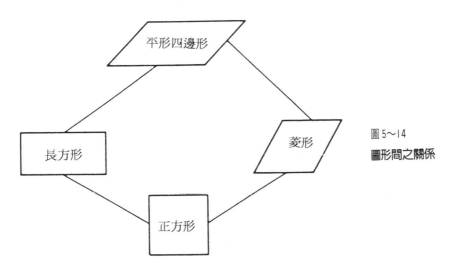

圖 5～14

圖形間之關係

● 第三層級：運用演繹推理階段。屆此階段之人能理解證
明中的邏輯敘述，會意二個不同邏輯敘述對同樣的定理
是有效的，同時也能自己發展一系列的演繹性邏輯敘述
去解釋與證明定理。換言之，能正式推理、解釋為什麼
邏輯敘述是正確的，與前一階段之「我想我理解，但我
無法解釋」的情形是進步得多。第三層級之實例請見圖
5～15。

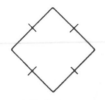

這圖形是菱形　　　　　　　它也是長方形　　　　　　因此它是正方形

圖5～15
范希樂幾何思維層
級論第三層級之表
現（摘自　Hoffer,
1988）
達此層級者能發展邏
輯敘述以解釋與證明
定理

● 第四層級：達精確嚴密階段。達此境界者對數學結構有很深的了解，而且能理解不同公理系統間的區別和關係，如同數學家一樣。

　　范希樂的層級說有幾個特點值得注意（Van De Walle, 1990; Clements & Battista, 1992）：

● 層級是有順序性

　　層級是依序排列，一層一層地漸次晉升，兒童晉升至下一層次必須是前一階段之技能與策略已充份發展，才為可能。

● 層級與年齡並不相關

　　通常而言，學前幼兒與小學低年級生是屬於零層級，但也有高年級生仍處於零層級（Fuys, Geddes & Tischler, 1988），甚至有高中生、成人亦屬零層級者（Shaughnessy and Burger, 1985）。因此之故，層級與年齡並無絕對關係，也許你我之中仍有人處於零層級或第一層級。

● 層級之晉升取決於經驗與教學

　　層級的晉升深受教學與學習過程的影響，與成熟、發展狀況較少相干。亦即層級的晉升不是一個依兒童年齡或成熟自然演化的過程，經驗與教學因素扮演極為重要的角色。

● 教學須配合兒童的發展層級

　　范希樂認為許多學生對幾何學習有困難的理由是因為

其思考在某一層級，而教學却是針對一個較高的層級，當然會有所困難。

換言之，教學或教科書若不配合兒童的現有層級而據以施教，充其量只是記誦式與短暫性學習，學習效果不會產生。例如：教師一再地解釋所有的正方形都是矩形，這對零層級學童而言雖能特別地加以牢記，但是卻無法真正建構正方形、矩形二者之間的關係(Crowley, 1987)，因為這是第二層級幼兒才能做到的。

范希樂理論不僅包含幾何思考層次，同時也論及教學階段(Phases of Instruction)，茲將此教學階段簡要介紹如下(Clements & Battista, 1992, Hoffer, 1988)：

● 第一階段：探詢資訊

教師與學生双向討論即將要教的主題，老師作觀察並發問，藉此了解學童的舊知識，學生也得悉即將學習之方向。

● 第二階段：引導方向

此階段之教學是讓學生活躍地探索、操作（例：摺紙、拼組活動等），教師之角色是引導學生作合宜的探索活動──亦即當學生在操作物體時，老師有結構、有順序、一步步地引導其了解設定的概念與幾何程序（通常每一個步驟都會引起特定反應）。

● 第三階段：解釋說明

值此階段學生在其直覺知識基礎之上，已開始意識並理解幾何關係。教師帶領學生以他們自己的語言討論正在學習的主題，將幾何概念、關係提昇至明顯理解的層次。一旦學生表現已理解正在學習中的主題，而且也用自己的語言討論，教師就開始介紹相關的術語。

● 第四階段：自由探索

教師在這個階段的角色是選擇適當的教材和幾何題目，鼓勵學生運用所學到的概念去省思、解答這些幾何題目，並容許不同的求答方法。

● 第五階段：整合

最後階段學生乃將所學的作一總結，將幾何概念與程序統整成一個可述說、可運用的網路，最後組織成認知基模。教師之角色是鼓勵學生去省思與鞏固其幾何知識。

三、其他心理學研究

皮亞傑學派有關拓樸為先之幾何概念發展論點，也為其他研究者或學者所支持（諸如：Forman & Sigel, 1979; Cohen, 1987; Copeland, 1974; Laurendeau & Pinard, 1970; Lovel, 1959 等人），但同時也廣受質疑與批評。最大的批評點是歐氏、拓樸、投影特性並不是相互排斥的，這些特質是同時共存於同一的空間，每一種圖形都擁有某些程度的這些特質（Lesh, 1978），對於兒童的表現（辨認或繪圖）實在很難分辨與判定是歸諸於那一個單一的幾何系統（Clements & Battista, 1992），但皮氏的實驗却將圖形作絕對性地分類。由是之故，有一些研究駁斥「幼兒空間概念是基於拓樸觀點而組織」的論點（Kapadia, 1974; Martin, 1976a, 1976b; Geeslin & Shar, 1979; Rosser, Campbell & Horan, 1986）；舉例而言：馬丁（Martin, 1976b）發現 4 歲幼兒的繪畫並未表現出拓樸主導的特徵，拓樸概念並未先於歐氏、投影幾何概念而發展。其實學前幼兒已萌發一些歐氏幾何概念、展現歐氏幾何的能力、與保留歐氏幾何的特質（Rosser, Campbell & Horan, 1986; Rosser, Mazzeo, & Horan, 1984; Martin, 1976b; Geeslin & Shar, 1979）；例如羅捨等人（Rosser, Campbell & Horan,

1986）發現 3～5 歲幼兒已能保留歐氏幾何的直線性，歐氏幾何概念在學前期就開始萌發。甚至也有研究證實小至二、三歲幼兒就能區辨直線與曲線圖形（Lovell, 1959; Page, 1959）。誠如道威爾（Dodwell, 1971）指出：「皮氏對於認知發展提出太過於簡化的解釋，雖然在別的方面他們可能仍處於整體性拓樸幾何觀的階段，我們並非不常發現學前幼兒對於簡單的問題提出正確的歐氏幾何回答」。

綜觀上述的研究結果顯示對於拓樸為先的論點似乎已被同時漸進發展的觀點所取代，即自學前階段始，三種幾何概念就開始萌發、逐漸發展，並日益統整與綜合，而這些概念初始是非常直覺地融於繪畫、建構與知覺的行動中（Clements & Battista, 1992; Rosser, Horan, Matt-son, & Mazzeo, 1984）。

有關兒童幾何概念的發展，有些學者則不涉入皮氏「拓樸為先」論點的爭執，直接探查幼兒辨識、繪畫幾何圖形或對空間方位知覺能力的年齡表現。對於幼兒繪畫簡單幾何圖形之發展情形，根據葛塞爾學前幼兒身心測驗編者 IIg & Ames（1965, cited from Robinson, 1988）之研究結果顯示：三歲幼兒能一筆繪出圓形（三歲之前是一圈又一圈地畫圓），四歲幼兒能畫正方形（在能正確地繪畫正方形以前所畫的是在一角或一角以上明顯外凸帶有「耳朵」的正方形），而絕大部分五歲幼兒皆能看著正三角形仿繪出比例不稱的三角形。圖 5～16 與圖 5～17 分別是是諾爾亭（Noelting, 1979 引自竹師幼教系著，民八十二年）與田中敏隆（1966，引自陳小芬譯，民八十三年）所研究兒童仿畫幾何圖形之發展情形；表 5～2 則為幼兒仿繪幾何圖形成功率之發展表（田中敏隆，1966，引自陳小芬譯，民八十三年）。綜合以上之研究，可以看出最先發展的是圓形，其次是長方形，而後正方形，接著是三角形，菱形則是最晚發展的。在幼兒繪畫幾何圖形之發展過程中，三角形、菱形之所以最晚發展之主要原因乃在於斜線問題，有

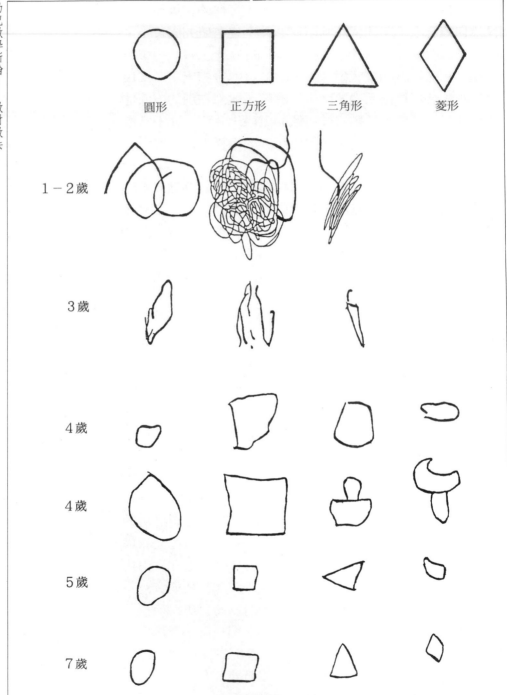

	圓形	正方形	三角形	菱形
1－2歲				
3歲				
4歲				
4歲				
5歲				
7歲				

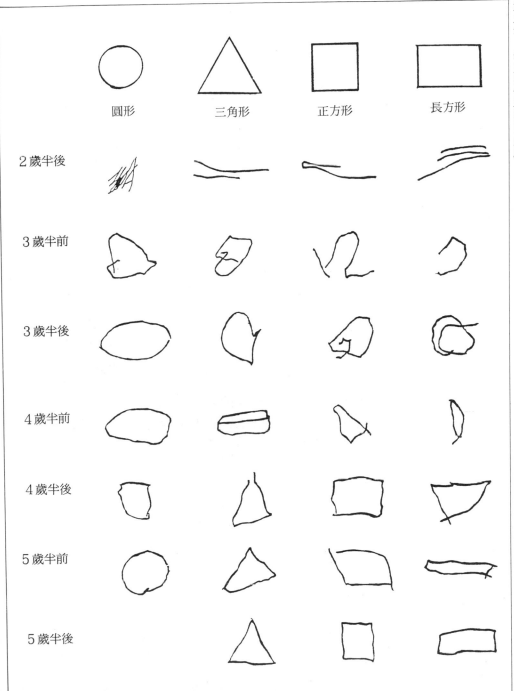

圖 5~17　兒童仿畫幾何圖形之發展情形（田中敏隆之研究）　　141

表 5~2　幼兒仿繪幾何圖形成功率之發展表

圖形 ＼ 年齡	2	3	4	5	6
圓　　　　形	0	15.4	50.0	93.3	100.0
正 三 角 形	0	0	15.8	75.7	86.7
正 　 方 　 形	0	4.0	37.5	75.7	93.3
長 　 方 　 形	0	4.0	41.7	84.8	93.3

些兒童到了六、七歲對於畫斜線仍有困難。

　　兒童辨識幾何圖形比仿畫幾何圖形較為容易，三歲左右的幼兒隨年齡增加能漸次認識圓形、正方形、三角形、菱形（但是要成功地畫出三角形、菱形、須至六歲以後）。例如我國蘇建文教授之研究發現二歲至兩歲半的幼兒就能辨識圓形、方形（三角形辨識力較差），至五歲後，則全能辨識圓形、方形和三角形。又根據李丹教授（民八十一年）兒童發展一書所載，一般在小班時已能辨別圓形、方形和三角形，中班時能把兩個三角形拼成一個大三角形、半圓拼成一圓形。到大班時還能認識橢圓、菱形、五角形、六角形和圓柱形等。

　　雖然幼兒辨識圖形比仿畫圖形較為容易，但若要幼兒辨識轉換的圖形，即經旋轉、翻轉、或移動位置的幾何圖形，則較有困難。因為學前幼兒與小學低年級學童基本上是屬於范希樂幾何思維之零層級，此階段主要特徵是「視象化」，即以視覺的型態——圖形的整體外觀來辨識圖形，圖形的特質不被意識並了解為界定圖形的主要因素。其思考深受知覺所支配，因之常受圖形無關的屬性所影響，譬如它的方向——當三角形往下指，或正方形轉 45 度角，幼兒就無法辨認（Van De Walle, 1990）。范皮羅（Vurpil-lot, 1976）曾以正方形卡片（甲）旋轉 45 度角（乙）測試

兒童之圖形辨識力（見圖 5～18），結果如下：

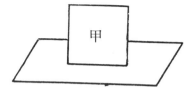 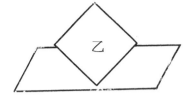

圖 5～18
范皮羅幾何圖形辨
識力測驗

1. 四歲、五歲、與一半的六歲幼兒說「乙」不是一個正方形。

2. 六歲與七歲幼兒說「乙」和「甲」是同一張卡片，但「乙」不再是正方形。

3. 八歲和九歲兒童認為「乙」是一個正方形。

　　柯斯雷克（Kerslake, 1979）的研究也發現對於旋轉 45 度角的正方形，五歲幼兒中只有 54% 認為它是正方形，七歲幼兒只有 80% 認為它是正方形。對於經翻轉頂朝下指的三角形，五、八歲幼兒認為它是三角形的百分比分別為 38%、65%。

　　有關幾何學習的理論，除以上的研究外尚有認知心理學方面的研究，這個領域整合了心理學、哲學、語言學，和人工智慧的理論與研究工作。根據柯雷門與巴茨塔（Clements & Battista, 1992）之分析包含了三個模式：安德森之認知模式（Anderson's Model of Cognition），葛林諾之幾何解題模式（Greeno's Model of Geometry Problem Solving），與平行分佈處理網路（Parallel Distributed Processing Networks）。此三種認知科學模式提出了皮亞傑與范希樂理論中不常呈現的幾何思考部份。例如，安德森與葛林諾模式主要在研究並解釋高中學生在作幾何證明題時之解題行為、過程、與知識結構；而平行分佈處理網路（簡稱 PDP 網路）試圖以認知科學將范希樂理論所揭示的各層級之知識結構解釋得更詳盡、更見其根本，譬如圖形在認知上是如何被辨識出來的。由於這三種

模式只涉及少量的研究對象，無法通則化，而且對於每一階段思維的發展未加以說明，所以自有其限制。本書是針對學前幼兒，故而對此三模式不加多述。

至於有關學前幼兒的空間方位感，蘇聯學者的研究提供吾人更清楚的了解。根據其研究，空間方位涉及運用參照系統的能力，學前幼兒將自己定位於空間中是根據感官參照系統，也就是他自己身體的四邊：幼兒首先使方位與自己身體的某些部位發生關聯以建立聯結關係，例如「上面是頭部所在處，下面是腳之所在處」、「前面是臉部所在位，後面是背部之處」、「右邊是右手的地方，左邊是左手的地方」。定位於自己的身體是幼兒精熟空間方位的一個啟始點。在以上三組的基本方位中最先發展的是上面，再來是下面、前面、後面、左邊、右邊、而基於分辨身體二邊的左邊與右邊對學前幼兒最是困難(Leushina, 1991)。此一發展順序也為其它研究所支持，例如：大陸學者葉絢、方芸秋（一九五八年，引自李丹，民八十一年）發現三歲幼兒已能辨別上下方位，四歲幼兒已能辨別前後方位，五歲開始能以自身為中心辨別左右方位，六歲時能完全正確辨別上下前後四個方位，但以自身為中心的左右方位辨別能力尚未發展完善。

到底幼兒如何獲取運用參照系統將自己定位於周遭空間的能力呢？蘇聯學者指出了二個發展階段。第一個階段是實際試驗方位，將環境中的物體與他自身的各邊相連，譬如將身體直接移往物體與之接觸，如果他後退背向某一物體，他就會說那個物體位於他之後，如果他伸出左手摸到一東西，他就會說那東西在他左邊。第二個階段是以視覺估計物體之間的空間安排以及物體與觀看主體之間的空間安排。剛開始也許會轉身或用手指向物體，漸漸地動作就比較少被察覺到，最後則只是朝物體所在處注視而已。

學前幼兒發展物體之間的空間關係知覺也有階段性。

在第一個階段，幼兒感知周遭的物體就像是彼此分離的實體，不曉得存於相互間之空間相連關係，例如拿 2 張有相同動物但排列位置不同的卡片（貓、兔子、熊），幼兒只注意到動物是相同的，但並未察覺這些動物在空間安排上有異，因此沒有發現二張卡片有何不同。第二個階段則開始察覺空間關係，但是其正確性尤其是物體所採用的參照點之間的距離對幼兒而言是非常困難的。第三階段則對於物體間的空間安排有進一步地改善，能從遠觀欣賞物體間的空間關係。根據蘇聯學者之研究，理解物體間的空間關係是一個很長且很複雜的過程，在學前階段結束前並未完全發展，直至小學還在繼續發展。

　　皮亞傑與蘇聯的研究者認為嬰兒的空間表徵是以自我身體為參照來判斷空間關係，即使是學前幼兒也很難脫離自我中心的限制。此一論點也為一些學者所贊同，例如：哈特和摩爾（Hart & Moore, 1973）提出了空間表徵的三大參照系統：自我中心參照系統、固定參照系統、協調的參照系統，此三大系統是循序發展的，基本上自我中心參照系統時期即相當於皮亞傑的前運思期。在另一方面也有研究指出，有時嬰幼兒也會使用外在參照系統來判斷空間關係，當在於熟悉的環境，嬰兒較易使用外在參照系統來判斷其空間關係，對於不熟悉的環境則不然（Acredolo, 1978）。甚至於知覺環境的顯著特徵與嬰幼兒是否運用自我或外在的空間參照架構亦有關係，研究發現當環境空間中充滿視覺上顯著突出的路標（landmark），三、四歲幼兒在對換位置後比在無顯出路標情況下較能找到藏匿於杯中之物（Acredolo, 1977）；即使被旋轉 180°的六個月大嬰兒也會較少反應自我中心（Acredolo & Evans, 1980）。路標是環境中的特徵（參照點），成人與幼兒幼探索環境時，都是先記住這些路標。希格爾與懷特（Siegel & White, 1975）認為路標是空間表徵三要素——路標（Landmark）、路線（route）、及整體外形（configuration）中最基本的要素。許多的研究發現「路標」可使兒童由自

我參照架構移轉至其它的參照架構,對於空間推理有所助益。例如希格爾與契德勒(Siegel & Schadler, 1977)的研究顯示,若在環境中增設路標,會增進幼稚園生對物體間相對位置的了解,與對整體環境的了解;艾克杜羅等人(Acredolo, Pick & Olson, 1975)的研究也發現增設路標,對3、4歲幼兒的空間位置判斷有正向的影響。

此外,亦有研究指出,實驗測試本身的要求會影響兒童的空間推理,其實幼兒已有很好的空間知識,但因測試方式而降低其表現(Siegel & Schadler, 1997; Liben, Moore & Golbeck, 1982)。李本等人(Liben, Moore & Golbeck, 1982)讓學前幼兒在一個熟悉的教室裡重新安排傢俱,以及在一個模型教室裡以玩具傢俱重新安排,結果發現:如果測試工作是發生在一個富有生態意義的情境裡,兒童就會有較佳的空間知識,即幼兒在一個熟悉的實際教室裡安排傢俱所呈現的空間知識比在模型教室裡為佳。又艾克杜羅等人(Acredolo, Pick & Olson, 1975)研究學前及小學低年級兒童對於空間位置之記憶情形,結果發現兒童在熟悉的遊戲場內之表現比其在走廊之表現要來得好。總之,在適當的環境之下,幼兒的確有一些空間能力,而且其能力往往超乎吾人所認定的,例如布魯斯坦和艾克杜羅(Bluestein & Acredolo, 1979)發現三歲幼兒能在室內依地圖推論某物在室內的位置,五歲幼兒能在戶外依旋轉90°的地圖推理某物在室內的位置。

第六章

幼兒幾何
與空間教學

第一節　幼兒幾何與空間教學之方法與內容

一、教學方法與原則

　　從上章皮亞傑的理論與臨床實驗充份顯示幾何圖形心靈影像之發展並非只靠觀看或知覺就足夠，幼兒必須對該物體有所行動，例如：用手指或手順著圖形的外圍描繪。誠如皮氏自己所說：「……迄今，我們可以說在這三個發展階段中（註：拓樸、投影、與歐氏幾何），兒童能辨認，特別是表徵的圖形，祇有那些真正透過其自身行動所重新建構的圖形。因此，「抽譯理解」（abstraction）圖形是基於兒童的協調性行動，並不是，或至少不是完全直接地從物體而來（那就是，經由僅僅注視物體而來）。」（Piaget & Inhelder, 1967）。因此，有關兒童幾何與空間概念之所以發展，和其它方面的認知發展一樣，皮亞傑將之歸諸於兒童自身活躍探索環境，與環境互動的結果（Dodwell, 1971）。職是之故，皮氏強調操作活動（motor activity）對空間思考的理解是非常地重要的（Piaget & Inhelder, 1967）；在教學上的啟示則為對於托兒所、幼稚園、與一年級學童，若要對物體建構合宜正確的心靈表徵，就必須予以許多經驗，諸如：操作幾何物體模型、用手描繪圖形外圍、與繪畫幾何圖形等，單是講解與示範、看與聽是無法理解的（Copeland, 1974）。在另一方面，根據范希樂之幾何思維層級與教學段落論：幾何思維層級並不自然地隨年齡而晉升，而是基於經驗與教學；幾何教學首要之務在配合兒童的發展層級並設法予以提升，在教學的過程中要讓兒童操作實體模型、自由探索、解決問題。基本上，它並不支持吸收式「教」與「學」理論，和皮亞傑一樣都是強調學習者活躍建構知識的角色（Clements & Battista, 1992）。

　　皮氏與范氏強調兒童探索建構的學習角色，也為多數學者或課程設計者所贊同與提倡。舉例而言，范華立（Van De Walle, 1990）在其小學數學一書中指出零層級（或幼稚園至小學）所學習之幾何應是「非正式幾何」（Informal Geometry）。所謂非正式幾何是經驗性的幾何，它提供學童機會去探索所居住之幾何環境，去觀察、建構關係，以及在一幾何情境中解決問題，其重點乃在強調探索與觀察的精神。歐達佛（O'Daffer, 1982）也認為兒童幾何教學應強調直覺的、體能取向的經驗以發展幾何概念，當兒童於體能與非正式層次上的幾何有活躍涉入之充足機會後，才能進入抽象符號與正式定義之教學。美國數學教師協會在其所編訂之數學課程與評鑑標準之幼稚園手冊中也指出，幼稚園數學應讓兒童作幾何與空間探索，包括比較物體，根據特徵（大小、形狀）而分類，試驗型式、對稱、與平衡關係，以及探索空間中物體的大小、方向，與位置關係等。

　　有關空間表徵方面，希格爾與懷特（Siegel & White, 1975）指出兒童是經由認清空間中的路標，然後由其感官動作連成路線，最後統整成整體地圖，因此，在空間中的身體移動（locomotion）對於空間表徵的形成十分重要。哈特與摩爾（Hart & Moore）認為前操作期幼兒之空間表徵是以自我為中心的，也是以行動為中心（action-centered）的參照系統，然後才進入具體運思期以空間中的固定物體為參照系統，因之行動的角色不可忽視。俄國的研究也指出動作的分析在發展兒童的空間方位上佔有極大的角色（Leushina, 1991）。此外，有許多研究特別指出主動探索或自我引導比被動探索或他人引導更可促進空間表徵能力的發展（Feldman & Acredolo, 1979; Acredolo, Pick & Olson, 1975）；舉例而言：費德門和艾克杜羅（Feldman & Acredolo, 1979）發現學前幼兒如果能准其自行探索新的環境，比經由成人引導更能發展較佳的空間知識。總之，以實際行動探索空間，是幼兒空間教學的不二

法門。

　　綜上所述，有關幼兒的幾何與空間教學，吾人亦贊同「經驗取向」的教學方法與課程；從各方面研究顯示，幼兒的確有一些能力，這些能力是漸進發展的，因此吾人必須供給幼兒充足的經驗性活動，以發展並提昇這些能力。此外，非常重要，也是不可忽略的，幾何教學必須配合兒童的發展層級。學前幼兒與小學低年級學童基本上是屬於零層級，此階段主要特徵是以視覺的型態，即圖形的外觀來辨識圖形，圖形的特質不被意識並了解為界定圖形的主要因素；換言之，幼兒視圖形為一個整體，並不考慮它的部份（Hoffer, 1988）。因此，在教學上即應針對此一層級的特徵，設計相關活動讓幼兒意識圖形之特質與各部份間的關係（如：長方形之對邊等長）。為更了解零層級幼兒之思維，俾便對症下藥設計合宜之教學活動，筆者也曾仿前述之范皮羅（Vurpillot）與柯斯雷克（Kerslake）之實驗對幼兒施測，茲將訪談對話節錄一、二以增進讀者之理解：

　　　　　　（本幼兒滿六歲，剛上小學）
筆者：這是什麼形狀？（手持正方形小卡片）
幼兒：正方形。
筆者：這是什麼形狀？（將小卡片當幼兒面旋轉 45 度）
幼兒：嗯……菱形吧！
筆者：那這張卡片到底是什麼形狀？（將小卡片在原狀與
　　　45 度間搖晃）
幼兒：從這裡看是……從那裡看是……不知道（手旋轉小
　　　卡片）
筆者：告訴我什麼是正方形？
幼兒：有四個角，很正。
筆者：很正？
幼兒：上面都平平的，這邊、這邊、平平的（用手指卡片
　　　的上邊、兩側邊）。
筆者：這張卡片到底是什麼形狀？（手左右搖晃正方形小

卡片）

幼兒：嗯……不知道……正方形？不知道。

　　　×　　　　×　　　　×　　　　×　　　　×

　　　　（本幼兒五歲多，大班）

筆者：這是什麼形狀？（手持正方形小卡片）

幼兒：正方形

筆者：好，那，這是什麼形狀？（將小卡片當幼兒面旋轉
　　　45 度）

幼兒：菱形。

筆者：菱形，可是你剛剛跟我說這是正方形，現在又告訴
　　　我這是菱形，那到底它是什麼形狀？（手搖晃小卡
　　　片，最後又回到原狀）

幼兒：正方形。

筆者：好，這是什麼形狀（將小卡片旋轉 45 度）

幼兒：不知道。

筆者：不知道？（手指著旋轉了 45 度的小卡片）

幼兒：這樣就是菱形。

筆者：這樣就是菱形喔！好，那麼怎麼樣叫正方形？

幼兒：這樣子就叫做正方形（將小卡片轉回原態）

筆者：喔！那麼這樣子呢？（將小卡片旋轉 45 度。）

幼兒：菱形。

筆者：這張卡片，你剛剛告訴我是正方形，現在你又告訴
　　　我是菱形，到底這張卡片是正方形還是菱形？（手
　　　搖晃小卡片）

幼兒：正方形。

筆者：可是你剛剛又跟我講是菱形？

幼兒：這樣本來就是菱形啊！（將卡片旋轉 45 度）

筆者：這樣本來就是菱形啊！好，謝謝!!

　　　×　　　　×　　　　×　　　　×　　　　×

（本幼兒四歲多，中班）

筆者：這是什麼形狀？（手持正方形小卡片）

幼兒：正方形。

筆者：正方形啊？這是什麼形狀呢？（將小卡片當幼兒面旋轉45度）

幼兒：不知道。

筆者：不知道啊？

幼兒：不知道。

筆者：好！剛剛你告訴我，這是正方形（將卡片旋轉回原態），你告訴老師，什麼是正方形？嗯…正方形，長得什麼樣子？

幼兒：正正的。

筆者：正方形長得正正的啊？好，什麼樣子叫正正的？

幼兒：這邊正正的，那邊也正正的（用手指小卡片的上邊與側邊）。

筆者：這邊正正的，那邊也正正的（用手重覆幼兒的描指動作）。好！這是什麼形狀（當幼兒面將卡片再次旋轉45度）。

幼兒：不知道。

筆者：剛剛你告訴老師這個是正方形（將卡片回轉成原態），那麼現在我把卡片轉了一下，這叫什麼形狀？

幼兒：不知道。

筆者：不知道啊！可是它是同樣一張卡片吧？它是同樣一張紙張吧。你再告訴我這是什麼形狀？（將卡片回轉成原態）

幼兒：正方形。

筆者：正方形，那麼這樣子呢？這樣是什麼形狀？（將卡片再次旋轉45度）

幼兒：不知道。

筆者：不知道，可是你剛剛說它是正方形，現在你又說不知道，那麼這張紙張到底是什麼形狀？

幼兒：正方形，嗯！不知道。

筆者：再告訴老師，什麼是正方形？

幼兒：兩邊正正的。

筆者：兩邊正正的啊！喔，兩邊正正的叫正方形？

幼兒：（點點頭）

筆者：好！這是什麼形狀（將小卡片又旋轉 45 度）

幼兒：嗯！不知道。

筆者：好！謝謝你。

　　　×　　　　×　　　　×　　　　×　　　　×

　　　（本幼兒滿六歲，剛上小學）

筆者：這是什麼形狀？（手持三角形小卡片）

幼兒：三角形。

筆者：這是什麼形狀？（將小卡片當幼兒面翻轉，使頂點朝下指）

幼兒：嗯…不知道，倒形吧？

筆者：倒形，好！告訴我什麼是三角形？

幼兒：有三個邊，尖尖在中間（用手將卡片轉回頂點朝上，並指著頂點）。

筆者：尖尖的在中間？

幼兒：兩邊都斜斜的（用手沿三角形的側邊描指），下面這個（用手指沿底邊一端描至它端）很直、很橫。

筆者：嗯……

幼兒：尖尖的在上頭。

筆者：那這是什麼形狀？（將卡片當幼兒面翻轉，使頂點朝下指）

幼兒：嗯……不知道，這不是三角形。

筆者：可是剛剛你說是三角形（將卡片當幼兒面再次翻轉回去，頂點朝上面）

幼兒：對，這樣看是三角形，這樣看就不是三角形（將卡片翻轉，使頂點朝下指）。

　　　×　　　　×　　　　×　　　　×　　　　×

（本幼兒四歲多，中班）

筆者：這是什麼形狀？

幼兒：三角形。

筆者：這是三角形，好聰明喔！知道這是三角形，那麼這樣子呢？（將小卡片當幼兒面翻轉，使頂點朝下指）

幼兒：不知道。

筆者：不知道呀！再想想看，這是什麼形狀？

幼兒：不知道。

筆者：好！那麼這樣子呢？（將卡片翻轉回原態）

幼兒：三角形。

筆者：告訴老師，什麼叫三角形？

幼兒：這邊有三個角，這樣子叫做三角形（用手指整個圖形）

筆者：這邊有什麼？

幼兒：這邊尖尖的，跟這邊，還有這邊（用手先指朝上的頂點，再陸續指其餘二角）

筆者：喔！我懂了。
這邊尖尖的（手指朝上的頂點），這兩邊也尖尖的。
還有這邊是上面？還是下面（手指朝上的頂點）

幼兒：上面、左邊。

筆者：上面、左邊？

幼兒：右邊。

筆者：喔！上面、左邊、右邊都是尖尖的。好！那麼這樣子呢？這是什麼形狀？（將卡片當幼兒面翻轉，使頂點朝下）

幼兒：不知道。

筆者：好！謝謝你。

×　　　　×　　　　×　　　　×　　　　×

（本幼兒五歲多，大班）

筆者：這是什麼形狀？

幼兒：三角形

筆者：三角形啊！你告訴我，什麼叫三角形？

幼兒：三角形像一座山。

筆者：像一座山啊！好！這是什麼形狀？（將卡片當幼兒面翻轉，使頂點朝下）

幼兒：不知道。

筆者：不知道喔，那麼這樣子呢？（將卡片翻轉成原態）

幼兒：三角形。

筆者：這樣子叫三角形，那麼這樣子呢？（將卡片再次翻轉使頂點朝下）

幼兒：沒有什麼形！

筆者：這樣子呢？（將卡片再翻轉成原狀）

幼兒：三角形。

筆者：什麼叫三角形？來再講一次，什麼叫做三角形？

幼兒：像一座山。

筆者：喔，像一座山，像這樣子是嗎？（指著回復成原態的卡片）

幼兒：對。

筆者：好！謝謝你！

從以上的訪談中，足見學前幼兒深受知覺及視覺型態的影響，圖形的特質通常不被視為界定圖形的主要因素，而以圖形的整體外觀來辨識圖形。正因為如此，他容易受圖形無關屬性的影響，只要圖形旋轉 45 度或某些角度，幼兒就不再認為它是原有之圖形。以三角形為例，幼兒多認為三角形像一座山，尖尖的在上面，或底邊很直，很橫，其他研究者亦有類似的報導，例如「三角形有一個橫向直行的底邊」 "a bottom side going straight across" （Shaughnessy and Burger, 1985; Fisher, 1978）。甚而幼兒通常認為只有三邊等長且頂點朝上指的「正三角形」，才是三角形；直角不等腰三角形（　　　　），因為它沒有由朝上的頂點處往左右兩旁斜行（幼兒以二隻食指比出個國字「八」代替口語敘述）或它的兩邊沒有一樣長，所以

不是三角形。在教學活動中有的幼兒能用兩個三角形疊出一個星星（一個正三角形與另一個正三角形經翻轉後其頂點朝下），當筆者詢問他是如何做出的，他能正確說出用兩個三角形，但當筆者特意指著頂點朝下的那個三角形問他是什麼形狀，他就有些遲疑，無法確認是否為三角形，甚至說不是。同理，幼兒多認為正方形正正的，像電視機一樣，對於正方形之定義，說不出其然，當正方形轉了45度或一些角度後，就不再是正方形了。或者是長方形，幼兒說它長得長長的，像門一樣，如果斜轉了一些角度，幼兒就無法辨識了。總之，基本上，幼兒的幾何思維是深受視覺整體影像之影響，如何讓幼兒意識圖形的特質與各部份間關係，應是教學的重點。

吾人以為在一個提倡以經驗為取向，配合學前幼兒發展層級的幾何與空間課程，其具體而微之教學原則應如下所述：

㈠與幼兒之生活經驗相聯結

我們既然活在一個幾何的世界裡，而且幾何是提供幼兒聯結真實世界的最佳工具，因此幼兒的幾何教學應從聯結幼兒的世界與生活經驗著手；無論是在戶內或戶外的隨機性教學或創意設計的結構性活動都要儘量地與幼兒的生活世界聯結，或以生活情境為素材，對幼兒的學習才有意義。

舉例而言，點心時間所喝的魚丸湯是圓球體、餅乾是圓形或長方形、切塊豆腐是長方體或正方體、三明治是角柱體、冰淇淋甜筒是圓錐體；又美勞活動所提供的廢物利用材料─牙膏盒是長方體、底片小圓盒是圓柱體，教師均可隨時抓住機會進行教學，將抽象概念與具體生活經驗結合。在平日生活裡，教師也要多使用幾何與空間用語，例如：「到美勞角大櫃子旁的小圓桌拿圖畫紙來」、「到門口後面書架旁邊拿錄音機來」……等。再如於戶外時間當幼

兒上下左右穿梭於遊戲設施時，教師可以刻意強調空間關係，如：「看啦！明莉爬到滑梯上面，現在要溜下來了」、「哇！你們都很遵守秩序，大家排隊等著盪鞦韆呢！小君排第一、玲玉在小君後面、芳如在俊清前面……」。此外，遊戲是幼兒生活的主要部份，刻意設計活動讓幼兒在遊戲中學習也應儘量以生活情境為素材，即所謂的教材生活化也。

(二)提供大量動手做與移動軀體之經驗性活動

研究證實操作立體幾何模型（實物）與運動軀體的「觸摸——運動」經驗會促進幾何概念的學習（Gerhardt, 1973; Prigge, 1978; Bishop, 1980）。迄今，大部份學者均支持動手或動軀體之經驗性活動，例如羅文（Rowan, 1990）曾指出配對、拼圖、釘板等「第一手經驗」對兒童的幾何學習極為重要。柯羅雷（Crowley, 1987）認為零層級兒童應多操作幾何模型，以畫、描繪、拼組、擴聯，或變換等直接觸摸與視覺觀察方式去探索物體。霍佛（Hoffer, 1988）特別指出手的操作性活動（hand on activity）如：釘板活動，可以幫助零層級兒童朝上一層級發展，因為零層級兒童深受視覺形象影響，視圖形為一個整體，並不考慮它的部份；而這類型活動提供幼兒機會去注意一個圖形的組成部份、圖形組成部份間的關係、與圖形間是如何的相關，所以，可為第一層級的思考鋪路。狄格南（Del Grande, 1990）亦曾言，適宜兒童的幾何教學應是多在空間中移動物體，屬直覺性經驗活動。

基於以上的論點，吾人反對教師僅採講述法或獨自示範的隔靴搔癢式教學，應讓幼兒從生活中、遊戲中、與教學活動中親身體驗幾何與空間概念。這些操作性經驗活動包括堆建、分類、辨識、配對平面或立體幾何積木，繪畫幾何圖形，拼置與拆分幾何圖板（類似七巧板），橡皮筋釘板活動，摺紙等。至於運動軀體的經驗性活動，包括結構

性的大、小團體活動與在自由探索遊戲中,讓幼兒在空間中移動軀體,親身體驗空間概念。如限於活動空間無法讓幼兒移動軀體,至少也須提供可移動之塑膠小動物、人物或模型(實物)的操作性活動,在限制的空間內體驗空間概念(見活動示例:我們來說故事)。

綜上所述,在幼兒園中必須充溢各式操作性教具與模型,舉如:屬性積木(Attribute Block)、型式積木(Pattern Block)(屬性積木與型式積木之不同,於第八章有詳盡之說明)、平面與立體幾何模型、釘板與橡皮筋、點狀紙、小方塊積木等;日常生活中的幾何實物如各類紙盒、罐頭、球、冰淇淋甜筒等也是教學上很好的操作物體。此外,教師自製性教具如用色卡紙剪成之平面幾何圖形、拼組(七巧板)板(紙卡)也值得鼓勵。

(三)提供幼兒接觸多種變化圖形的機會

零層級的幼兒深受知覺整體外觀的影響,多以為正三角形或頂點在上的三角形,才是三角形,其餘則非,以及當正方形、長方形旋轉 45 度或一些角度時就無法確認它們的形狀。因此,教師應多提供轉換性的活動,讓幼兒有機會透過操作性的建構、拼組等活動將各種圖形旋轉角度、翻轉、或移動位置;或者是在進行分類、辨識、配對,或其它幾何活動時,應多涉及各種不同的例子,呈現各種邊長、角度的變化圖形(譬如:三角形可加長一、二邊或出現鈍角三角形)。教師在進行幾何教學活動時,若能經常提供幼兒接觸多種變化圖形的機會,則一些與定義圖形無關的特徵對幼兒在辨識幾何圖形時,就不會發生作用或成為干擾因素。誠如狄格南(Del Grande, 1990)所言,空間能力常涉及在心靈裡將物體移位、旋轉、或倒翻,空間知覺能力活動在本質上是屬變形轉換的。

㈣鼓勵觀察、預測、思考、描述等探索性行為

　　費而可（Fielker, 1979）在談論幼童的幾何教學策略中，特別提及觀察、預測、思考的重要性。數學即為推理，兒童在學習幾何時必須試驗和探索日常生活中的物體與其它的操作性教材（NCTM, 1990）；當幼兒在進行各樣操作與身體動作活動時，最重要的是要對自己行動加以省思。操作行動若無思考貫穿於其中，則流於嬉戲，毫無意義。因此，吾人必須鼓勵幼兒觀察、注意圖形之特質，預測對圖形施以某種改變或行動會產生何種結果，並思考、推理圖形之部份間與圖形之間彼此關係。此外，數學亦即為溝通（NCTM, 1990），吾人應讓幼兒在操作、觀察、預測、思考時發表其所思所見（譬如發表為何如此分類，如是配對，如是認定的理由），描述圖形間的關係，敘說兩個圖形或造形間為什麼是相同或相異的，以及提出其它拼組或變化圖形（空間）之辦法等。

二、教學內容

　　至於幼兒幾何與空間教學活動內容包括幾何圖形探索活動、空間關係與空間運用活動、以及空間知覺能力活動，茲分別敘述於下：

㈠幾何圖形探索活動

　　零層級幼兒幾何圖形的探索應始於三度空間的立體圖形或物體，因為在幼兒的平日生活經驗中，很早就接觸到這些立體事物，對幼兒而言是非常自然的探索活動（Bruni & Seidenstein, 1990; Hoffer, 1988）。在幼兒園裡應提供幼兒充份的自由堆疊、建構、觸摸、觀察、比較、敘述甚而製作（運用麵糰、黏土等）的機會，讓幼兒能發現並說出立體模型的特質，例如：「這一個會滾來滾去，可以當輪子」、「這一個有尖尖的刺，可以當房子的屋頂」、「這一個上面、下面都是平平的，可以堆高高的」、「這個長長圓

圓的,可以當柱子」。當幼兒作如是探索,發現每個圖形的特質後,教師才非正式地介紹圓柱體、三角錐等學名。遊戲中探索、發現圖形的特質是幾何教學的重點(取代傳統之教師灌輸、學生強記死背方式),而分類與配對活動則是延伸圖形探索的好活動。重要的是,在過程中要讓幼兒運用各種方法去分類(如:可以滾的、不可滾的,有尖尖的、無尖尖的,可以堆、不可以堆的),並能道出「這二個立體模型或物體相同的地方在那裡?」、「為什麼這些(立體模型或物體)會放在同一堆?」等分類與配對的理由,增進對圖形特質的認識。

在幼兒直接探索三度空間立體模型或物體的過程中,幼兒自然地會發現二度空間平面圖形是三度空間的一部份(例如正方形是盒子的一個面,圓形是生日宴會小丑帽的底部),增進對圖形各部份間關係的理解,這是零層級兒童所特別需要的。在進入二度空間圖形探索時,其教學重點也是放在圖形特質、各部份間關係、與圖形間關係的探索。幼兒教師應多提供摺剪、描繪、製做(橡皮筋與釘板、黏土或麵糰、火柴棒等)、黏貼造形、分類、配對等操作性活動;因為這些活動會將幼兒的注意力引至圖形的各部份上,以及某一圖形如何與其它圖形相關連上。舉例而言,當幼兒在操作釘板時,他會發現正方形的四邊都是一樣長的,或只要將正方形相對的二邊拉長一點就是長方形了,或只要將橡皮筋套在三根釘子上就成有三個角的三角形。再如正方形的紙片可以摺剪成2個三角形、2個長方形、4個三角形、4個正方形等,然後可再拼回原來之正方形,對圖形間關係之理解頗有助益。

(二)空間關係與空間運用活動

空間關係與空間運用活動即為空間概念探索活動。空間關係包括「位置」(在上、在下、在前、在後、在裡、在外、在旁、在中間……)、「方向」(朝上、朝下、往前、往後、往旁、往左、往右、穿過、圍繞……)、或「距離」(靠

近—遠離）關係。此類型活動主要在幫助幼兒理解在空間
中自我位置與其他人、事物間的關係，以及在空間中物體
位置與其他物體間的關係；因此，必須透過移動軀體與移
動物體的大小肌肉經驗性活動或遊戲加以實現。空間運用
意指在一定空間中安排、組織、或建構物體，以美化視象，
或者是改變空間的大小與形狀去符合物體所需。因此，運
用橡皮筋於釘板上造形、在桌面上用型式積木排出花樣、
在圖畫紙上用各式圖形粘貼造形、與用積木（如：樂高）
堆蓋出合宜的立體空間並放入玩具模型車等，均屬空間運
用活動。

(三)其它空間知覺能力活動

狄格南(Del Grande, 1990)以為幾何之所以對學童
困難之因，乃忽略了其中最根本的、由操作活動所得之「空
間知覺能力」，他認為這些基本的空間知覺能力是了解和
精進幾何概念的基礎與必要條件，因此，必須納入幼兒幾
何經驗中。事實上，空間知覺能力與幾何概念活動密不可
分，許多的幼兒幾何活動涉及空間知覺能力活動，例如上
述之空間關係活動（包括自我與他人、他物關係，物體間
彼此關係），就是霍佛(Hoffer, 1971)所提七項空間知覺
能力中的二種，而幾何圖形探索活動或多或少亦涉及空間
知覺能力中的知覺恆常活動。吾人以為，其它的眼、動作
協調，圖形—背景知覺，視覺分辨，視覺記憶等空間知覺
活動均可涵蓋於幼兒的幾何與空間經驗活動中。

除以上三種類型活動之外，在目前的趨勢下，雖然對
於幾何概念之發展仍有拓樸為先與同時發展觀點之爭，把
拓樸、投影幾何融入幼兒的經驗活動中，不再只限於歐氏
幾何，已漸為大家所接受(Schultz, Colarusso & Straw-
derman, 1989)。

第二節　幼兒幾何與空間教學之活動示例

　　本節主要目的在提供「幾何與空間」教學活動實例，包括團體活動與學習角活動，以供讀者參考運用。讀者可依幼兒的年齡、特質與教室的特殊環境，將活動實例加以適度改編，以符合需要。這些活動實例乃筆者綜合個人近年來在理論與實務上的領悟與心得，以及一些參考著作的活動創意，加以變化、改編而成。這些參考著作包括：

- 黃頭生譯（民六十九年）幼兒算術
- Schultz, K. & Colarusso, R. & Strawderman. (1989). Mathematics for Every Young Child.
- National Council of Teachers of Mathematics. (Feb. 1990). Arithmetic Teachers, N.6 V.37. (Special Issue: Spatial Sense)
- Payne, J. (Ed.). (1988). Mathematics Learning in Early Childhood.
- Payne, J. (Ed.). (1990). Mathematics for the Young Child.
- National Council of Teachers of Mathematics. (1990). Curriculum and Evaluation Standards for School Mathematics.
- National Council of Teachers of Mathematics. (1991). Curriculum and Evaluation Standards for School Mathematics：Kindergarten Book.
- Kamii, C. & Devries, R. (1980). Groups Games in Early Education.
- Charlesworth, R. & Radeloff, D.(1991). Experiences in Math for Young Children.
- Ohio State Dept. of Education. (1988). Kindergarten Mathematics.

- Van De Walle, J. (1990). Elementary School Mathematics: Teaching Developmentally.
- Kaye, P. (1991). Games for Learning
- Burton, G. (1985). Towards a Good Beginning. Teaching Early Childhood Mathematics.
- Womack, D. (1988). Developing Mathematical and Scientific Thinking in Young Children.

活動 S_1：尋找同類朋友

目的：藉由對立體幾何模型與生活中實物的探索（與分類），認識三度空間形狀，並理解人是生活在幾何世界中。

準備：將立體幾何模型數套（視人數而定）置於透明箱中，另準備各形各式容器、罐頭或盒子（如牙膏盒、餅乾盒等）亦放於另一透明箱中。

程序：1.教師以 2 個箱子中物體異同之討論引起動機，然後將箱中物體倒於地面上，給予幼兒充份時間自由堆疊、造形。其主要目的在讓幼兒從遊戲中自然發現立體模型與實物的特質。例如：有些東西上下都平平的，可以往上堆高；有些東西有尖尖的頂端，只能放在造形的最上面；有些則可以滾動，可當車子的輪子⋯（見圖 6～1）。

2.幼兒在發表自己的造形後，教師特意讓幼兒以觸摸方式感覺每一個立體幾何模型，並請幼兒描述每一模型，例如：「它上面、下面平平的，旁邊圓圓的，可以滾來滾去」、「它有一個尖尖的點」、「它四面都是平平的」、「它長得像三明治」（見圖 6～2）⋯⋯。當幼兒發現並說出每一個立體模型的特質後，老師才將其名稱介紹給幼兒，例如：圓柱體、圓錐體、長方體等。

圖 6〜1

尋找同類朋友活動（Ⅰ）

（亦請參見本書前頁之彩色圖例）

幼兒自由堆疊、造形，以發現立體模型、實物的某些特質

圖 6〜2　**尋找同類朋友活動（Ⅱ）**
幼兒以手觸摸、感覺每一個立體幾何模型

圖 6〜3　**尋找同類朋友活動（Ⅲ）**
立體幾何模型與實物 一對一配對

圖 6〜4　**尋找同類朋友活動(Ⅳ)**（亦請參見本書前頁之彩色圖例）　幼兒找出與每一個立體幾何模型相類似的實物，配對成排。

圖 6〜5　**黏土造形幾何活動**
幼兒用黏土捏出各種立體形狀

3. 老師逐一拿起一種模型（如：圓錐體），請幼兒在立體幾何模型堆中尋找與此一模一樣的，然後再在實物堆中尋找與其類似的（如冰淇淋甜筒、生日派對所戴的帽子），並請幼兒說出為什麼這些東西和圓錐體幾何模型相似，同屬一類呢？（見圖6～3）

4. 最後，教師找出幾個各不相同的立體幾何模型排成一行，請幼兒分別找出與每一個幾何模型相類似的實物，配對成排（見圖6～4）。

附註：1. 本活動之延伸活動可以請幼兒每天回家均蒐集日常生活中的幾何實物，於第二天帶來園中，自行放在分有數區且每區皆貼有不同類別立體幾何模型圖片的一個大桌子上。

2. 除了堆建、觀察、觸摸、分類外，三度空間立體圖形的探索，還可讓幼兒用黏土或麵糰捏出各種立體形狀（見圖6～5），並加以組合造形，或串成項鍊，實際感受每一種立體形狀的特質。

活動 S₂：神秘寶箱

目的：讓幼兒運用視覺與觸覺去辨識立體（或平面）幾何圖形。

準備：1. 小紙箱一個外包以可愛動物圖樣的包裝紙（或將紙箱設計成可愛的立體造形），在紙箱的上面割直徑3公分小圓洞，並沿著圓洞四周對稱四點往外各割開一公分左右（或利用鬆緊帶與塑膠紙做成伸縮性環狀縮口），以利幼兒小手出入但是不會看到箱內之物。紙箱內先放入一個立體幾何模型，另外在旁邊的一個透明盒中放入數個幾何模型。

程序：1. 老師以神秘寶箱中不知為何物來引起小朋友用手入箱探究的動機，在每位幼兒輪流觸摸後，老師請幼兒發表對這個東西的感覺。

2. 教師接著請幼兒指出透明箱中的那一個模型和神秘寶箱中的是一模一樣，並說出為什麼一樣？（見圖6～6）以及模型名稱（教師也可先將裝有幾何模型的透明箱以布蓋住，讓幼兒有更大的猜臆空間）。

3. 最後請幼兒將箱中寶物取出兩相比對是否猜對，然後老師背著幼兒之視線再放入另一個立體模型於神秘寶箱中，重覆以上的感覺與猜臆程序。

附註：1. 這個活動也可變化為老師先拿起任一立體幾何模型，要幼兒伸手入神秘寶箱中尋找與它一模一樣的模型，當然寶箱中要預先放入一些立體幾何模型（見圖6～7）。

2. 立體幾何模型可換成平面幾何片，甚至箱內、箱外模型之尺寸可以有所變化（例如箱外是大號的幾何模型，箱內是小號的模型），要幼兒尋找形狀相同，但尺寸不同的「相似」幾何圖形。

3. 以上這些活動最好安排在幼兒有探索立體或平面幾何模型的充份經驗後（例如：堆建、造形、分

圖6～6

神秘寶箱活動（Ⅰ）

（亦請參見本書前頁之
彩色圖例）

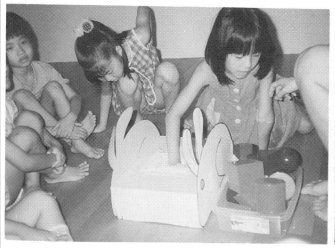

圖6～7　**神秘寶箱活動（Ⅱ）**

類、配對等），才較有意義。

活動 S₃：是誰的腳印？

目的：讓幼兒運用視覺辨識力將三度空間圖形與其圖形的「面」聯結，自然地理解二度空間圖形是三度空間圖形之組成部份，引起幼兒對二度空間圖形的注意與認識。

準備：老師在幼兒未抵達前，於沙箱中或沙盤中用立體幾何模型或單位積木輕輕地放入沙中留下印痕（若無沙箱，也可用大塊黏土），並在沙箱旁放置一些立體幾何模型與單位積木。

程序：1.老師指著沙箱並自編一情境故事以引起動機，例如：「有幾隻很奇怪的野獸來到了西瓜田裡，把西瓜全部吃光了，當農夫醒來時，只發現了幾個腳印（指著模型或積木的印痕），請小朋友幫農夫找出是那些怪獸留下的腳印？」。

2.請幼兒從模型與積木堆中找出一塊自認為可能留下「腳印」的模型或積木，並讓幼兒發表為什麼是這一塊模型或積木所留下的痕印？接著讓幼兒用該塊模型或積木在沙箱中再印出腳印，以驗證其推理（見圖 6～8）。

3.請幼兒閉上眼睛，由一位幼兒任選一塊模型或積木製作腳印，其他幼兒辨認，如是輪流幾回。在指認過程中鼓勵幼兒尋找各塊可能留下相同痕跡的模型或積木，例如：圓柱體與圓錐體都可能有圓形的痕印，長方體與正方體都有可能留下正方形的痕印。

附註：1.本活動之延伸活動可讓幼兒用模型與積木堆建出具有該腳印的大怪獸。

圖6～9　是誰的腳印活動(II)
三度空間進入二度空間圖形之銜接活動

圖6～8
是誰的腳印活動(I)
三度空間進入二度空
間 圖形之銜接活動

圖6～10
是誰的腳印活動(III)
三度空間進入二度空
間 圖形之銜接活動

2.本活動是由三度空間幾何圖形進入二度空間圖形
的過渡性銜接活動，與此類似的銜接性活動有很
多。舉如：在探索立體模型時，讓幼兒將模型之
「面」與平面幾何圖片比對（見圖6～9）；或將三
度空間立體幾何模型（或單位積木）的各個「面」
的輪廓描繪於紙卡上，讓幼兒猜臆是那一模型或
積木的面有此外形，並實際配對驗證之（見圖
6～10）；或者是用各類型小紙盒、小容器，讓幼
兒沾顏料或印泥印出各個面等。後面的二個活動

也很適合放在學習角，讓幼兒自由操作探索。

活動 S₄：開車、走路要小心

目的：運動整個身體（大肌肉）去感覺各種形狀之特質（如：角與邊），進而認識二度空間平面圖形。

準備：在地板上用彩色膠帶、繩子、或粉筆貼出或畫出大的三角形、圓形、正方形、長方形，每種形狀數個。

程序：1.教師請小朋友將地面上所圍出的各種形狀輪廓想像成山路，並假裝走在危險的山路上，要小心以免跌到山谷或海裡。當幼兒一一繞著圖形外緣走時，全體幼兒齊唸對應的口謠,例如：「三角形、三角形、三角尖尖有三角，一～二～三！。」老師則輔以節奏樂器。

2.逐一介紹每一個圖形後，讓幼兒自由選擇圖形探索行走。除了順步走以外，也可鼓勵幼兒用腳尖走、爬行、腳跟接腳尖走、跳步走，或者是配合手的動作：在山路上開著玩具小汽車或滾著皮球，以各種身體動作感覺形狀的特質。當幼兒轉身改變方向時，老師則提醒幼兒他已轉了一個角走在新的一邊（見圖6～11）。

附註：1.這個活動可在戶內、戶外進行，並可由大肌肉活動轉化為小肌肉活動。即將膠帶或繩子貼於桌面上，讓幼兒用小汽車模型在繩帶上行走（運用同樣的情境）；或將砂紙、黏土、綠豆等做成各種平面形狀的輪廓，讓幼兒用手指沿著圖形描走，以感覺其特質（見圖6～12）。當然，讓幼兒用手直接探索（觸摸、描邊、用手指包圍邊緣……）各種平面幾何圖片，或者讓幼兒在白紙底下放一些塑膠平面幾何片，再以臘筆拓印也是認識圖形的

圖6～11 開車、走路要小心活動

圖6～12

感覺圖形特質活動

幼兒以手指沿圖形輪
廓描行

圖6～13　**做出圖形活動**　幼兒以繩子拉出圖形

有效方法。

2.當幼兒充份「感覺」各種圖形後，可讓幼兒用繩子或大橡皮筋實際拉出各種不同的形狀（見圖6～13），或將小型平面幾何圖片分類放入地面上的大幾何圖形中，或製作一些辨識與配對活動的教具，供幼兒操作探索（見圖6～14與圖6～15）。

圖6～14
辨識（配對）圖形活動教具（Ⅰ）
幼兒轉動指針，當指針指向那個圖形時，就必須在透明盒中拿出該圖形，於工作板上找到該圖形之輪廓以配對之。

圖6～15
辨識（配對）圖形活動教具（Ⅱ）
幼兒必須將色卡紙剪出的幾何圖形，找到工作板上的適當輪廓以配對之。

活動 S₅：橡皮筋真好玩！

目的：運用橡皮筋在釘板上造形，探索各種四邊形與三角
　　　　形，並理解圖形間的關係。

準備：自製釘板或坊間塑膠製釘板數個，橡皮筋一包。

程序：1.教師發給幼兒一人一個釘板與一些橡皮筋後，讓
　　　　　幼兒先在釘板空間上自由造形，以引起探索動
　　　　　機。

　　　　2.在幼兒發表其造形後，教師在自己的釘板上作出
　　　　　一正方形，請幼兒共同數有幾個邊？每邊穿過多
　　　　　少鐵釘？目的在讓幼兒注意正方形有四個相等的
　　　　　邊，然後老師請幼兒在自己的造形上找出正方
　　　　　形，如果造形上沒有，則必須做出四個邊都相等
　　　　　的正方形。

　　　　3.老師復要求幼兒做出除正方形外其它亦有四個邊
　　　　　之各種圖形（如梯形、平行四邊形、長方形……）
　　　　　（見圖6～16）。在過程中提示幼兒所做的圖形是
　　　　　有四個邊，但四個邊不一樣長，然後請幼兒比較
　　　　　並發表各種造形之不同。

　　　　4.教師接著以正方形為底，示範圖形間的轉換，例
　　　　　如由正方形轉化為長方形（由正方形底邊橡皮筋
　　　　　二端往下拉長，加長了二邊），或由正方形（或長
　　　　　方形）轉化為梯形（由正方形底邊橡皮筋二端往
　　　　　左右拉長，加長了底邊造成了斜邊），或正方形轉
　　　　　化為三角形(放掉正方形一角鐵釘上的橡皮筋)，
　　　　　然後讓幼兒也做做看，以增進對各種圖形間關係
　　　　　的理解（程序4可另成一活動、單獨分開進行）。

　　　　5.教師在釘板上作出各種角度、邊長、方向的三角
　　　　　形數個，請幼兒數數每個圖形各有幾個邊？幾個
　　　　　角？讓幼兒注意三角形的共同特徵是有三個邊、
　　　　　三個角，它可以有各種角度、邊長和方向。教師
　　　　　亦可由一正三角形為底，拉長、加寬任一邊或二

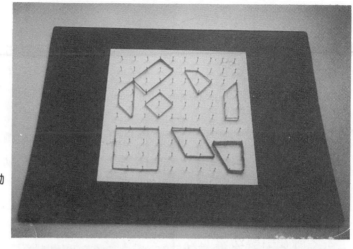

圖 6～16

橡皮筋真好玩活動
（Ⅰ）

做出各種四個邊圖形

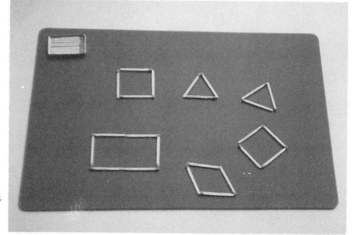

圖 6～17

橡皮筋真好玩活動
（Ⅱ）

做出各種三個邊圖形

圖 6～18

以火柴棒排出圖形
活動

邊，或者是改變其方向，以做出各種角度、邊長
和方向的三角形。

6. 教師鼓勵每位幼兒在釘板上做出各種三角形（見
圖6～17），並發表其造形。最後的綜合活動，可
以讓幼兒運用各形各狀在釘板上再次自由造形並
發表。

附註：1. 本活動若時間允許，最好拆分為二個個別活動，
即四邊形與三角形之探索分開進行，最後再統合
造形，或者是將圖形間的轉化活動單獨抽出而進
行。

2. 老師在引導幼兒做出各種四個邊或三個邊的圖形
時，儘量容許幼兒有獨立思考的空間，避免幼兒
模擬。

3. 本活動主要在讓幼兒探索各種四邊、三角圖形與
理解圖形間的關係，因此，要儘量讓幼兒動手操
作、自由造形，牢背熟記圖形的名稱（例如：平
行四邊形、鈍角三角形、直角三角形、等腰三角
形……），則非屬絕對必要。

4. 在幼兒認識一些基本圖形後，釘板上操作圖形的
活動可以轉化為在桌面上（或卡紙上）用火柴棒
（或冰棒棍、牙籤）排出圖形（見圖6～18），或
者是在點狀紙上連接各點繪畫圖形的活動。

活動 S₆：貼貼找找

目的：運用形形色色幾何圖形共同創造貼壁畫，並讓幼兒
辨識成品中之同等圖形，體驗圖形之恆常性，增進
對幾何圖形的認識。

準備：色紙裁剪成正方形、長方形、三角形、圓形等各種
形狀，且就每一種圖形之形狀與尺寸而言均相同（全

等)，另外再準備白色大型壁報紙若干張（視幼兒組數而定）。

程序：1.將幼兒分成數組，每組一張壁報紙，一盒剪好並已分類置放的形狀色紙，與數瓶膠水。

2.教師告知幼兒，大家利用色紙合作貼出壁畫，以供教室佈置用；壁畫裡可有樹、房子、人、或動物等，完全自由創作（小班幼兒可由老師畫出房子、大樹、動物等大輪廓，以供黏貼）（見圖6～19）。

3.在作品完成後，讓幼兒分享其傑作，並張貼於活動室中。教師可於分享後或間隔一、二日後，依次拿出盒中的各種形狀，請幼兒一一指出貼在壁

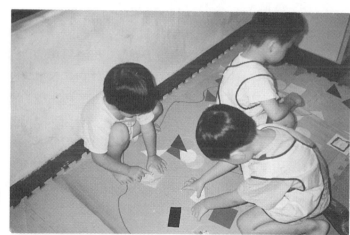

圖6～19
貼貼找找活動(Ⅰ)
幼兒很專心地在大壁報紙上黏貼構圖

圖6～20
貼貼找找活動(Ⅱ)
幼兒在壁畫上比對並指認圖形

畫中有那些形狀和老師手中所持的形狀是相同
的？並應說出該形狀名稱。當幼兒在指認時，容
許用該形狀色紙在原貼壁畫上比對（見圖
6～20）。以幼兒貼出的大樹為例，樹上每片三角
形葉子的位置、方向都不盡相同，不再是頂點向
上的三角形了；當幼兒在比對時，就會意識到其
實這些三角形（葉子）都是由大小尺寸相同的同
等三角形所貼出來的。

附註：1. 這個活動主要在辨識方向、位置均不相同的同等
　　　　圖形，教師亦可在壁畫材料中加入形狀相同，但
　　　　大小不同的圖形，請幼兒辨識相似圖形；或加入
　　　　邊長和（或）角度有所變化的三角形（如鈍角、
　　　　直角等），請幼兒找出壁畫中的所有三角形；或
　　　　加入長度、寬度有所變化之長方形，讓幼兒指認
　　　　作品中所有的長方形。

活動 S₇：小狗穿新衣

目的：利用各種平面幾何片，為造形小狗（或其它造形如
　　　機器怪人等）設計新衣，讓幼兒探索圖形之各部份
　　　間關係與各圖形之間的關係。

準備：蠟光紙板上畫出可愛的小狗造形，製成工作板數
　　　個；另用彩色蓪草板裁出各形各色的幾何圖片（新
　　　衣的布料），背面黏上小片的雙面膠。基本上，一幾
　　　何圖形所可分解之各類組成圖形均須包含在內，例
　　　如：一個正方形區域所需裁出的幾何圖片，包括二
　　　個長方形、二個大的三角形、四個小三角形、四個
　　　小正方形等；一個六角形區域所需裁出的幾何圖片
　　　則包括六個小三角形、二個大梯形、二個菱形二個
　　　小三角形……等。

程序：1.在分組活動時，讓一組小朋友每人均操作一個工作板，教師以自編的情境故事引起幼兒為小狗設計新衣的動機。

2.幼兒以各形各色幾何圖片（衣料）蓋在（穿在）工作板（小狗）上（見圖6～21），當幼兒完成一種設計時，老師鼓勵幼兒再想想看，還有沒有其它款式呢？譬如可將一個大正方形（布料）換成二個斜邊相對的大三角形（布料），或四個小正方形（布料），或四個小三角形（布料）；或將一個黃色六角形換成二個大綠色梯形，或六個紅色小三角形。

3.最後讓幼兒發表所設計的新衣，教師引導幼兒比較並說出個別設計間彼此之異同（如：形狀、顏色等）。

附註：1.這個活動也非常適合放於學習角落，讓幼兒自由探索各種款式的新衣設計。

2.探索圖形各部份間與各類圖形間關係的活動有多種，吾人也可準備一些正方形色紙（三角形、長方形亦可），教幼兒摺紙（如對角相摺、對邊相摺、四角往中間摺、對角相摺再相摺、對邊相摺再相摺等），然後一一剪開，就成各種正方形的分解圖形：兩個大三角形、二個長方形、四個小三角形、

圖6～21

小狗穿新衣活動

（亦請參見本書前頁之彩色圖例）

小狗的身體部位可用一個大六角形，也可用二個梯形拼組

四個小正方形、四個更小的三角形與一個正方形等）。然後老師發下畫有原正方形輪廓的工作卡一疊，請幼兒將剪出之各種形狀一一拼回在卡紙上的正方形輪廓裡（剪好的各分解圖形與繪有正方形輪廓的工作卡一疊，可放於學習角用）。對於大一點的幼兒則可讓其直接拼組成正方形，不必給予繪有輪廓之卡紙。除了拼組回原正方形外，教師也可讓幼兒用分解之圖形自由拼出各種其它圖形。此一活動也可設計成畫有數個正方形輪廓以及留有自由造形空間的工作板，將剪下的正方形之各分解圖形（用色卡紙或珍珠板，背貼小片雙面膠）放在一堆，讓幼兒拼組造形（見圖 6～22，6～23）。

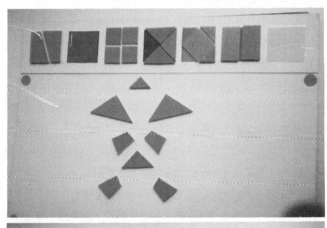

圖 6～22
圖形拼組工作板（Ⅰ）
工作板上部，有許多正方形，幼兒必須將正方形的各分解圖形拼組到正方形上。工作板下部，可用正方形之各分解圖形自由造形

圖 6～23
圖形拼組工作板（Ⅱ）
（亦請參見本書前頁之彩色圖例）
工作板下方除用原正方形之各分解圖形自由造形外，也可以用其它幾何圖形自由構圖

活動 S_8：排除萬難、一路向前

目的：讓幼兒以身體實際經歷自己在空間中的位置，與其他事物、或人的位置關係。

準備：在戶內的大活動室或戶外遊戲場空地用平衡台、桌子、長條木板、大紙箱、大塑膠容器、繩網、梯子等設計一條有隧道、獨木橋、山丘、湖泊等地形，且可讓幼兒攀爬走跳的障礙路道。

程序：1.先將障礙路道輔以故事情境介紹給幼兒，讓幼兒將其想像成隧道、獨木橋、險灘等，並使用空間指示語，讓幼兒理解空間用語並知道如何正確地穿過障礙道路。

2.當幼兒依次一個個地沿著各個障礙點前進時，老師必須使用空間用語去指出他的動作，例如：「小英在小君的前面，現在正走在小河上面的獨木橋上」；「如芳快跑穿過黑森林，遠離了山谷，他進了隧道裡，往隧道外走，溜下山坡，往農場走」；「在小英後面是小君，在小英前面是小芳，他們二個離終點都很近了」。

附註：1.障礙路徑也可以設計成封閉曲線，如橢圓形，幼兒可以從任一點切入（見圖6～24）。若設計在戶外場地，可保留一段時日，讓幼兒充份運用。

2.障礙路徑亦可簡化成幾個定點物，轉化成「老師說」的遊戲；也就是當教師說「老師說」時，幼兒才跟著命令動作，否則停留原地不動。例如：「老師說站在大積木上面」、「老師說走到二張椅子的中間」、「走到門後面」、「老師說走到桌子旁邊」、「爬到桌子底下」（見圖6～25）……。

圖 6〜24　排除萬難、一路向前活動

圖 6～25　老師說活動

活動 S₉：我們來說故事

目的：讓幼兒操作實物或教具以理解在空間中某一物體位置和其它物體的關係。

準備：幾個小塑膠卡通人物、動物、或小汽車模型，坊間現成的立體農場或農舍玩具模型（有山、池塘、有樹、橋、穀倉……），如果沒有現成品則以黏土自製立體農場造形，或以硬卡紙自製立體農場模型。

程序：1.老師自編一農場故事的情境，並將故事中角色之動態與行徑以塑膠人物或動物，按人、物、或實景的空間關係實際演作出來。自編的故事情境舉如：「在王先生的農場裡，有一隻貪睡的貓整天在屋頂『上面』睡覺（或者在大樹『下面』打瞌睡）。有一天，王先生走到貪睡貓的『旁邊』，將貓吵醒，要貓去大樹和房舍『中間』的穀倉去抓老鼠，貓小聲地走進了穀倉『裡面』。……老鼠爬到桌子『上面』……。」

2.老師講（演）完故事後，請幼兒重述（演）故事，或請幼兒自己挑喜歡的動物、人物或小汽車模型等，編造並演出故事（見圖6～26）。

3.活動結束後，老師可將整套教具放入一透明盒子裡，盒蓋上貼該套教具的照片，置於圖書角讓幼兒有機會重述（演）故事，重溫情境並使用空間用語。

附註：1.當教師在故事中運用空間用語時，必須加重該用語之語氣，且配合動作，以引起幼兒注意。

2.其實教師也可以援用坊間現成的故事書，依其情境用黏土或卡紙設計成簡單的人物與立體空間模型。當幼兒看（聽）過故事後可以鼓勵其演出或改編演出該故事，此套教具亦可存於透明盒中，上貼圖畫故事書的影印封面，置學習角中讓幼兒自由探索。

圖 6〜26

我們來說故事活動

（亦請參見本書前頁之彩色圖例）

圖 6〜27

促進空間理解活動

3. 本活動也可改成讓幼兒使用空間用語的活動，即老師將塑膠人物、動物放在積木「上」、盒子「裡」、二塊積木「中間」、盒子「旁邊」等，然後問幼兒諸如：「熊貓在那裡？」、「長頸鹿在那裡？」等問題，讓幼兒敘說空間位置、方向、距離；或者改玩「老師說」的遊戲，讓幼兒聽老師口令，將動、人物模型放到適當的空間位置上（見圖 6〜27）。

活動 S_{10}：我蓋你也蓋

目的：讓幼兒在模擬建造立體模型的過程中，理解物體在空間中彼此間的位置關係。

準備：立體幾何模型、單位積木、各種顏色之小方塊、或型式積木等任選一種或搭配運用。

程序：1.老師用以上教具堆建簡單的立體造形，並讓幼兒模擬作出一模一樣的造形。教師堆建時先以一層高度之簡單造型為始，然後漸進到二層、三層之較複雜造形（請參見第五章圖 5～5）。

2.讓幼兒發表為什麼他認為所做出的造形和老師的一模一樣？（例如：「因為你的紅色小方塊在綠色小方塊『上面』、『旁邊』是黃色的，我的也是這樣。」）

然後老師特意用空間用語說出立體造形之各部份間之位置關係。

3.將幼兒分成數個小組，每組中有一個幼兒是搭建造形者，其他幼兒為模擬仿建者，容許幼兒間口語討論各積木間的位置關係。

附註：1.教師可將幼兒所堆建出之立體造形，或老師自己所刻意堆建的造形攝製成工作卡。每一造形均從前、後、左、右、上、下等不同角度拍攝，因此，就每一造形而言均有一組數張不同角度的工作卡。在幼兒看著同一組工作卡依次堆出該造形的過程中，會發現所堆建的均為同一造形，自然理解觀視點的不同會影響造形的外觀。或者讓幼兒將這些角度不同的工作卡依其觀視點所在，置放於實體造形的各個方向。這些工作卡非常適合放在學習角，讓幼兒自由探索。

2.本活動主要目的在幫助幼兒理解空間中物體彼此間的位置關係，吾人可將本活動變化成半具體性

的「動物住那裡？」空間關係操作活動。即設計 3×4（或 4×3、4×4，依幼兒能力而定）的大方格工作板，另外再繪製背貼雙面膠或魔鬼沾的平面動物圖 12 隻。將其中幾隻動物預先黏於方格內，剩下的動物，幼兒必須依老師空間用語的指示（如：「青蛙在大象的上面」、「蜜蜂在鳥的下面」）將其擺在正確的方格位置中（如放於學習角，可事先錄下空間指示用語於錄音機，讓幼兒依其指示進行空間方位之探索）。此套教具之優點是動物可黏可拆，其空間位置可隨時加以變化；此外教師亦可加入一些推理性思考於活動中。以圖 6～28 為例，若教師說熊貓住在最上面，羊在獅子的上面，則幼兒必須推理熊貓在牛的上面，即最上面一行的最右邊一格。

圖 6～28

「動物住那裡？」空間關係操作教具

（亦請參見本書前頁之彩色圖例）

活動 S₁₁：旅遊路線圖

目的：讓幼兒依據在三度空間中移動之先後順序，畫出平面路線圖，並讓幼兒根據所繪之路線圖敘說涉及空間用語的故事。

準備：老師將幼兒所喜愛去的地方，諸如動物園（見圖6～29）、遊樂公園、或自己園中的戶外遊戲場等，繪成平面圖，圖中必須顯示各主要遊樂點或景點。或者將所說過故事之情境空間（如活動 S 9：農場貪睡貓）繪成平面圖，將平面空間圖影印，發給幼兒每人兩張，另外準備幾盒臘筆。

程序：1.老師敘說自己到妙妙動物園之遊玩順序，讓幼兒用臘筆在平面圖上依序連絡各區繪出老師遊玩的路線。遊玩之敘說諸如：「進了妙妙動物園後，

圖 6～29

旅遊路線圖活動之動物園平面圖

本圖乃供幼兒繪畫旅遊路線圖用

圖 6～30

旅遊路線圖活動

先到可愛動物區，然後去兇猛動物區、接著口渴
了到冷飲區、再到鳥園……最後又回到可愛動物
區，因為綿羊好可愛喲！」

2.幼兒完成路線圖後，教師請幼兒按照自己的意願
　決定遊歷的順序，在另一張影印的平面圖上也繪
　出路線圖（見圖 6～30）。

3.最後請幼兒按照自己所繪之路線圖，發表有關遊
　歷動物園各區的（先後順序）故事。

附註：1.能在平面上畫線是幼兒學習國字和數字所需之基
　　　　本能力，也是重要的空間知覺基本能力。本活動
　　　　也可以用「點狀紙」（由點陣所繪成之，類似釘板，
　　　　但釘子換成黑點）取代，讓幼兒在點狀紙上任意
　　　　連接各點，或繪出平面幾何圖形（參見第五章，
　　　　圖 5～1）。

　　　2.本活動亦可轉換為閱讀地圖的活動，即老師繪出
　　　　活動室、戶外、或整個園所的平面空間圖，在圖
　　　　上某一定點特意標出寶藏藏匿處，然後讓幼兒討
　　　　論尋寶之最佳路線並依圖示在實際場所中尋出預
　　　　藏之寶藏。

活動 S_{12}：仔細看！

目的：透過視覺之辨識，找出圖形之異同，增進幼兒之空
　　　間知覺能力。

準備：自製的空間知覺辨識卡二套四式共八張（如圖
　　　6～31）。

程序：1.將自製的圖形辨識卡拿出一套四張，當幼兒面逐
　　　　張討論其空間位置之異同，例如這張圓圈是在左
　　　　上角、這一張則是在右上角，這一張下面最右邊
　　　　的三角形中有圓圈，這一張的三角形沒有圓圈
　　　　……。

　　　2.教師在另一套辨識卡中隨意抽出任一張放在白板
　　　　最上面，請幼兒指認其下的四張卡片中那一張和
　　　　這抽出的一張是相同的？當幼兒指認後，請幼兒
　　　　發表為什麼他認為這一張是相同的？然後再輪流
　　　　抽出其他張，請幼兒逐一辨識。

　　　3.教師再將任五張卡片混在一起，請幼兒指認這五
　　　　張卡片中有那二張是相同的？並發表為什麼認為
　　　　是相同的？

　　　4.教師再將五張卡片混在一起，將卡片底部倒轉在
　　　　上面或旁邊，重覆以上辨認發表的過程。

附註：1.自製辨識卡上的圖案可用現成貼紙，以方便隨時
　　　　變換位置與形狀，增加教具之多樣性。

　　　2.本活動也可置於學習角，讓幼兒自行辨識（見圖
　　　　6～32，6～33）

　　　3.增進幼兒空間知覺能力的活動很多，本活動示例
　　　　是用視覺分辨異同，另外亦可設計以繪畫不同顏
　　　　色表示異同之活動，圖6～34之工作紙中充滿了
　　　　各種倒置與旋轉角度的圖形，幼兒必須依工作紙
　　　　上方的指示，辨識其下之每一類圖形並塗以相對
　　　　應的色彩，譬如所有的 b 塗紅色，所有的 d 塗綠
　　　　色，所有的 p 塗藍色，所有的 q 塗黃色。

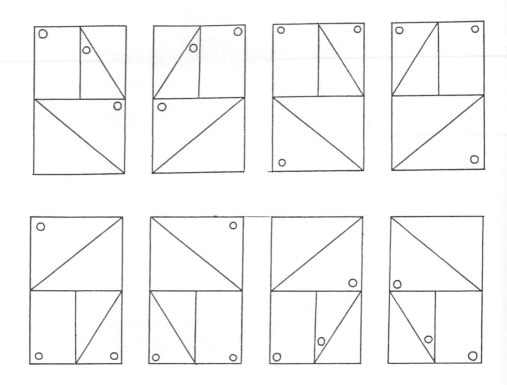

圖 6〜31

仔細看教具(Ⅰ)：

空間知覺辨識卡

二套四式共八張

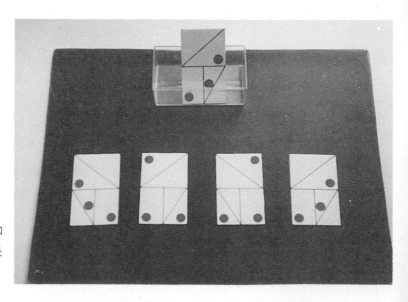

圖 6〜32

仔細看教具(Ⅱ)：

空間知覺辨識

這四張中的那一張和
盒中所示的那一張是
相同的？

圖 6～34　空間知覺辨識、繪畫工作紙

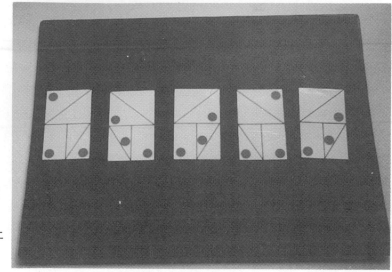

圖 6～33

仔細看教具(III)：
空間知覺辨識

這五張圖卡中，有那二
張是相同的

第七章

幼兒分類
型式與序列經驗

第一節　幼兒之分類、型式與序列世界

　　幼兒數學教育之重要趨向之一是強調推理的重要性，其主要目的在使幼兒感覺數學是有理的、有意義的與合乎邏輯的，並培養解決問題的能力。然而邏輯推理本身含涉層面甚廣，皮亞傑與尹荷德（Piaget & Inhelder, 1964)在其合著之兒童的早期邏輯發展（或見陸有銓、華意蓉譯，民七十八年）一書中，將「分類」與「序列」列為邏輯思維的二個重要內容；而序列在某種意義上也是「型式」的一種，二者關係密切，多數學者均將型式活動也列入幼兒數學經驗課程中，因此本章僅針對適宜幼兒進行之分類、型式與序列三項邏輯重要內容加以闡述其發展情形。而本節重點在說明分類、序列與型式之意涵，以及其與幼兒生活經驗之關係，俾利了解此三項邏輯內容對推理、解題能力培養之重要性。

　　「分類」（Classification），乃指根據事物間的異同關係而形成各類組(Sovchik, 1989)，它同時涉及分別(sorting)與組合(grouping)兩個並行的程序(Charlesworth & Radeloff, 1991)；例如，把紅色的珠子從藍色、黃色中挑揀出來並放成一堆。根據羅頓(Lorton, 1976, cited from Burton, 1985)形成各類別以及處理一個類別內與不同類別間的關係，可促進邏輯思考，是數學推理的基礎。

　　分類可幫助我們處理周遭的資訊，如果我們未具此一能力，每一件事物經驗在我們腦中都是一個孤立、分離的資訊。誠如賴發提利(Lavatelli, 1970；cited from Essa, 1992)所言，分類能讓人類經濟地、有效地處理環境中的事物，因此，在每一次面對新事物或經驗時，就無須經歷適應的過程。而且，人類世界中的具體事物經有系統的分類後，呈現井然有序之貌，讓生活更為有效與便利。例如：

百貨公司依貨品性質劃分為男、女、童裝部，家電用品部等，當吾人需要某物品時，便可直奔某部門樓層，節省時間與精力；同理，行政機關依職權功能設置各部門單位，方便人民前往洽公，以免迂迴迷轉。再如辦公室裡的檔案、圖書館的圖書資料、家裡廚房的用具等，均是分門別類地存放，以方便取用。

幼兒的生活也常涉及分類經驗，與分類息息相關：喝羅宋湯時，先把喜歡吃的牛肉挑出來吃了，再吃馬鈴薯，最後才吃不喜歡的紅蘿蔔；打開冰箱，飲料放於門處，好吃的水果都放在下面的抽屜裡，而冰棒是放在最上面的冷凍庫裡；媽媽把小茵的襪子、毛衣、洋裝都分別地收放在不同的櫥櫃、抽屜裡；玩過積木後，老師要小茵把積木按形狀擺回架子上；和弟弟一起玩時，通常先把整桶的玩具倒在地毯上，再找出卡通動物、小汽車等將其分別各放一堆；和爸媽玩跳棋時，都要把三種顏色的棋子先挑出來……。

「型式」（Pattern），簡言之就是重覆出現，有規則性的圖案、花樣、動作、聲音、或事件等；型式辨認意指辨識呈現於感官的一個重覆性刺激（Burton, 1985），例如：○×✓、○×✓、○×✓…，□○、□○○、□○○○、□○○○○……。因此，型式不僅限於視覺，它有可能是聽覺的（掌聲、鼓聲、哨聲，掌聲、鼓聲、哨聲，…），甚或肢體動作（站、蹲、跳，站、蹲、跳，…）的型式。在日常生活中洋溢著型式：客廳地毯、房間壁紙、拼花磁磚、布料衣服、信封卡片的規則性花色變化（見圖7～1），紅—綠—黃交通號誌的循環變換，角落—點心—戶外時間每日作息的規律順序，爸爸返家時扭開電視—坐下—看報紙每日一致的習性，跳律動時轉身—跳起—拍手—舉手重覆性四小節八拍動作……。甚至自然現象的潮起—潮落，日出—日落—月昇，春—夏—秋—冬四季的規則變化，均含有型式關係。

圖 7～|

信封上的型式設計

　　型式活動涉及高度的思考推理能力，厄爾所言甚是：
「發現或創造型式必須意識一組事物間的異同與分辨一組
事物間的主要與非主要特徵，它與概念的形成非常相近，
是人類與人工智慧的標誌」（Uhr, 1973; cited from Bur-
ton, 1985）。無庸置疑地，研究型式可以幫助幼兒學習辨認
事物間的「關係」，發現關聯處，並能預測與形成通論（gen-
eralizations）（NCTM, 1991）。譬如發現爸爸每天下班後
的行為型式是開電視、坐下、看報紙，小茵在爸爸坐下後
就可為爸爸送上報紙，贏得爸爸滿口稱讚。誠如狄曲苯
（Ditchburn, 1982）所言，型式活動基本上是一個解決問
題性質的教學；當吾人引導幼兒的注意力於型式時，我們
幫助他找尋先後順序之規則性與順序間的意義，然後形成
暫時性的假設，並測試它，以引導其作成通論。此外，研
究型式也可為以後的數學發展奠下穩固的基礎，因為型式
是數學的基本主題（Baratta-Lorton, 1976）。例如：代數
就是研究數目型式，幾何是研究視覺型式（Usiskin, 1970,
cited from Burton, 1982），乘法、十進位系統、與序列
就是有賴於發現與使用型式的能力（Burton, 1985）。最
後，型式活動也可提供幼兒情意發展的的管道，因為幼兒
可經由設計與運用藝術、音樂、肢體型式以獲取美學上的
滿足（Ditchburn, 1982）。

　　綜上所述，分類與型式（包括延伸、探索、與創造型式）是數學思考的二個基本過程，二者都涉及創造關係，都可視為解決問題的一種型態，兩種型態的活動均能提供發展邏輯推理能力的機會（Van De Walle, 1990）。

　　依艾薩（Essa, 1992）之意，序列關心的是事物間的關係，以及將這些事物依邏輯排列順序的能力。簡言之，比較二個以上事物的程序就是序列（Charlesworth & Radeloff, 1991）。型式與「序列」（Seriation）有密切關係，幼兒必須對排列邏輯順序關係有基本的了解才能創造型式；相對地，排序涉及辨認一個漸續等減（增）的型式（Charlesworth & Radeloff, 1991），即一序列前後元素之間也是有規則性的型式關係存在，而此種關係是等增或等減。換言之，序列是型式的根本，序列在某些意義上也是型式的一種，二者間密切相關，難以截然劃分；舉如「□○、□○○、□○○○、…」型式，在基本上也涉及等增的序列關係。在幼兒的世界裡常有序列的經驗，例如晨間律動時，老師總是讓草莓班的小朋友依高矮順序排隊；小茵從二歲起就開始把玩媽媽買的子母套盒；冰淇淋店裡的甜筒按大、中、小尺寸排列供客人選購；服飾店櫃架上的T恤按尺寸由大而小地陳列；麥克筆盒裡的筆按顏色的深淺序列擺放。

　　分類、型式、與序列三者都與辨識事物間的異同關係有關，而辨識異同是邏輯思考的基礎（Worth, 1990）；當前的幼兒數學教育趨勢強調培養推理、思考、與解決問題的能力，因此這三個與幼兒生活密不可分的邏輯關係活動，就顯得格外地重要，下節乃針對幼兒邏輯思維的發展，加以闡述。

第二節　幼兒分類、型式與序列概念之發展

　　由於分類、型式與序列均屬於邏輯關係範疇，本節先就皮亞傑有關幼兒整體邏輯思維發展情形論述之，再以分類、序列分項概念說明此一發展情形（有關型式概念發展之研究，亟少發現），然後再闡述其他心理學研究有關邏輯思維發展之觀點。

一、皮亞傑學派研究

　　皮亞傑將人的一生之認知發展分為四個階段：
・感覺動作期（出生至二歲）
・前運思期（三至六、七歲）
・具體運思期（六、七至十一歲）
・形式運思期（十一歲以後）

　　此四階段在發展上具有不變的次序性(invariant sequence)，即每一個人均會遵循此一順序而發展，且每個階段各有其獨特的智能結構(Piaget, 1960, cited from Gross, 1985)，尤其是學前幼兒所處之前運思期與六、七歲後之具體運思期，在思考結構上更為截然不同。皮氏有關「保留能力」的各項實驗（例如數、量）充份顯示出前運思期幼兒對於在物理外觀上經重新安排後的二組同等數量物體，無法持恆（保留）；其主要癥結乃在於此時期之幼兒未具有邏輯運思能力，無法看出邏輯不變性(invariance)（請見第三章　幼兒數與量經驗）。皮氏(Piaget & Szeminska, 1952)曾說過：「數的建構與邏輯的發展是相生相隨、共同發展的，數學前期相當於邏輯前期。」換言之，在幼兒未具有保留能力以前，基本上是屬於數學無能期與邏輯無能期。具有保留能力與否，儼然成為前運思期與具體運思期之明顯分際點，當兒童進入具體運思期後，

就開始萌發邏輯運思、擁有邏輯思考能力了。

　　根據皮亞傑的研究，前運思期幼兒之思考有幾個邏輯上的缺陷：(Ginsburg & Opper, 1988; Gross, 1985)

㈠集中化（Centering）

　　幼兒只集中注意力於情境中的有限資訊，通常是一個向度或面向，忽略了其它同樣重要的資訊。例如在數的保留實驗中，幼兒只以二組東西擺放的長度是否一樣來判斷是否同等，卻忽略了物間密度這個重要變項；或在連續量的保留實驗中，幼兒只以容器的高度（或寬度）來判斷是否同量，卻忽略了容器寬度（或高度）這個重要向度。相對的，具體運思期兒童在思考上就能分散注意力（decenter），同時統合考慮問題或情境的各個向度或面向。

㈡注意靜態而非轉換過程（States vs. transformations）

　　此時期的幼兒只集中注意力於靜止的結果狀態，對於形成此一狀態的動態轉換過程卻未加注意。例如在質量守恆的實驗中，兩塊同樣大小的球狀黏土，其中一球被揉成香腸狀，幼兒只注意黏土最後被揉成完全不同形狀的香腸的結果，卻未注意搓揉的轉換過程，於是判定香腸狀黏上與球狀黏土不等量；其實動態的轉換過程代表了整個事件中的一個連續順序，提供了物質數量連續的證明。相對的，具體運思期的兒童會分散焦點於轉變的過程中，如：液量保留實驗中的倒水的動作、數目保留實驗中的分散一組東西的動作、質量保留實驗中的黏土搓揉成香腸狀的動作等，因而判定最後的結果並未改變。

㈢不可逆性（Irreversibility）

　　幼兒沒有能力倒轉思考的方向，回返原始起點，即未具有逆向思考的能力。幼兒無法理解物體作某種改變後，

可以用一同等但相反的改變，將其變回原來的面貌。例如圓球型黏土搓揉成長條香腸狀，幼兒無法在心靈裡將其回揉成圓球狀；再如在連續量的保留實驗中，幼兒無法理解水從 B 杯倒入不同形狀的 C 杯中，C 杯中的水若倒回 B 杯中應是相反方向之同樣動作，因而 C 杯與 B 杯應是等量的水。

　　事實上集中性、靜態性、不可逆性三者是相互關聯的，如果幼兒的思考集中在一個問題的靜態面，他絕不可能注意到中間變換的過程，如果他無法表達轉換的過程，他就不可能倒轉他的思緒(Ginsburg & Opper, 1988)。除集中性、靜態性、與不可逆性外，前運思期幼兒思考上的限制尚包括具體性、自我中心、與直接推理(Phillips, 1969，引自林清山譯，民八十三年)，前運思期幼兒因具以上諸種特性，所以無法作邏輯思考。根據皮亞傑之論，在進入具體運思期之交際階段，幼兒心智上最大的改變是可逆性(reversibility)漸漸滋長於思考中，能理解互補性(reciprocity)可逆關係(Sinclair, 1973)，開始能作邏輯運思了。例如在連續量的保留實驗中，當水從高瘦杯子倒入另一矮寬杯子時，幼兒能在心裡面透過互補行動取消二者間的差異，而判斷二杯水同量。

　　茲以「分類」概念為例，說明兒童邏輯思維之發展與前運思期幼兒邏輯思考之限制情形。為了瞭解兒童的分類思考，皮氏曾以一些五顏六色的木質、塑膠平面幾何圖形讓三至十二歲兒童把相似的放置在一起，結果發現兒童的發展有三個階段 (Piaget & Inhelder, 1964；或見陸有銓、華意蓉譯，民七十八年)：

㈠圖形聚集階段 （三至四歲）

　　分類發展第一階段的幼兒不是依邏輯類別而分類，而是依知覺屬性進行揀選，聚集一些圖形 （王文科譯，民八十一年）。基本上幼兒表現出各種圖形聚集(graphic collections)的例子，約有下列幾種型態：

彼此分離的小線列

　　幼兒所排出的圖形由幾個直線的隊列所組成，各隊列之間有些距離，例如，把六個半鐶放成一條線，接著把一個黃色的三角形放在一個藍色的正方形上面，再把一個紅色的正方形放在二個藍色三角形之間，繼而又把所有的正方形和三角形擺成一排……。可見幼兒在分類時並無整體的指引計劃，有時注意到物體間的相似性，有時却毫無相似性可言。（見圖 7～2）

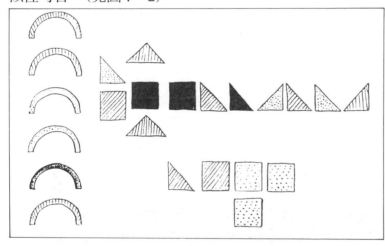

圖 7～2
分類概念發展之圖形聚集表現：彼此分離的小線列

標準變化的連續線列

　　幼兒是以連續排列直線來呈現圖形，但分類的標準不斷地在變化，沒有一個持續性特質作為分類的標準。例如，把五個矩形排成一行，由於第五個矩形是黃色的，使得他又選擇四個黃色的三角形（由形狀標準轉為顏色標準），再來是二個黃色的半鐶，結果又導致五個不同顏色的半鐶（由顏色標準轉為形狀標準，見圖 7～3）。

圖 7～3
分類概念發展之圖形聚集表現：標準變化的連續線列

集合體與複雜體

　　所謂集合體意指各部份聯結在一起，以組成一個統一的圖形。例如，將三個大的正方形排成一列形成一個矩形，在此一矩形三邊外緣分別加上三個小正方形，即為皮亞傑所指之集合體（見圖7～4）。

圖7～4

分類概念發展之圖形聚集表現：集合體

　　複雜體（complex objects）乃指在兒童所排列出來的圖形，被賦予某種情景或敘述性意義，譬如無軌電車、埃菲爾鐵塔等。無論是集合體或複雜體都不是真正的分類，置於其中的圖形並未具有共同特質。

介於線列和集合體或複雜體之間的型式

　　幼兒所排出的這類圖形，不是完全的線列，也不全是集合體或複雜體，例如三個藍色矩形、一個綠色矩形和一個黃色矩形排成一排，接著是兩個黃色正方形成一矩形、一個黃色正方形一個藍色正方形成一矩形，再來是白色正方形上放紅色正方形然後放二個圓形、一個圓形、又二個圓形（見圖7～5）。

圖7～5

分類概念發展之圖形聚集表現：介於線列和集合體或複雜體之間的型式

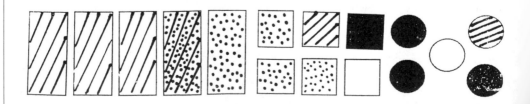

(二)非圖形聚集階段（五至七歲）

　　第二階段的幼兒別於第一階段，是屬於非圖形聚集，即能把一組物體按其屬性（特質）區別為幾個小組，各小組並無任何特殊的空間形式，而且小組本身還可分為更多小組（孫佳曆、華意蓉譯，民七十六年）。若施予上述同樣的幾何圖形測驗，發現幼兒能依屬性分成不同的類別，而且也能形成上下層級的分類。例如多邊形狀的為一類，曲線形狀的為另一類，然後在多邊形狀下又細分為正方形與三角形二個次層級類別，曲線形狀下也細分成鐶形與半鐶形二個次層級類別。再如能將花的圖片與非花的圖片分別出來，然後在花的下面又分為報春花與其它花二種類別。

　　雖然幼兒能作上下層級分類，却不能理解分類的真義──「層級包含」（class inclusion）關係。理解層級包含關係是指知道一個集合裡的元素如何與其上層集合以及其所包含的下層集合相關（Gross, 1985）。換言之，若能真正了解層級包含關係，一定知道由各次層集合所構成的上層級必定大於任一次層級。然而此時期幼兒雖能將花分為報春花與其它花二種類別，或將木珠分為白、褐二類，但當被問及是報春花多還是花多時，多答以報春花多，或是木珠多還是褐色珠子多時，多答以褐珠較多。至於為什麼五至七歲幼兒無法理解層級包含關係，依據皮亞傑的解釋是因為當一整體被分為二個部份集合時，他無法同時思考大的整體與分出來的部份，他的焦點「集中」在可見的、已被分割的部份，對於原來的整體却被忽略了（Ginsburg ＆ Opper, 1988），即無法分散思考也，這是前運思期幼兒邏輯思考上的重要特徵。此外，當要比較整體與部份時，幼兒必須做兩個相反的心智活動──將整體分割為半，並把這兩半放回成一整體，這也是幼兒無法做到的（Kamii, 1982, 1989），即無法逆向思考，回思原來狀態。

(三)理解分類意涵階段（八至十二歲）

八歲至十二歲第三階段的兒童，不僅能作上下層級分類，而且也能理解不同層級間的包含關係，是真正理解分類的階段。兒童能分散注意力（decenter），而且也能逆向思考，同時思考整體與部份。但此時期兒童的分類還是具體的，限於實物操作（Ginsburg & Opper, 1988）。

由上述分類概念的發展，顯示在前運思期的前期，幼兒只是聚集一些圖形，無法分類，屆至後期幼兒雖然能作簡單的上下層級一個向度分類，但却無法真正理解分類的意義──層級包含；這是因為心智上的限制，無法作邏輯思考所致，一直要到具體運思期，心智能力具備了，自然能理解層級包含的真諦。

再以「序列」概念為例，說明兒童邏輯思維的發展與前運思期幼兒在邏輯思考上的限制情形。皮氏曾以十根長短不一的木棒（例：A 最短，B 次短…J 最長）讓兒童由小至大排序，結果發現序列概念的發展有三個階段（Piaget &Szeminska, 1952; Ginsburg & Opper, 1988; Copeland, 1974; 陸有銓、華意蓉譯，民七十八年）：

(一)第一階段（四至五歲）

三歲以下的幼兒完全沒有排序能力，但他可能會找出最大的與最小的木棒。四至五歲第一階段的幼兒大致上不是任意排放木棒，就是沒有整體的統合考量能力。他可能未按大小排序（例：C、J、H、E…）；或把木棒分大、小二堆排放，每堆中之木棒並未排序；或者只排序幾根，其餘未能成序列狀（例：A、B、C、J、H、F、E…）；或找出幾組大、中、小三根一組的木棒，但並未整體排序。簡言之，此時幼兒之思考具集中性特質，無法分散注意力作整體比較排序，也無法理解每根木棒之間的相對關係。還有一種情況是幼兒將木棒頂部成次序排列，然而尾部却是

參差不齊（見圖7～6），主要的原因是幼兒只集中注意力於頂端，忽略了另一個面向（尾端），這是前運思期兒童思考的特徵。

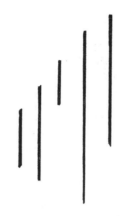

圖 7～6
序列概念發展第一
階段幼兒之表現

(二)第二階段（五至六歲）

值此階段的幼兒雖可按長度將木棒排序，但却不是一種整體考量有系統的排序，而是費心費力、嘗試錯誤方式，對排序的意涵非真正理解——先試試看一根，如果不是，再試另一根，譬如幼兒可能先拿最短的 A，然後找到 D 排在 A 後，又拿到 C 放到 D 後，發覺 C 比 D 短於是把 C 放在 A 和 D 中間……。基本上，在一組物體中之每一項目間均具有相對的關係，每一個項目都可能比另一個項目大，同時又比另一個項目小；在上述之排序進行中，兒童並沒有採用系統化比較的邏輯程序，即找出一根 B 比前一根 A 長而比賸下的所有的（C、D、E…）都要短的木棒。

(三)第三階段（七歲左右與以後）

七歲左右的兒童能運用系統的整體化排序方法，先找出最短的，然後次短的，依序快速地完成序列（A-J）。當再加入另一組十根木棒（a-j）請其依序插入已排序之 A 至 J 木棒中（A、a、B、b、C、c…），亦能正確地做出，這項工作對第二階段的幼兒，是大有困難的。此外，他亦能輕鬆

圖 7～7

皮亞傑之雙重序列實驗(I)

(摘自於 Copeland, 1974)

圖 7～8

皮亞傑之雙重序列實驗(II)雙重序列之一對一關係被破壞

(摘自於 Ginsburg & Opper, 1988)

地將兩組物體（例：一組娃娃與另一組木棒，見圖 7～7）依序排列並一對一對應（例：最大的娃娃配最長的木棒、最小的娃娃配最短的木棒）。當以上這一對一關係被破壞後（例：將木棒間距縮小，見圖 7～8），他仍能保留兩組序

列中事物之相關位置（例：次小的娃娃應與次短的木棒在
一起）；不像第二階段的幼兒是以位置上碰巧相近作判
斷。基本上，此階段兒童能成功地排序，主要是歸因於在
心靈上了解並能協調二個相反的(inverse)關係──就 A
與 J 間的每一根木棒而言，都是較長於某些木棒，同時又
較短於某些木棒(B＞A，B＜C；C＞B，C＜D；…)。此
外，他亦能理解遞移關係(transitivity)，即當 B＞A，C＞
B 時，C 亦大於 A。

　　由此可見前運思期幼兒（約二至六、七歲）開始時無
法依長度排序，到了後期雖能排序但卻不是運用系統化的
邏輯程序而是嘗試錯誤的方法，對於序列的意涵不是真正
理解。一直要等到具體運思期（約六、七歲以後）才能真
正理解在一序列中的某一事物可能同時既「大」於又「小」
於其它事物的邏輯關係，並能作遞移推論。又根據皮亞傑
的研究，依長度排序的能力最早發展（七歲左右），其次是
重量排序（九歲左右），最後才是體積排序能力（約十二歲
左右）。總之，根據以上的分類與序列實驗研究，皮亞傑認
定前運思期幼兒缺乏邏輯運思的能力。

二、其他心理學研究

　　皮亞傑之認知發展階段論揭示了每個階段之獨特思考
結構，獲得許多學者與研究者的支持，但同時也廣受批判，
尤其是有關前運思期幼兒因缺乏邏輯運思能力，故而無法
對數量「持恆」或真正理解分類、排序等概念之論調。舉
例而言，有些學者批評皮氏之研究方法，遂改用不同的測
試法，結果發現幼兒的邏輯運思能力是超乎皮氏所認定
的：伯桑斯基(Berzansky, 1971; cited from Harlan,
1988)認為皮氏要求幼兒以口語回答離幼兒經驗很遠的自
然事件之因果關係，如雲、太陽、月亮的移動，這是幼兒
無法做到的，結果幼兒當然會以超凡、神奇、或魔術等原
因來解釋這些遙不可及的自然現象。伯桑斯基則在實驗中

讓幼兒具體操作，結果發現前運思期幼兒能對熟悉之事件與可視、可觸之事物作因果思考；相對地，若詢以不熟悉、遙遠發生於天上的事件，則無法作到。葛爾蔓（Gelman, 1979）也設計不讓幼兒用口語回答的測試，結果發現三、四歲幼兒能將一組圖片按因果關係排出正確順序。斯密特與巴黎斯（Schmidt & Paris, 1977, cited from Forman & Kaden, 1987）亦發現五歲幼兒能從圖片中的結果找出前因。

皮氏認為前運思期與具體運思期幼童，在思考結構上最大的差異是後者具有逆向思考的能力，這對前運思期幼兒而言是做不到的；舉如在從事分類活動時，整體一旦分成幾個部份，就無法「來回地」思索部份與整體，同時作兩個相反的心智活動。然而凱斯（Case, 1986）的研究却證實五歲幼兒即具備此種逆向思考的能力。在一個平衡秤重實驗裡，凱斯設計一個讓幼兒為了要完成第二項測試問題（秤盤的那一邊會「上升」？），必須倒反原本成功地用於第一項測試問題（秤盤的那一邊會「下降」？）的思考模式的測試方法；也就是為了完成測試，幼兒必須理解二項測試間的可逆性關係，結果發現五歲幼兒即能呈現這樣的理解。

其實凱斯在其智力發展：從出生到成人一書中和其它的新皮亞傑學派（Neo-Piagetian School）與資訊處理學派（Information-Processing School）所共趨一致的論點是：兒童是一個問題解決者，他發展愈來愈複雜的思考策略以處理生活中的所有問題（Case, 1986; Harlan, 1988）。換言之，兒童之因果邏輯思考是從嬰兒時代起就長期穩定地成長，是一點一點地持續累積變化而來的。以其平衡秤重的實驗為例，凱斯將「重量」與「距離」兩個向度融入測試問題中，以了解兒童的因果推理策略，結果發現：三歲半至五歲幼兒是利用知覺技巧去預測天秤的那一邊會下降，例如「看起來」比較重的那邊會下降；五歲至

七歲幼兒則能將計數策略融入推理中，例如這一邊比較多法碼，比較重，所以這一邊會下降；七至九歲兒童則更為進步，能將知覺的重量、計數策略、與新的推理向度——支點距離，作統整考慮，例如當兩邊的法碼同重、同數時，離支點比較遠的會下降。此一漸進增長的發展論調與皮氏之邏輯思考突速發展於具體運思期之「階段論」大異其趣，事實上有諸多學者投以回響，如史塔基與葛爾蔓（Starkey & Gelman, 1982）、雷絲尼（Resnick, 1983）、李昂（Pascual-Leone, 1980）等人。

此外，研究甚至證實前運思期幼兒邏輯思考上的限制，也可以透過適當的訓練予以突破，例如希格爾等人（Siegel, McCabe, Brand & Matthews, 1977, cited from Gelman & Baillargeon, 1983; 或見程小危，民八十一年）對三、四歲幼兒在分類實驗上施以口語回饋之訓練，結果發現幼兒均能在典型的「層級包含關係」問題上有進步的表現，尤其是四歲組幼兒，而根據皮亞傑的研究，真正理解層級包含是必須等到八歲左右。其實筆者已在第三章「幼兒數與量經驗」提及，具邏輯思考本質的數量守恆能力，是可以被訓練的，在此不再贅述。

邏輯思考實不限於具體運思期以後之兒童，以本章所論之分類能力為例，許多研究證實幼兒在很小的時候就能分類，比皮亞傑認定的年齡還要早。例如華森等人（Watson, Hayes & Vietze, 1978, cited from Gross, 1985），先訓練 2 歲半、3 歲半、與 4 歲半的幼兒分類一個向度二個值的物體，然後再給予由二個向度（例：顏色、形狀）、二個值（例：二種顏色、二種形狀）所組成物體（如藍色正方形、紅色正方形、紅色圓形等）的分類測試；結果發現在九個 2 歲半組中有四個幼兒能分類，但在三十二個三歲半與四歲半幼兒中，却有二十九個人通過測試。又凱斯（Case, 1986）在一項形形色色分類實驗中發現三歲半至五歲的幼兒就能使用一個向度的分類策略，即能依形狀

或顏色進行分類；五歲至七歲的幼兒甚至能協調二個向度，據以分類，例如紅色的正方形為一類、綠色的三角形為一類等。費渠與羅伯(Fischer & Rober, 1980, cited from Gelman & Baillargeon, 1983，或見程小危，民八十一年) 以先示範方式測驗一至六歲幼兒的分類能力；結果發現十五個月幼兒就能區辨二個具有一個向度不同的事物（如：三角形、圓形，「形狀」向度不同），二歲幼兒能區分更多的具有一個向度不同的事物（如：三角形、圓形、正方形），二歲半能將不一樣的三角形、圓形、正方形各歸為一類，三歲到三歲半的幼兒能模倣將具有二個向度(例：形狀與顏色二個向度) 多個值 (例：三種形狀與三種顏色) 交叉組合所構成的九個類別實物作層級分類，也就是先以一個向度 (例如形狀) 據以分類，再於同一形狀下細分成不同的顏色。此外，蘇格門(Sugarman, 1981, cited from Gross, 1985)亦曾觀察一歲與三歲幼兒操弄一個向度二個值 (一組同色盤子和積木) 或是各具二值的二個向度事物 (紅色、藍色的盤子和紅色、藍色的積木)；結果發現幼兒總是先依次觸摸同一集合內的東西，例如盤子，然後再依次觸摸另一個集合的積木，蘇格門認為這就是幼兒使用分類基模的證明。上述研究均是證實幼兒在五歲以前就具有分類的能力，甚至能作二個向度的分類，然而皮氏卻認為幼兒在五歲以前根本不會分類，只會聚集一些圖形，如：彼此分離的小線列、集合體、複雜體等。

以上研究顯示極小的幼兒具有邏輯分類的能力，此外也有實證研究指出給予幼兒分類的事物性質對於幼兒分類能力的表現會有重大的影響。羅許等人 (Rosch, Mervis, Gray, Johnson, & Boyos-Braem, 1976, cited from Gross, 1985，或見程小危，民八十一年) 將概念分為高層(Superordinate)、基層(basic-Level)、與低層(Subordinate)三個層次。高層概念如傢俱、交通工具等，往往較為抽象，成員之間的相似外形、共同屬性也較少，例如同是傢俱類的沙發與餐桌外形即差異極大。相對地，基層的概

念是兒童最先學會用來命名外界事物的概念，它的類別內成員之間擁有最多共同的屬性與相似的外形，也因此比較容易與其他類別區分，例如各種式樣的椅子重疊在一起還是看得出來是椅子，而在外形上却很容易與車子區分。羅許等人認為皮亞傑研究中所提供的材料多半只能在高層分級分類，因共同屬性較小，易引起幼兒中途變換標準，留下一些無法歸類的。根據他們自己的研究，三歲幼兒就能在基礎層次上作三選二簡單的歸類問題，即根據相似性選出同一類（例：兩隻不同的貓、一隻狗），即使採用自由歸類法，五歲幼兒也能非常有效地從事分類（例：汽車、火車、摩托車、飛機）。雖然幼兒對高層分類比基層分類較有困難，羅許等人發現三歲幼兒能有 55%，四歲幼兒有 90% 答對以上簡化的三選二的高層歸類問題，足見幼兒的能力是超乎吾人所想像的，同時也說明了被分類事物之性質會影響幼兒之分類能力的表現。

馬克門（Marxman, 1979; cited from Gross, 1985，或見程小危，民八十一年）特別以群聚（collection）與集合（class）之差異來說明被分類事物會影響幼兒的分類表現。據其所言，群聚（例如一座森林、一個家）之所以存在是透過成員間的關係，成員間具有強有力的整體與部份關係。而集合則是以屬性來定義的，如果某物有相似的屬性，那麼它就是那個集合的成員，成員之間不必具有特殊關係。換言之，集合中的某一成員其存在、不存在對集合成為整體之存在沒多大關係；而相對地，如果我有一特別的石頭收藏（群聚），失掉其中的某一顆都會嚴重地改變了我群聚的本質。馬克門與西伯特（Markman　& Siebert, 1976, cited from Gross, 1985）發現幼兒對於群聚的分類比對集合的分類較為容易，可能是因為定義集合的特徵是較為抽象的。又在一個典型層級包含的測試問題中：「Ａ 砍下所有的松樹，Ｂ 砍下所有的樹，那一個人擁有較多的木柴？」測試者將原題目用詞「樹」改為「森林」，即變為「部份」與「群聚」的比較：「Ａ 砍下所有的杉樹，

B 砍下整座森林，那一個人擁有較多木柴？」結果幼稚園及小學一年級學童答對的比率比較高，可見幼兒喜以關係作為分類的標準（Markman, 1973, 引自程小危，民八十一年）。

至於有關序列能力，研究也證實學前兒童具有邏輯排序能力，比皮亞傑認定的年齡表現還要早。例如布萊那（Brainerd, 1974）發現三歲幼兒能知覺到三個順序排列的物體；柯斯勞斯基（Koslowski, 1980, cited from Gross, 1985）發現幼兒早在五、六歲之前就具有排序四根木棒的能力。

皮亞傑以為前運思期幼兒無法排序主要原因之一是缺乏遞移的運思能力，即理解當「B＞A，C＞B 時，C 亦大於 A」的關係，然而也有研究證實年幼如四歲者能對五項序列物作遞移推論（Adams, 1978; Bryant & Trabasso, 1971, Riley & Trabasso, 1974, cited from Gross, 1985）。芮雷和蔡貝梭（Riley & Trabasso, 1974, cited, from Gross, 1985)認為許多幼兒對遞移推理問題有困難是因為無法保留（記憶）所要推理事件的足夠資訊，遂以實驗來測試此一假設。他們將四歲的幼兒分為二組，一組只看到五根木棒的頂端，未見長短不同的尾端，測試人員以口語告之 2 枝為一組的長度關係（A＞B，B＞C，C＞D，D＞E），另一組不但被告知長度情形，同時也看到一組組的木棒。最後讓幼兒從兩兩一組的關係中推論 B、D 木棒的關係，結果發現第一組幼兒只有 68%能推論 B、D 木棒的關係，而既聽又看獲得較多資訊的第二組，有 88%能正確有推論。本研究證實了記憶與所獲資訊對幼兒的遞移推論具有實質的影響，若能獲得改善，必能增進幼兒的遞移推論能力。

金斯保（Ginsburg, 1989)則從另一個角度來看幼兒的序列能力，他認為在皮氏第一階段幼兒有些能作到小部

份排序，或頂端部份成序列狀，以及第二階段幼兒雖無法統合考慮，使用系統化比較方法，但也能經由嘗試錯誤方式排出序列，可見幼兒還是有一些基本的序列概念。金斯保把幼兒的這項能力，歸入非正式算術的重要項目，認為它是幼兒期最大的成就之一。金氏所要傳達的訊息是幼兒的能力是漸進發展、日趨成熟的，吾人應看重幼兒所能之事，而非一味地批評其無能之處。此一漸進發展的觀點也為西格爾（Siegel, 1972）的實證研究所支持。西格爾讓幼兒於未按長短排序棍子中挑選最長、最短、較長、較短、中間的、第二短的棍子。結果發現對於最長、最短、較長、較短的，幼兒都無問題；對於中間與第二短的，三歲幼兒無法做到，四、五歲幼兒則能挑選出中間長的棍子，至於第 2 短的棍子則較有困難，四歲至八歲幼兒對於此二項能力則呈現平穩的進展。

以上種種實證研究充份顯示學前幼兒並非像皮氏所稱完全無邏輯思考能力，一直要等到具體運思期才急速發展邏輯運思。幼兒是有邏輯思考力的，幼兒的分類、排序等邏輯能力其實是從嬰兒期就逐漸發展的，也許它如斯塔基與葛爾蔓（Starkey & Gelman, 1982）或金斯保所言是有限制的、脆弱的（fragile），但却絕對不可以小看它，重要的是如何去培養它、轉化它、與提昇它；尤其是今日在以推理、解題為趨向的幼兒數學教育下，更應珍視幼兒的邏輯思考能力。

第八章

幼兒分類
型式與序列教學

第一節　幼兒分類、型式與序列教學之方法與內容

一、教學方法與原則

為了生活上的便利，日常事務（物）均可加以分門別類或排列順序，幼兒從小一面耳濡目染於大人所準備的井然有序環境中，一面在遊戲情境或日常生活中，自然地就會將事物分類、排序，而且也喜歡去分類、排序。同時幼兒也生活在一個充滿型式規則的環境中，並喜歡經驗型式活動，例如給予一些型式積木讓幼兒排列，他們通常會將積木蜿蜒於整個教室空間，不能罷手。既然幼兒的生活自然涉及分類、型式與排序活動，而這三種充滿實用性與樂趣的活動均涉及辨識與創造異同關係，皆可發展邏輯推理能力，況且幼兒也有相當的能力理解某些邏輯關係；在呼籲以解決問題為導向、思考推理為重心的幼兒數學教育下，此類型活動就顯得特別重要。不過，吾人以為應將此類型活動之目標視為「過程」或「情意」目標，將「透過這些活動就會學到某些技能」的想法拋開(Van De Walle, 1990)。換言之，培養喜歡推理思考的態度乃為教學的重點；身為教師者應抓住幼兒自然喜好之傾向，用心「灌溉」脆弱的思考幼苗，促其發芽苗壯，使之能經常運用邏輯思考於各領域學習與生活之中。吾人以為在進行分類、型式與序列活動過程中，應以各種方式刺激幼兒思考，深信唯有靈活的推理思考能力與喜好推理思考的態度才是學習與探究的根本、處世應變的利器、與創新突破的不二法門，也是要面對未來世紀高度競爭與挑戰社會所亟需強化的能力。問題的癥結乃在於當前許多實務工作者均輕情意與過程目標，而祗狹隘地著眼於技能與結果目標，此種現象實堪憂慮。至於進行分類、型式與序列邏輯活動，其有關之具體教學方法與原則，包括下列數項：

(一)與幼兒之生活經驗聯結

　　分類、型式與序列活動本源於自然情境或基於生活需要而發展，因此有關的教學活動應儘量聯結於幼兒之生活經驗，或以生活情境為素材，讓幼兒自然地經驗類別、型式、與序列，方為有意義的學習。例如：環保概念盛行之今日，教師可以和幼兒討論垃圾分類與回收問題，在教室中真正設立分類的桶子（可回收的紙質、鋁罐、保特瓶等，與不可回收的垃圾）。美勞區的用品可以讓幼兒實際參與分類（紙類、筆類、工具類、可利用之廢物材料類、清理用品類……）及排放序列（依紙、筆等用具的大小或長短）。積木區的積木也可按形狀、大小排序或分類；佈告欄、娃娃家或整間教室可讓幼兒用各種材質作（畫）出型式（花樣）予以佈置，並且定期更換不同型式。再如：夏日午后，每當閃電—打雷—驟雨時，教師請幼兒辨識其型式規則，經歷二、三次後，可讓幼兒預測接下來會發生什麼事？即使是刻意設計的活動也儘量要與幼兒的生活情境聯結，舉如：教師提出春夏之交換季的情境，製作各種紙質衣飾教具（裙、褲、毛衣、襯衫、外套……），請幼兒將不同的衣飾分門別類地收放；再如 T 恤店老板欲將 T 恤按大小尺寸陳列，請幼兒替老板排放順序。此外，幼兒的生活即遊戲，以各種遊戲方式呈現型式、分類與序列活動，讓幼兒在遊戲中運用邏輯思考尋找事物間的關係，是非常有價值、有意義性的活動。

(二)運用具體教具與實物

　　絕大部份的分類與型式活動中最常用到的教具是「屬性積木」（Attribute Block）與「型式積木」（Pattern Block）。所謂屬性積木是由各種可被分辨的「屬性」（特徵）與「值」（Value）所組成的一組積木，就一個屬性而言，都擁有一些不同的值；通常而言是由顏色（如：紅、黃、藍）、形狀（如：圓形、三角形、正方形）、尺寸（如：大、小）、厚薄度（如：厚、薄）四種屬性與其括號中各「值」所交

叉而成的各種可能組合(Van De Walle, 1990)。例如,就每一個圓形而言,都有紅、黃、藍三種顏色(值),也有大、小或厚、薄之分,因此有大厚紅圓形、大薄紅圓形、小厚紅圓形、小薄紅圓形、大厚黃圓形、大厚藍圓形……等多種組合類型。圖8~1的形形色色幾何片就是由顏色、形狀、大小三種屬性所構成的屬性教具,就顏色而言有紅、黃、藍三個值,形狀亦具有三值──圓形、三角形、正方形,並有大小二種尺寸,因此組成 3×3×2 共 18 種基本屬性幾何圖片。

紅

黃

藍

圖 8~1
屬性教具──幾何圖片

屬性教具也可用半具體的自製圖片取代,例如,由臉部表情(哭、笑),臉型(胖、瘦),髮型(有、無頭髮)三個屬性與其值所構成的人物圖片,如是就可能有一個禿頭胖笑臉、也有可能是禿頭瘦笑臉、或有髮胖哭臉……等8 種(2×2×2)不同特徵的屬性圖卡(見圖8~2)。這些自製教具可隨老師的創意自行設計,讓幼兒運用邏輯思考自行分類、排型式、或作屬性異同接續、屬性猜臆活動等(見教學內容與活動示例部份)。這些創意的點子尚如:由葉脈(平行、網狀)、顏色(綠、黃)與葉緣(鋸齒、平滑)屬性與值所組成8 種(2×2×2)不同的屬性葉片(見

圖 8～2
自製屬性教具
──人物

圖 8～3
自製屬性教具
──葉片
（亦請參見本書前頁之
彩色圖例）

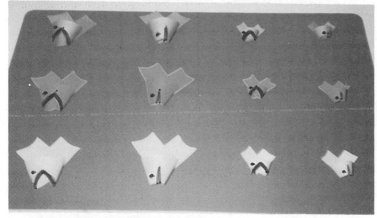

圖 8～4
自製屬性教具
──小魚兒
（亦請參見本書前頁之
彩色圖例）

圖 8～3）或是由顏色（綠、紅、黃）、嘴型（張嘴、閉嘴）與體型（大小）等屬性與值所交織而成的 12 種（3×2×2）屬性小魚兒教具（見圖 8～4）。

　　所謂「型式積木」比屬性積木單純，它的屬性較少，通常是形狀，但形狀的種類較多，且每一種形狀只有一個唯一的顏色，可用來排出美麗的圖形與型式（見圖 8～5 a，8～5 b）。而屬性積木，屬性較多（如：大小、形狀、顏色、厚薄……等），且每種屬性具有若干值（如：顏色屬性就可能有數種值──紅、黃、藍……），並且是由屬性與值二者

圖 8～5 a

型式積木（Ｉ）

（亦請參見本書前頁之彩色圖例）

圖 8～5 b

型式積木（ＩＩ）

幼兒均喜歡操作型式積木

交叉組成各種類別。當然型式教具也可製作成半具體的圖片，其實生活中也有許多的實物可用來排型式，譬如瓶蓋、小石頭、樹葉、貝殼、線軸……等，只要透過家長的合作蒐集，必可取之不盡。

(三)鼓勵推理及不同的思考模式

　　分類、型式與序列邏輯活動主要在幫助幼兒發展推理與解決問題的能力，因此，在進行分類、型式與序列邏輯活動時，應儘量鼓勵不同的思考模式或解決問題方式，讓幼兒的思路能具流暢性與擴散性。例如：當要幼兒要把一些實物（貝殼、鈕扣、小石頭、珠子……）整理並依相似性分成二堆後，可問幼兒是依據什麼標準分類的？還有沒有其它不同的分類方法？或讓幼兒再依相似性改分為三堆或四堆。再如幼兒在排序一些大小不一的盒子後，可問其是根據什麼要素排列的（高度？寬度？長度？盒面大小？）？還有沒有其它不一樣的方法？甚至當幼兒發生錯誤時，也儘量予以思考機會，不要馬上指正。譬如在玩接一個（屬性）不同的接龍遊戲時，若幼兒在第一片「黃色平行脈鋸齒狀葉」（見圖8～6最左邊的葉片）之後的第2片葉子接「綠色網狀脈鋸齒狀葉」（見圖8～6中打×的葉片），幼兒所接的葉片與原葉片在顏色、葉脈方面皆不相同，是兩個屬性不同，不符合遊戲規則之一個屬性不同之要求。此時老師可指著第二片之「綠色網狀脈鋸齒葉」說：「你為什麼接這片葉子？這二片葉子（第一片與第二片）有什麼不一樣的地方？或分別指著二片葉子說：「這是什麼顏色？（黃還是綠）什麼葉脈？（平行還是網狀）」試圖引起幼兒注意並思考兩片葉子間之異同關係，而自動改正。在幼兒無法會意，則進一步更具體地問「二片葉子顏色一樣嗎？葉脈一樣嗎？有幾個不一樣的地方？」，避免直接告訴幼兒錯誤，甚而為其更換正確的葉片。如果幼兒能偵錯而收回「綠色網狀脈鋸齒狀葉」圖片，改接「綠色平行脈鋸齒狀葉」（見圖8～6中最下面一片葉子），老師還可再接再勵鼓勵其思索在第二片葉子除接「綠色平行脈鋸

圖 8～6

一個屬性不同之葉片接龍示範(Ⅰ)

(亦請參見本書前頁之彩色圖例)

第一片黃色葉子(蝸牛頭旁)所接的綠色葉子是錯誤的(打×)在綠色葉子上面的黃葉、下面的黃葉與此一黃葉下的綠葉是正確的(打

圖 8～7

一個屬性不同之葉片接龍示範(Ⅱ)

(亦請參見本書前頁之彩色圖例)

齒狀葉」外,還可接什麼圖片?正確答案包括「黃色網狀脈鋸齒狀葉」(見圖 8～6 中最上面一片葉子)與「黃色平行脈平滑外緣葉」(見圖 8～6 中由上往下數第三片葉子),因為這些圖片與最左邊第一片葉子「黃色平行脈鋸齒狀葉」的關係都是只有一個屬性相異(見圖 8～6)(圖 8～7 中間打✓第 2 行是正確的示範)。

㈣促進互動交流

互動交流可以促進兒童的省思能力,當在進行分組、

型式、序列邏輯活動時，儘量要予幼兒互動交流的機會，讓其能透過對活動或遊戲熱衷的機會「爭辯」各自論點、刺激彼此思考。卡蜜（Kamii, 1982, 1985, 1989）建構主義數學教學方案中的兒童，就是靠團體遊戲（互動）與爭辯而習得數學及解題策略的。上述之一個屬性不同的接龍遊戲，若能以小組活動進行，或全班討論，深信定能引起熱烈的爭辯與回響，促進推理、思考的氣氛。此外，互動方式也不限於幼兒之間，教師也要經常提出問題讓幼兒發表，諸如為什麼這麼做？怎麼做的？你是怎麼想的？還有沒有別的方法？等問題。其實邏輯活動是最能提供自然交流的思考衝擊活動，每一次的邏輯活動，筆者所觀察到的都是一群專注、熱切的幼兒為證明自己有理，侃侃而談的高昂場面，身為教師者應善用這樣的活動，鼓勵溝通、引發思考。

二、教學內容

茲將分類、型式、與序列活動之主要內容，分別敘述如下：

(一)分類活動

1. 辨識異同活動

分類活動主要是依據事物間之異同關係，而形成各類組，因此辨識異同能力的強化成為最基礎的分類活動，也是基礎的邏輯活動。最簡單的辨識異同活動是配對性的分類活動，舉例而言，老師示以幼兒一些幾何圖片（三角形、圓形等），請幼兒在一堆幾何圖片中找出相同或相似者與這些圖片配對。比較能引發思考的辨識異同活動則是以任何實物或圖片（如：芒果、蘋果、蓮霧，見圖8～8；或者是小鳥、飛機、風箏等）讓幼兒討論彼此間之相同點與相異點（註：它與空間知覺能力中的視覺分辨能力有關）。

圖 8～8

辨識水果之異同活動

2. 自由分類活動

自由分類是指讓幼兒實際地將實物、教具、或圖片等，依自定標準（相似性或關聯性），自由形成各類組。當幼兒分成各組各類後，請其發表分類依據（如：依形狀？大小？顏色？）並再依不同方式進行分類，或形成更多類組（如：由分成二組改分成三組）。

3. 感官分類活動

除了運用視覺分類外，還可運用嗅覺、聽覺、味覺、觸覺進行各類型分類活動。例如蒙氏聽覺筒即是一種很好的感官分類活動，因這類活動較少被注意，所以特別分為一類。

4. 延續屬性異同活動

幼兒充份探索過事物間的異同關係後，可讓幼兒根據事物間屬性的異同，接續排列。例如接一個屬性不同的接龍遊戲，每一個所欲接的事物均必須與其前者有一個屬性上的差異（如：紅色圓形後可接紅色三角形→紅色正方形→黃色正方形→黃色圓形……）（參見活動示例中之嘟嘟火車接龍），或接二個屬性不同的接續遊戲。

圖8～9

猜臆分類標準活動

(亦請參見本書前頁之彩色圖例)

請幼兒猜中間的三角形要放到那一堆中呢？

5. 猜臆分類標準活動

　　以上第二、三兩種活動都是幼兒自己進行分類工作，猜臆分類標準活動則是由老師（或其它幼兒）將實物按自訂標準分類，然後由其他幼兒猜臆其分類之依據，並決定當前的這一個實物要放入那一類堆中，增加遊戲的趣味性（見圖8～9，又見活動示例中之「猜猜我的心」）。

(二)型式活動

1. 辨識型式活動

　　教師先創造一型式後，請幼兒仔細辨識並討論型式中的規則是什麼。辨識型式活動是以下各類型式活動的基礎，因此非常重要。

2. 延伸型式活動

　　延伸型式活動計有三類：重覆式、滋長式、變異式，通常是老師創造型式後讓幼兒延伸之。「重覆式延伸型式」，例如：樹葉—小石頭—鉛筆，樹葉—小石頭—鉛筆，…（A—B—C，A—B—C，A—B—C，……）。再如：三角形

—三角形—正方形—正方形，三角形—三角形—正方形—正方形……（A─A─B─B，A─A─B─B，A─A─B─B，……八圖8～10右邊小女孩所排之型式亦屬之）。「滋長式延伸型式」，例如：一個小方塊—一個正方形，一個小方塊—二個正方形，一個小方塊—三個正方形……（A─B，A─B─B，A─B─B─B，……）。再如一枝臘筆—一張卡片—一個三角形，二枝臘筆—二張卡片—二個三角形，三枝臘筆—三張卡片—三個三角形……（A─B─C，A─A─B─B─C─C，A─A─A─B─B─B─C─C─C，……）（見圖8～11，小男孩所創型式中之菱形數呈1、2、3……序增滋長）。「變異式延伸型式」，例如：書本—書本—橡皮擦，書本—書本—鉛筆，書本—書本—原子筆，書本—書本—墊板……（A─A─B，A─A─C，A─A─D，A─A─E，……）。

圖8～10

重覆式延伸型式活動

(亦請參見本書前頁之彩色圖例)

右邊的女孩所延伸的是重覆式型式：正方形─菱形─梯形，正方形─菱形─梯形，……

圖8～11　滋長式延伸型式活動(亦請參見本書前頁之彩色圖例)

一個菱形—六角形，二個菱形—六角形，三個菱形—六角形，四個菱形……

3. 填補型式活動

填補型式意指當老師（或幼兒）設計出一延伸型式後，在型式中間取出一至數物，或是擦去一至數處筆跡，讓幼兒「填補」殘缺的型式。幼兒要先辨識型式規則，才能進行填補工作。填補型式活動也可設計成工作卡，用筆填補，

或工作板用操作性教具填補，放於學習角讓幼兒自由探索。

4.創造型式活動

這是最高境界，由幼兒自己設計、創造型式，可為具體、半具體活動，最後進入半抽象、甚而抽象的紙上設計活動，如：卡片花邊設計，亦可讓幼兒彼此延伸所創造的型式。

至於型式活動之進行方式可包括下列幾項：
● 人與動作型式：插腰—舉手—抱胸，插腰—舉手—抱胸，……。
● 聲音型式：操作樂器或幼兒自行發出聲音（啊—咿—喔，啊—咿—喔，……）。
● 具體實物（教具）或半具體圖片型式。
● 釘板型式、串珠型式、縫工型式等。
● 紙上型式設計：如卡片花邊型式、方格紙塗色型式、或抽象與半抽象符號（X—V—O，X—V—O，……）型式。

(三)序列活動

1.感官序列活動

即將一組事物按其外觀或可以感官覺察的特徵（如：長短、大小、輕重、顏色、明暗等之差異）而排出順序，它不限於視覺活動，依觸覺的粗糙、光滑程度或依聽覺之吵鬧、安靜程度之排序活動亦可包括在內。

2.双重序列活動

双重序列活動顧名思義涉及二組事物之排序，這是典型的皮亞傑測試幼兒的活動。例如五隻大小不同的熊要戴五頂大小不同的帽子，請幼兒將熊與帽子2組圖片對應排序。

3.事件序列活動

將一組圖片依事件發生之因果關係或依事件發生之先後時間，排出順序，即為事件序列活動。

4.數量序列活動

數量排序活動簡言之即將一組事物按數量之多少排出次序，與數量活動密不可分。例如，將點數卡按點數 1 點、2 點、3 點……排序，即吾人熟悉之撲克牌接龍遊戲。

5.序數活動

即有關一組事物的順序位置稱謂：第一、第二、第三……之活動。這個活動除與「數」關係密切外，亦與「空間」活動有關，例如：左邊第一個、上面第二個、中間第三個……。

第二節　幼兒分類、型式與序列教學之活動示例

本節主要目的在提供「分類、型式與序列」教學活動實例，包括團體活動與學習角活動，以供讀者參考運用。讀者可依幼兒的年齡、特質與教室的特殊環境，將活動實例加以適度改編，以符合需要。這些活動實例乃筆者綜合個人近年來在理論與實務上的領悟與心得，以及一些參考著作的活動創意，加以變化、改編而成。這些參考著作包括：

● Baratta-Lorton, M.(1976). Mathematics Their Way.

● Baratta-Lorton, R.(1977). Mathematics：A Way of Thinking.

- Burton, G.(1982). Patterning：Powerful Play.
- Ditchburn, S.(1982). Patterning Mathematical Understanding in Early Childhood.
- Charlesworth, R. & Radeloff, D.(1991). Experiences in Math for young Children.
- Van De Walle, J.(1990). Elementary School Mathematics：Teaching Developmentally.
- National Council of Teachers of Mathematics. (1990). Curriculum and Evaluation Standards for School Mathematics.
- National Council of Teachers of Mathematics. (1991). Curriculum and Evaluation Standards for School Mathematics：Kindergarten Book.
- Kaye, P.(1991). Games for Learning
- Ohio State Dept of Education.(1988). Kindergarten Mathematics.
- Schultz, K. & Colarusso, R. & Strawderman. (1989). Mathematics for Every Young Child.
- Burton, G.(1985). Towards a good Beginning：Teaching Early Childhood Mathematics.
- Womack, D.(1988). Developing Mathematical and Scientific Thinking in Young Children.
- Kamii, C. & Devries, R.(1980). Groups Games in Early Education.
- Payne, J.(Ed.),(1988). Mathematics Learning in Early Childhood.

活動 C1：一樣？不一樣？

目的：讓幼兒注意物體間之相同處與相異處，為分類邏輯思維奠下基礎。

準備：五顏六色的各種水果。

程序：1. 老師先任意拿出兩種水果數個，例如芭樂與青蘋果，讓幼兒輪流聞、摸、觀察。

2. 然後老師問幼兒：「蘋果與芭樂相同的地方在那裡呢？」幼兒的回答可能是：「它們都可以吃。」老師再鼓勵其說出其他答案，例如：「它們都是綠色的。」、「它們都是水果。」、「它們都是硬硬的。」……等。

3. 老師再問幼兒：「它們不一樣的地方在那裡呢？」可能的答案包括：「芭樂外面粗粗的，蘋果滑滑的。」、「芭樂裡面有很多硬硬的小籽籽，蘋果沒有那麼多。」、「蘋果的味道比較酸。」儘量鼓勵幼兒思考，說出各種答案。

4. 換另外的兩種水果（例：荔枝、龍眼、木瓜、香蕉……等）遵循以上同樣步驟數回，然後將水果增至三個或三個以上，繼續討論物體間之異同關係，活動結束後，讓幼兒分享「碩果」，以印證有關水果味道與內部構造之異同討論。

附註：1. 本活動是同類物品（水果）間的異同關係比較，任何水果均可作異同比較，如圖8～12之檸檬、鳳梨、芭樂；此外，也可換成不同類物體間之異同比較，譬如：石頭、彈珠、貝殼，或飛機、風箏等。

圖 8～12

一樣？不一樣？活動 辨識三種水果間之異同

活動 C 2：嘟嘟火車接龍

目的：由實際的接龍遊戲中（接一個屬性不同的物體），強化對異同關係之辨識與思考，以增進邏輯思維能力。

準備：用色紙裁成具有形狀（三角形、圓形、正方形），顏色（紅、黃、藍）、尺寸（大、小）三種屬性的形形色色卡，或運用坊間現成的幾何屬性教具，或自製其它種類的屬性教具（如上節所述之具有表情、臉型、髮型三種屬性的人物圖卡等）。

程序：1.老師先挑出所有「大」的形形色色卡，並仿上一個活動「一樣？與不一樣？」的進行方式，讓幼兒討論每一圖卡間的異同關係，例如：紅色三角形和紅色圓形，顏色相同但圖形不同，兩者間關係是一個屬性不同。

　　　　2.然後告訴幼兒，嘟嘟火車的每一節車廂裡，都要放入一形形色色幾何片，但是每一節車廂的幾何片和前一節車廂的幾何片一定要有一個地方不一樣，由老師先示範說明一次。舉例言之：第一節車廂放的是「紅色正方形」，第二節車廂要和第一節車廂有一個地方不同，那麼就可能是「黃色正方形」（或紅色三角形、紅色圓形）；教師刻意指出二者都是正方形，但一個是黃色，一個是紅色，因此是一個屬性（顏色）不同，符合遊戲規則。第二節車廂可接「黃色圓形」或「黃色三角形」等，這2者之任一者，均與第二節車廂「黃色正方形」的關係是一個屬性（形狀）差異，本例請見圖8～13。老師在示範的過程中，也可反問幼兒：「這樣對不對？」，「為什麼是對的？（或錯

的？）」，「除了這一片外，還可接那一片？」等問題。

3. 確定幼兒理解遊戲規則後，讓幼兒自行接龍（見圖8～14），等幼兒熟悉後，再加入所有「小」的形形色色片，即由二個屬性的幾何片變成三個屬性（顏色、形狀、尺寸），繼續接龍。如是，在「藍色小正方形」之後，可接「藍色小圓形」、「藍色

圖 8～13

嘟嘟火車接龍活動示例

（亦請參見本書前頁之彩色圖例）

圖 8～14

嘟嘟火車接龍遊戲（1）：幾何屬性圖片

（亦請參見本書前頁之彩色圖例）

圖 8～15
嘟嘟火車接龍遊戲
(II)：人物屬性圖
卡
小朋友很用心地在思
考人物圖片之間的關
係

圖 8～16
嘟嘟火車接龍遊戲
(III)：人物屬性圖
卡

　　大正方形」、「紅色小正方形」、「黃色小正方
　　形」、或「藍色小二角形」。
4.最後，一個屬性不同之接龍規則可變為二個屬性
　　不同的接龍，如是「藍色小正方形」後可接「紅
　　色大正方形」、或「藍色大三角形」，「黃色小圓
　　形」等。

附註：1.此一活動較適合大班幼兒，在進行活動前，需要
老師示範與討論多次。

2.本活動如換為人物屬性圖卡（表情、臉型、髮型）
則更有情境性——每一節車廂和前一節車廂所坐
的旅客都有一個特徵不同（見圖 8～15，8～16）。
此類屬性接龍教具也可自行製作，置於學習角，
讓幼兒自行探索，例如：輪盤狀的人物屬性圖卡
教具、與前所提及之「小魚兒」、「葉片」屬性教
具（見圖 8～17，8～18，8～19）。

圖 8～17

**一個屬性不同之人
物接龍遊戲**

人物屬性圖卡也可用
輪盤排列方式以取代
嘟嘟火車的直線排列。

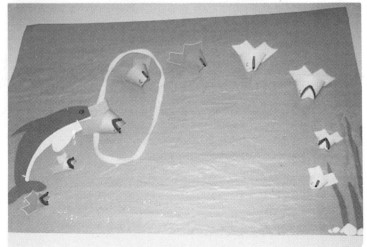

圖 8～18

**一個屬性不同之小
魚兒接龍遊戲**

（亦請參見本書前頁之
彩色圖例）

小魚兒跳圈圈成弧性
接龍。

圖8～19

一個屬性不同之葉片接龍遊戲

(亦請參見本書前頁之彩色圖例)

葉片配上殼上有環節的蝸牛，幼兒順時鐘方向往內旋接龍。

活動 C 3：玩具展覽

目的：透過為自己心愛玩具陳列展覽的過程，強化幼兒之分類邏輯思維。

準備：在「玩具日」當天，請幼兒帶自己心愛的玩具二至三件，並將幼兒分成數組。

程序：1. 在幼兒展示並介紹(show and tell)自己心愛的玩具後，老師告訴幼兒要將這些帶來的玩具按照其特性分成兩類展示（一樣的放在一堆，不一樣的放在另一堆），讓幼兒自行討論分類標準。為了幫助幼兒思考，在每一組桌上可放二張對比顏色的海報紙，讓幼兒把玩具分成兩類，放在這兩張紙上，或者也可用兩條圍成圓形的線繩取代海報紙。

2. 老師遊走於各組間，詢問或猜臆各組的分類標準，對於一些有問題的分類提出詢問，例如：「這一堆和那一堆有什麼不一樣呢？」

3. 老師又要求各組幼兒用不同的方法再分成二堆

。如第一次是以外形分類,第二次則換成以顏色分類)。接著教師復請各組把所有玩具分成三堆或三堆以上(見圖8~20)並重覆第二個步驟。

4.在各組分類好玩具後,可讓各組幼兒彼此猜臆分類的依據。

5.最後請各組將分類好的玩具合力陳列在展覽櫃架上。

圖8~20

玩具分類活動

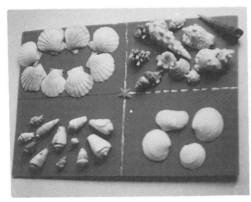

圖8~21

貝殼分類活動

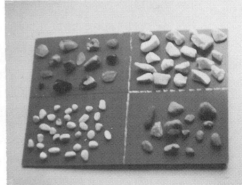

圖8~22

小石頭分類活動

圖 8～23
型式積木分類活動

圖 8～24
圖畫書分類活動

附註：1.生活中垂手可得可資分類的具體教具、實物種類
　　　　繁多（見圖 8～21，8～22，8～23）。另外，也可
　　　　在報章雜誌上剪下各種圖片：電器用品、動物、
　　　　交通工具、植物、廚具……等，加以護貝後，讓
　　　　幼兒自由分類。幼兒能作第一層次的分類後，鼓
　　　　勵其再往下分，形成第二個層次，例如：把圖片
　　　　中的動物、植物分開後，再在動物下面分成天上
　　　　飛的和地上走的動物。
　　　2.圖書角的幼兒圖畫故事書也是很好的分類教材，
　　　　幼兒可依封面之圖畫內容、書的大小厚薄等進行
　　　　自由分類。本活動還可和美勞活動結合，讓幼兒
　　　　繪出書的封面圖案，然後貼於大壁報紙的分類欄
　　　　上，再讓幼兒計數每一類有多少本，其實這也涉
　　　　及了簡單的統計概念（圖見 8～24）。

活動 C 4：聽聽看、分分看

目的：運用聽覺辨別聲音之異同，形成各類組，以發展邏
　　　輯思考。
準備：在二十個相同的鋁罐內裝入各種實物，每一種實物
　　　準備數罐，例如：小石頭 4 罐、砂 4 罐、綠豆 4 罐、
　　　米 4 罐、與小鐵釘 4 罐。鋁罐外面可裹以可愛的包
　　　裝紙或造形。
程序：1.將包有可愛包裝紙或造形的鋁罐放在幼兒面前，
　　　　請幼兒搖晃並仔細聆聽聲音，辨別相同與不同
　　　　者，然後把相同聲音者放在一起，分成數堆（見
　　　　圖 8～25）。
　　　2.請幼兒發表為何如此分類之理由，然後再將二十
　　　　個鋁罐放在一起，重新分類一次。
　　　3.為加深遊戲的深度，讓幼兒作層級分類，每一種

圖 8～25

聽聽看、分分看活動

　　類的實物，可準備兩種不同份量，換言之，在 4 罐
　　的鐵釘裡有兩罐是二分之一罐，有兩罐是四分之
　　一罐，其餘類推。

4.另外亦可將鋁罐外的貼紙或造形加以變化，每種
　式樣數罐，作為分類的另一項依據，即可依外形
　（而非依內容）之異同而分類。或將外裹之貼紙
　或造形作成立體屬性教具，例如含有表情、（眨
　眼、大眼）、衣飾（有領結、無領結）、耳朵狀態
　（豎起來、垂下來）三種屬性的造形。如此既可
　分類（按內容、按外形），又可玩屬性接龍遊戲，
　復可延伸型式，增加教具之多樣性。

附註：1.本活動也可改成嗅覺分類活動、味覺分類活動、
　　　　或觸覺分類活動，儘量讓幼兒運用五覺感官去進
　　　　行分類活動。

　　　2.此外，本活動也可改成序列活動，只要將鋁罐內
　　　　容數量遞減（或增），或罐外貼紙（造形）之顏色
　　　　或尺寸加以變化即可。

活動 C 5：猜猜我的心

目的：讓幼兒觀察分類過程的進行與各類別實物的特質，據以預測某一實物應歸類於何組，以增進邏輯推理能力。

準備：現成或自製之平面幾何屬性教具一堆，二張對比顏色的海報紙，或以二條圍成圓圈的線繩，或兩個大紙盤代替。

程序：1.老師將二張壁報紙放在左右兩側，正中央放屬性積木一堆，並請幼兒安靜，在老師未開口說話之前，大家只能觀看，不能說話。

2.老師依心中所思之分類標準（例：三角形的一堆，不是三角形的一堆），將屬性教具逐一放入所屬之兩張海報上。在每放一片時（尤其愈到後面）故意猶豫不決，假裝思索，最後才「決定」放在某張海報上。

3.這是一個「安靜」的遊戲，每一個幼兒都要仔細觀看二堆幾何片的特質，並皆有機會在心裡預測老師手上的那一片會放在那一邊。隨後老師舉起一片問大家：「這一片要放那一邊呢？」「為什麼？」，幼兒才許說話。老師連續同樣步驟數次，確定大家都已理解後才停止（見圖 8～26）。

附註：此遊戲也可讓幼兒從一開始就參與，將幾何圖片當成戲票，改成「給票入場」遊戲。即老師心中想一個分類的標準：如所有藍色的圖形才是合格票，方能收下；幼兒人手持票輪流入場，如果是合格的票，老師就收下放一邊，如果不是老師心中所想要的票，就置於另一邊，如是幾回。幼兒可參考被收下與拒收的票，猜臆那一種票是老師心中所要的，如果幼兒已猜出來，就會給正確的票，很容易作評量，當然也可讓幼兒互相猜臆，彼此給票、收票。

圖8～26

猜猜我的心活動

(亦請參見本書前頁之彩色圖例)

老師手上藍色的正方形要放在那一邊呢？

活動 C 6：我學你樣

目的：讓幼兒從肢體動作之前後關係中辨識並延伸型式規則，增進邏輯思考。

準備：無

程序：1. 老師先讓三分之二的幼兒面對牆站，直到音樂聲停止方能回頭。

2. 其他三分之一的幼兒在老師指導下建立幾個簡單

圖8～27

我學你樣活動

的型式並圍成弧形,例如站—坐—蹲,站—坐—蹲,站—坐—蹲,……;或插腰—踏步—拍手,插腰—踏步—拍手,……;或手放頭上—交叉胸前,手放在頭上——手交叉胸前,……。

3. 關掉音樂聲,請面牆的幼兒走過來,面對此一肢體動作型式,然後排隊一個個地加入已建立的弧線型式中,將其延伸成一個圓圈(見圖8～27)!

附註:1. 以上是動作型式遊戲,教師可將其改成聲音型式,即讓幼兒發出各種聲音,例如啊—喔—咿,啊—喔—咿,……或用樂器代之,或玩聲音與動作配合之型式。

2. 若幼兒玩熟重覆型式後,可介紹「滋長型型式」,例如 Do—Mi—So,Do—Do—Mi—So,Do—Do—Do—Mi—So,……。

3. 動作或聲音型式可在排隊等候時進行,轉移幼兒的不耐情緒,且可增加對型式關係的理解。

活動 C7：爬了滿地

目的：讓幼兒由辨識、分析、延伸型式規則中，理解邏輯
關係，並促進邏輯思維發展。

準備：屬性、型式教具數盒、或生活中各類實物（例如葉
子、鉛筆、小石頭、養樂多罐……等）。

程序：1.老師於晨間進入教室時，用屬性教具、型式積木、
或生活中各類實物在積木角或教室中空曠處創造
幾種型式。

2.當幼兒抵達時，可自由選擇任一型式延伸之。幼
兒在延伸型式時，往往蜿蜒爬行滿地如蛇一般（見
圖 8～28，8～29）。

3.可讓幼兒在延伸老師創造的型式後，自創型式並
自行延伸，或幼兒間相互延伸之。

附註：1.教師可讓幼兒使用套鎖小方塊套接相連，創造美
麗、獨特的個人型式，當做完後還可平放在一起

圖 8～28

爬了滿地活動（Ⅰ）

圖 8～29

爬了滿地活動（Ⅱ）

（亦請參見本書前頁之
彩色圖例）

討論各人的不同型式。

2. 此外，以形形色色串珠串成之「串珠型式」，或以五顏六色紙環穿成的「紙圈型式」，或運用各種豆類、通心粉、紙卡、紙條貼於紙上的「造形型式」，或以各種顏色的線繩所縫補出來的「縫工型式」，也是很有創意的型式活動，甚至用火柴棒也可在桌上排出各種型式（見圖 8～30）。

3. 由雜誌上剪下來的半具體圖片或坊間現成圖卡，也可拿來創造型式，例如，狗—貓，狗—貓—貓，狗—貓—貓—貓，……。甚至運用數字卡，亦可創造型式，例如 1 — 1 — 1，1 — 2 — 1，1 — 3 — 1，……，或 1 — 2 — 3，1 — 2，3，1 — 2 — 3 ，……。

4. 教師亦可準備各式小磁磚(可以用色卡紙代替)，讓幼兒在地板上自行設計拚花地板型式。

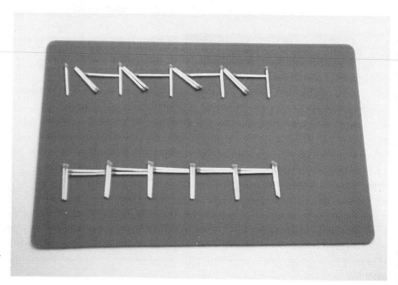

圖 8～30

火柴棒型式設計

活動 C 8：釘板型式

目的：利用釘板與五顏六色套鎖小方塊（或串珠），讓幼兒
　　　在創造型式規則的過程中，理解邏輯關係並促進邏
　　　輯思維發展。

準備：每位幼兒釘板一塊，另準備套鎖小方塊數盒。

程序：1.老師請幼兒用套鎖小方塊置於釘板上的釘子，以
　　　　由左而右，由上而下的方式延伸於整塊釘板，設
　　　　計美麗的型式（見圖 8～31）。
　　　2.幼兒做好後，請其敘說其型式規則。

附註：1.具體操作的釘板型式設計，可慢慢改為半抽象與
　　　　抽象的紙上作業。首先是運用方格紙，讓幼兒在
　　　　方格紙上由左而右地塗畫或塗色以創造型式。另
　　　　外也可在方格紙的四週邊緣做「周邊型式」設計
　　　　（如：│✓│　│✓│　│✓│……）。
　　　2.幼兒若熟練了方格紙上的設計，可逐漸轉換於白
　　　　紙上，進行以上的活動。

圖 8～31
釘板型式設計
(亦請參見本書前頁之
彩色圖例)

活動 C 9：大家來排隊

目的：讓幼兒比較大小不同的物體，並運用思考以各種方式排出序列關係。

準備：大小不一的紙盒數個（如鞋盒、牙膏盒、餅乾盒、禮品盒……）

程序：1.教師拿出大小尺寸各不相同的盒子數個，請小朋友想想平常排隊時是怎麼排的，並請小朋友將這些盒子「排隊」。

2.通常幼兒會很自然地以盒子的高度來排隊（見圖 8～32），等幼兒排出後，老師請幼兒說明是怎麼排的？以及描述盒子的高矮次序，如最高、第 2 高、最矮……。

3.然後老師要幼兒想想看還有沒有其它排序的方法（譬如按寬度、長度），並實際排出，重覆步驟 2 的程序。

4.在幼兒排序完成時，老師可加入另一個盒子，請幼兒幫其「插隊」，加入原序列之中。

附註：1.可將盒子的外部包以同一顏色但明暗深淺不一的

圖 8～32
大家來排隊活動

色紙，或放入輕重不一的實物（例：小石頭、小串珠等），作為排序的其它依據以增加教具的多樣性。

2.盒子也可用直徑不一的捲筒（如廚房與廁所用衛生紙捲筒，或保鮮膜、錫薄紙捲筒）代替。一個長的捲筒可以裁成高矮不一數段，以供排序之用。

活動 C 10：小羊的禮物

目的：讓幼兒比較半具體圖片中兩組大小不同的圖形，並排出二組圖形間對應關係之双重序列。

準備：自製尺寸遞減之七隻小羊圖片（羊爸爸、羊媽媽與五隻小羊）與七具滑板之圖片。

程序：1.老師先敘說一個羊爺爺為羊家族買新年禮物（滑板）的自編故事，以引起動機。

2.請幼兒將羊家族成員按體型大小排出順序，以及將滑板也按大小排出順序，然後為每一隻羊找出合適的滑板，將其配對放在一起（見圖8～33）。

3.老師請幼兒敘說羊、滑板的序列關係以及羊與滑板的對應關係（如這是最大的羊溜最大的滑板，這是第二大的羊溜第二大的滑板，這是最小的羊溜最小的滑板……）。

附註：1.七隻小羊的禮物可以變換為帽子、眼鏡、小床等，甚至可由双重序列加至多重序列關係。

2.進行双重序列活動宜由少數物體開始漸增至多數，例如三隻小羊、三具滑板再漸漸提高排序項目。

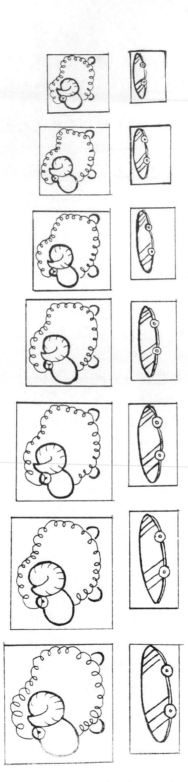

圖 8～33

小羊的禮物活動

第九章

幼兒數學課程
之設計與省思

第一節 統整性課程之設計

一、課程之設計與實施

在第二章幼兒數學教育新趨勢中，筆者特意指出在一個適性發展的幼兒數學方案裡，是以幼兒為中心，教師搭構鷹架、引導與協助幼兒進行探索學習，而在課程設計上則講求統整性課程（integrated curriculum），即各領域、各方法兼重並納，並且是協調統整，相互為用。提倡統整性課程乃是符合幼兒全人發展的需要，幼兒人格之各層面如：認知、語文、體能、情緒等是唇齒相依、相互影響的；幼兒生活之各種活動如：音樂、體能、語文、認知等也絕非各自為政、毫不相干而成空洞奇怪、支離破碎的個體。培養「完整幼兒」（the whole child）既已成為幼兒教育的主要目標，因此，在課程的設計與實施上，吾人應強調的是均衡與統整發展。然而統整性課程應如何設計與實施呢？首先吾人必須了解的是統整性課程不僅表現在教學內容上，同時也表現於教學方法與策略上，舉如教學型態（大團體、分組活動、學習角探索活動等）、教學地點（活動室、遊戲場、野外、博物館等）、與教學媒體（計算機、電腦、投影機等）等；且無論是在教學內容或在教學方法上皆要平衡考量、不予偏廢，並加以統整實施。有關教學內容的統整設計，簡言之即「各領域兼籌並顧而且相互聯貫」，幼兒不但能從其他領域中習得數學概念與技能，或從數學領域中習得其他領域重要概念，而且也能運用數學於其他領域，或在數學中運用其他領域。其具體作法是以單元主題涵括各發展層面活動或領域科目，並均衡考量大、小團體與角落個別探索活動。至於具體而微的實施方式有二，茲分述如下：

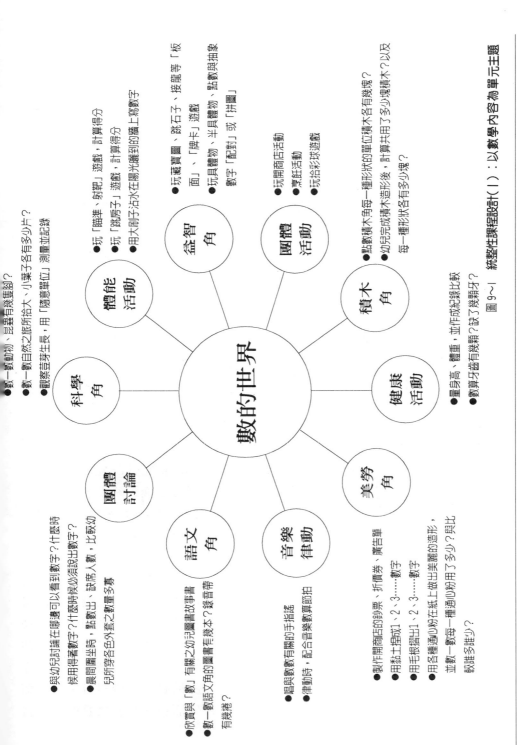

圖 9～1 統整性課程設計（Ⅰ）：以數學內容為單元主題

圖9～2

統整性課程設計(II)：以數學內容為單元主題

音樂活動
- 自創聲音型式（Do～So～mi，Do～So～mi，Do～So～mi，喵咪，喵咪咪，喵咪，喵咪咪咪……）
- 自創樂器聲音型式（設鼓一沙鈴聲 三角鐵，設鼓一沙鈴聲 三角鐵，……）
- 欣賞歌曲中的重覆型式

積木角
- 用單位積木排出立體型式

語文角
- 欣賞具有重覆語詞型式或規律型式的圖畫故事書（例：好忙的蜘蛛，好餓的毛毛蟲）
- 欣賞內容涉及「型式」的圖畫故事書（例：大家來排隊……）

語文活動
- 進行語詞型式（例：我愛你一我愛愛你一我愛愛愛你……）

益智角
- 唸具有重覆型式的手指謠（例：5隻猴子盪鞦韆，鬧笑，鬧笑……4隻猴子……，3隻猴子……）
- 用數字卡延伸或創造數字型式（例：1-2-3，1-2-3，1-2-3……；1-1-1，1-2-1，1-3-1，……）
- 用五顏六色的各種串珠創造型式
- 用型式積木在桌上排出型式

美勞角
- 設計卡片上的花邊型式
- 設計立體花邊型式
- 設計毛線縫工型式

體能活動
- 跟著老師所編的舞蹈動作型式或幼兒自編舞蹈動作型式（如：插腰一踢腿 轉身，插腰一踢腿 轉身……）

團體討論
- 討論每日作息的規律型式（如：吃飯一洗澡一睡覺，吃飯一洗澡一睡覺，或晨起一穿衣一上學，晨起一穿衣一上學）

自然角
- 欣賞自然界中的規律型式（如蜘蛛網、結晶礦石、鸚鵡螺像、年輪等）

團體活動
- 用磁磚（或色卡紙代之）設計拼花地板

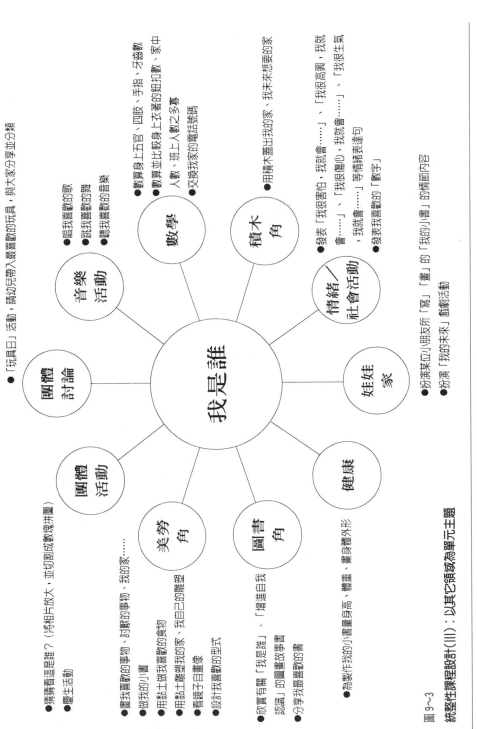

圖 9~3

統整性課程設計(III)：以其它領域為單元主題

(一)以數學內容爲單元主題統整各領域

「以數學內容爲單元主題統整各領域」意指數學內容本身的任一主題，如數、量、形狀、空間、分類、型式、序列等，均可拿來作爲單元名稱（主題），據以設計涵蓋其他領域、各發展層面、與各種型態的教學活動（例：學習角、大小團體）。舉例而言，單元名稱可以是「形形色色」、「有趣的形狀」、「美麗的型式」、「大家來分類」、「你我的空間」、「數的世界」等等。透過這樣的一個課程設計，數學概念可以從其他各領域習得，幼兒可以理解數學與其他各領域間其實是休戚相關的：美勞活動、語文活動、體能活動中均有數學的成份，請參見圖9～1「數的世界」單元，與圖9～2「美麗的型式」單元）。

(二)以其他領域爲單元主題統整各領域

以其他領域爲單元主題統整各領域乃指數學以外的任一領域之主題，如自然領域之「昆蟲世界」、「美麗的春天」、健康領域之「我的身體」、「我是誰」、社會領域之「各行各業」等，均可用來當單元名稱（主題）據以設計涵括數學與其他各領域、各發展層面、與各種型態的教學活動。這樣的課程設計，幼兒可以從數學領域中習得單元主題概念，而且單元主題之理解可以從各領域、各方面統整獲得，請參見圖9～3「我是誰」單元。

值得注意的是，教師於設計課程時，應先繪出包含主概念、次概念的數學概念網（如：圖2-1），然後視幼兒興趣、能力，決定是進行同一層次概念的廣度探討，或是某一概念系路的深度探討。選定探討方向與範圍後，再據以設計含涉多樣領域的活動。圖9-1以數學內容－「數」爲單元主題，其下所設計的活動籠統涵蓋同一層次概念的計數、數字書寫、計算等，即爲廣度探討。教師亦可祇選擇「數字關係」概念，進行其次概念「合成與分解」的深度探討，設計僅涉及合成分解，但涵蓋各領域活動（認知、

美勞、體能……）；或者是涉及所有「數字關係」概念（如：數字與5、10關係，數字間大小、順序關係，合成、分解關係）的各領域活動。同樣地，以其他領域（如：自然、健康）為單元主題時，教師亦應繪出主題概念網，再行選擇廣度或深度探討（如圖2-1）。

　　這裡要特別指出的是有時個別的一個活動，也是統整各領域學習的良好媒介，它可以強化幼兒在數學、自然、社會、語文、健康、創造力等各領域、各發展層面的概念獲取與發展，例如：「烹飪活動」或「開商店」活動就是這樣的一個強有力的統整性活動。

　　以「烹飪活動」為例，它從購買、準備、烹煮、擺碗筷、至分食含涉了數學、自然、社會、健康、安全等各方面的學習。在數學方面：幼兒使用量杯、湯匙加入份量涉及計數、測量，把整塊（枝、碗）切（分）成等量數份涉及計數、除法分配概念、與分數概念，擺碗筷則涉及計數、一對一概念，收碗筷則涉及分類概念；此外，觀察蛋糕麵糊發漲之拓樸變化，將麵糰揉（切）成各類幾何形狀等均與數學有關。至於整個烹調過程食物的物理變化——液態、氣態、固態，軟質、硬質等則與自然領域概念有關；將麵糰揉成或切成奇形怪狀的造型，即為創造力的運用；在準備與烹煮過程中，幼兒自然地接觸營養、健康、安全概念與認識各種食物名稱。凡此種種，均說明烹飪活動之魅力，它與幼兒生活密切相關，也是幼兒喜愛的活動，更是統整性學習之最佳方式。適合幼兒進行的烹飪活動有：作各類型三明治，烤各種蛋糕或麵餅，煮麵疙瘩湯，煮石頭湯（可任意添加各種蔬菜），做布丁、果凍……等，教師應善加運用，提供幼兒統整學習的機會。

　　再以「開商店活動」為例，適合幼兒開的商店計有雜貨店、超級市場、衣物店、鞋店等。無論開任何的店都涵蓋了多領域的學習：貨品的製作涉及創造力與美勞造形

（例：以黏土揉成肉塊、色卡紙作成魚形……），貨品擺架涉及分類概念（罐頭類、魚肉類、蔬果類……）空間關係與空間運用（在有限的空間中安排貨品的擺放），點貨賣貨涉及計數，依貨訂價涉及量之比較（如大、中、小罐價值不同）、數字書寫（寫價格標籤），收取貨款涉及一對一（一物一款）與運算（計算總價），貨品裝袋或裝盒涉及空間關係與空間運用，分派與扮演適當的角色（如：收銀員、送貨員、經理、顧客等）有助於社會職業的理解與語言的運用，製作店名標誌、減價海報、折價券、店裡各區標誌等有利於語文的發展……。在這樣的一個環境氣氛裡，相信每位幼兒均充滿自信、快樂的心情，有助於情緒、社會（人際關係與合作）的健全發展……。當然，開商店的活動也可減少其結構性，讓幼兒在娃娃家、積木角、甚或整個教室自由遊戲，教師僅適時提供言語上與材料上的支持，或進而參與幼兒的遊戲，即相信幼兒的能力，以幼兒為主體也。

二、教材資源之運用：幼兒圖畫故事書

　　幼兒數學與其它各領域密切相關、無可劃分，必須統整實施，相互為用。在各領域中，語文尤其是幼兒圖畫故事書，最能引起幼兒共鳴，進而對數學發生興趣；因為幼兒大都喜愛聽故事或唸故事書，在幼兒的圖畫故事書中有許多內容與數學有關，或在其所舖張的情境中蘊涵某一數學概念。若能善用這些圖畫故事書，幼兒則能在文學欣賞中不自覺地汲取了某一數學概念；而且教師亦可和幼兒一起進行與該書有關的延伸活動，以強化這些適才萌芽的數學概念。舉例而言，坊間有一本圖畫故事書──綠豆村的綠豆，描述綠豆村的二位老爹買光了市場的綠豆，欲比賽誰的綠豆多。他們先是一顆顆地數，再是將綠豆裝入不同的甕中數，最後才用同單位的水缸測量以分出誰多誰少。這是一本探討量與測量概念的絕佳好書，在與幼兒一同欣賞（唸）此書的過程中，教師可適時停頓將解決方法留給

幼兒思考，藉以了解幼兒對量與測量概念的理解程度。教師亦可將書中結果稍加改編成：「兩位老爹的綠豆都是比九個甕多一些（或者是少一些），要怎麼樣才知道究竟誰多誰少？」以引導幼兒思考運用更小單位以測量比較。至於本書之延伸活動，教師可準備一些綠豆（黃豆、米、紅豆皆可）實地讓幼兒測量比較，促使幼兒更進一步地理解。從以上之例，可以看出圖畫故事書不僅對語文發展有所助益，而且提供了數學思考與解決問題的情境，協助幼兒理解數學其實是每日生活的一部份，好玩又有趣；因此圖畫故事書是幼兒探索數學概念的一個很重要的工具，此乃目前許多學者（如：Welchman-Tischler, 1992）提倡運用圖畫故事書以教導數學概念之因。

此外，有些圖畫故事書雖非直接與數學有關，但教師亦可運用其為數學概念探討的背景（情境），進行相關數學活動，例如石頭湯一書即提供了很多的概念探討背景。教師和幼兒欣賞（唸）完石頭湯後，可以共同烹煮本班特有的石頭湯。當各式各樣的蔬菜被帶進來後，就可進行各種辨識異同、分類、序列、與測量活動。以分類為例，全班幼兒可依個人喜愛分成喜歡、不喜歡吃的二類，或依顏色（綠、紅、黃、白……）、外形（圓、長，有葉子的、無葉子的，……）、輕重（用手估量或用秤子測量）分成各類。幼兒們也可比較誰帶進來的紅蘿蔔（或包心菜、青椒）大，並從大至小排序。最後，全班一起烹煮石頭湯，使之成為前所述具有統整數學與其它各領域之烹飪活動，讓幼兒在興奮、熱切的實際經驗中理解數學，使數學不再只是枯燥的紙筆作業了。

圖畫故事書對幼兒之魅力無窮，是統整性教學實施之利器，目前國內有幾家出版社之圖畫故事書頗獲好評，而且國內某些單位所主辦之文學獎其得獎書亦相繼問世，以及國外獲大獎（如凱迪克大獎The Caldecott Medal）書亦陸續被引入，教師們應慎為選書、善為運用。當然，

圖畫故事書的選擇有其一定指標，因非本書要點，故不加以探討（若有興趣者可參考教育部編印幼稚園教師手冊中，筆者所撰第參篇教材編選，第七十九頁）在此，筆者依數學中各次領域或主題，分別介紹幾本傳達數學概念的圖畫書，以供讀者參考與運用：

● 數（唱數、計數、認識數字、數概念）

數數兒、數數看、馬佳學數學、唐尼寶寶晚安、不准說一個數字、一條尾巴十隻老鼠、好餓的毛毛蟲。

● 數（合成分解、加減運算概念、分配概念）

五隻小鴨、誰是小偷兒、鴨子孵蛋、小松鼠的大餅、一條尾巴十隻老鼠、撞沙球。

● 量與測量

綠豆村的綠豆、你一半我一半、我來畫你來看、國王的長壽麵、胖胖天使、進入數學世界的圖畫書第一冊（比高矮）第二冊（數一數水）、聚寶盆。

● 幾何形狀

圓圓國與方方國、畫圓、大家來玩黏土、幾何國三勇士、進入數學世界圖畫書第三冊（魔藥、漂亮的三角形）。

● 空間（空間知覺）

裘裘和皮皮、上下裡外、會吐銀子的石頭、先左腳再右腳、進入數學世界的圖畫書第三冊（左和右）、小金魚逃走了、爸爸走丟了、逛街。

● 分類

穿衣服出門去、愛吃的小豬、古嘎的綠扇子、進入數學世界圖畫書第一冊（不是一夥的）。

● 序列（包含序數）

大家來排隊、大象的嗯嗯、我是第一個、好餓的毛毛蟲、進入數學世界圖畫書第一冊（順序）。

● **型式**

大家來排隊、好忙的蜘蛛、好餓的毛毛蟲。

● **其他邏輯推理**

衣服怎麼濕了、逛街、別學我、撞沙球、進入數學世界圖畫書第二冊（魔術機器）。

第二節　幼兒數學教育之省思

在第二章筆者指出，欲面對二十一世紀遽變、競爭、挑戰的社會，幼兒數學教育應努力的方向與目標有四：

● 激發幼兒對數學的興趣
● 促進幼兒對數學概念的理解
● 促進推理與解決問題之運用能力
● 培養完整幼兒

以上四項亟待努力之目標，簡言之，即在裝備我們的幼兒，促其邁向更有智慧、更靈巧地工作之境界、以適存於未來世界。就此，筆者遂提出五項教學方法以實現以上目標：

● 生活化
● 遊戲化
● 解題化
● 具體化

● 多樣化（統整化）

　　既然這些目標與教學方法是面對未來世界所必須努力的方向，身為幼兒教師者，就必須以培養能推理、能解決問題，並在各方面健全發展的完整幼兒為職志。唯在每次的幼教訪視、輔導或評鑑中，筆者發現有相當多數的幼兒園採分科教學，例如：心算、資優數學、×××數學、算數、認知、ㄅㄆㄇ、美語等，且課程內容非常智識化取向，會寫、會算、會認字，成為教學重點。以上現象亦反映於筆者的「幼兒教師之教學信念與行為研究」（民85）中，並為諸多其他研究（簡明忠，民76；信誼，民75；簡楚瑛等，民84）及歷屆幼稚園評鑑報告所證實。另一現象是坊間出版的紙筆作業或教材，普遍為教師所使用，成為教材的主要來源（周淑惠，民85；簡明忠，民76；李駱遜，翁麗芳，民77；屏東師院，民79）。而根據屏東師院（民79）有關坊間教材之分析，與新竹師院（民82）有關學前數學教材之評析，發現均有濃厚的尚智取向，且多偏難，不符評估標準。

　　此外，就教師之教學活動而言，多以全班性大團體活動為主，以灌輸、示範方式，取代了與周遭人、事、物互動的經驗性活動，教師角色偏於主導性角色（周淑惠，民85）。此一現象，向為歷屆的幼稚園評鑑報告所報導，可以說一元化、團體化、甚而軍事化的教學現象，普遍存在於我國幼兒園中（簡楚瑛等，民84）。

　　綜上所述，很顯然的，生活化、遊戲化、解題化、具體化、多樣化、統整化等筆者所揭示之幼兒數學教育教學方法，並未呈現於我國多數幼兒園中。當然也有一些幼兒園確實做到以上指標。筆者衷心盼望這樣的幼稚園會愈來愈多，以幼兒為中心的理念會愈來愈普遍。以下教學情節是筆者在幼稚園所常觀察到的教學型態，特予摘錄以供吾人參考。值得注意的是，摘錄教學情節並非在嚴厲批判與

苛責，其主要目的在反映當前的一般教學實務，期盼讀者
將之與筆者所揭示之教學目標與方法並列省思、相互比
較，以找出問題癥結與今後努力方向。

　　（教學情境：老師在黑板上畫了三排六個圈圈，並寫
了幾個數字，開始一段三十分鐘數字教學活動。）

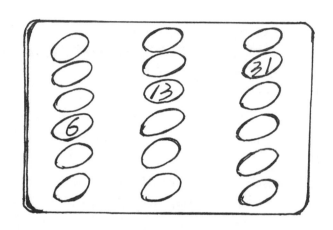

圖 9～4

數學教學情境圖

老師：小朋友，你們知道老師在畫什麼嗎？

幼兒甲：蘋果。

幼兒乙：氣球。

幼兒丙：泡泡。（小朋友三三兩兩在回答）

老師：不對，你們都講錯了，這是數字。（此時老師
　　　拿起作業簿指出31頁地方）

老師：這是多少？（此時老師放下作業簿指向黑板）

全體幼兒：6。

老師：這個呢？

全體幼兒：13。

老師：那這個呢？

全體幼兒：31。

老師：好，很好，你們還記得，很好，6的前面是多少？

全體幼兒：6、7（有人答6、有人答7）

　　　　　　‥‥‥‥

老師：這是多少？（此時已換第三排）

全體幼兒：31。

老師：31下面是多少？

全體幼兒：32、33、34、35。（此時老師分別填上數字於黑板上）

老師：31上面呢？

全體幼兒：30。（此時老師在黑版上寫上30）

老師：很好，你們都會了。

　　　　（老師拿起剛才的作業簿翻至32頁處，指向作業簿上畫有31根香蕉和32個蘋果圖畫那頁）。

老師：小朋友我們來算算香蕉有多少？

老師和全體幼兒：1、2、3、4、……31。

幼兒丁：32。

老師：沒有了，只有31個，再來算算蘋果有多少？

老師和全部幼兒：1、2、3、……32。

老師：32個，好，小朋友現在寫這一頁（用手指著31頁），這一頁回家寫（用手指著32頁）。

　　　　好，現在老師發下去，你們寫，不會寫的看黑板抄。

老師：文毅、雅君…。

助教：紀忠、君國…。

（老師發作業簿和發鉛筆時教室非常吵雜。）

老師：寫完拿來這邊改（此時小朋友開始寫作業）。

老師：××（幼兒名），你過來，老師教你（小朋友開始排隊改作業）。

老師：希平，你等一下（老師改幼兒甲作業全對，並打上日期）。

老師：佩芬，回家寫32頁。

老師：這二個字寫顛倒，擦掉重寫（此時老師對幼兒乙說，幼兒乙將14、15寫成41、51）。

（陸續改好了幾位小朋友，排隊的小朋友擠來擠去）

幼兒丙：老師，紀忠推我。

老師：不要推來推去。

助教：小朋友改好的請坐在位子上。（此時全班改

　　　好）。

老師：小嘴巴！

全體幼兒：閉起來！

（結束）

××××××××××××××××××××××××××

　　（教學情境：老師在黑板上畫了10棵蘋果樹，並寫上
　　　　1～10的數字）

老師：好，有10棵蘋果樹，一棵蘋果樹長幾顆蘋果？

幼兒：10顆（全班整齊地回答）。

老師：那我們就用10的方式來數看看，這10棵蘋果樹
　　　有幾顆蘋果？來，用10的方式數哩！一棵樹有
　　　10顆蘋果哦！

全班：5、10（小朋友不確定且猶疑地唸出）。

老師：啊！不是5的倍數，是10的倍數，我們不要這樣
　　　數，陳老師種的蘋果樹有10顆蘋果，李××種
　　　的蘋果樹也有10顆，你們種的都有10顆蘋果，
　　　那一棵樹有10顆蘋果，我們用10的倍數來數這
　　　10棵樹看有幾顆蘋果，好，用10的倍數來數。

全班：10、20、30、40……100。（此時老師一邊指黑
　　　版上畫的蘋果樹，全班則跟著一班邊唸）

老師：哇！多少顆蘋果？

全班：100。

老師：10棵樹有100顆蘋果，可不可以賣好多錢？

全班：可以。

老師：哦！我們的蘋果又香又甜又脆又好吃，可以賣
　　　好多錢，好，等一下陳老師發作業給你們，你
　　　看，小白兔要摘蘋果了。

老師：小白兔摘蘋果，你們可以賣蘋果。

全班：賣蘋果、賣蘋果。（全班聲音此起彼落）

老師：現在我發作業，好，講話的人我不客氣請他用蹲的哦！

老師：請你用眼睛看，我要請你站起來囉！李××，不會說什麼？禮貌都不見啦！（意指接過老師發的作業，幼兒未說謝謝）

老師：好，小手擺背上，背上在哪裡？

老師：好，「請你跟我這樣做」。（第一遍）

全班：我會跟你這樣做。

（維持秩序，花了很長的一段時間，重覆以上二句話。）

老師：好，小手擺腿上，沒有聲音，打開蘋果樹了沒？（指作業本）

全班：打開了。

老師：好，請你先數數看有幾棵蘋果樹？

某生：10棵蘋果樹。

老師：有10棵蘋果樹，對不對？一棵蘋果樹有10顆蘋果，是不是？10、20、30、40、……100。（老師指著蘋果樹唸）

某生：100。

老師：是不是有100顆蘋果？對！好！

老師：小朋友看黑板，小椅子轉過來。（老師用唱的）

全班：小椅子轉過來。（用唱的）

老師：看這邊，我發現一個小朋友好厲害哦！不是大姆哥的厲害，是小妞妞的厲害吧？好糟糕哦！他一棵蘋果樹是這樣1、2、3、4……10這樣數，好辛苦哦！老師不是告訴你，一棵蘋果樹裡一定有10顆蘋果嗎？

某生：對！

老師：那你們如果用10的倍數來數，老師叫你們用10的倍數來數，是不是就知道有幾顆蘋果了！是不是？黃××啊！還在1、2、3、4……10這樣子數。好，數你的課本，用10的倍數。

老師：江××啊！亂來亂來！好，沒關係，這帶過去，

　　　　這只是給你們一個概念而已。

（老師又進入作業本上的另一個主題）

　　對於以上兩段教學實例，讀者以爲如何？這樣的教學情境與筆者所倡之生活化、遊戲化、具體化、解題化、統整化，是否吻合？其所流露之教學目標與筆者所揭示之目標——激發幼兒對數學的興趣、促進幼兒對數學概念的理解、促進推理與解決問題之運用能力、培養完整幼兒，是否一致？相信諸位均可看出二者之間尚有一段距離。其實第一個教學實例與第二個教學實例十分類似，均爲老師在黑板上講述、示範，學生聆聽、背誦，接著作紙筆練習的教學型態，實與小學的數學課無異。吾人先以第一個情境爲例評析此種教學法。

　　第一個教學實例一開始的師生對話就顯示出教師主導的教學型態，其實幼兒的答案：蘋果、氣球、泡泡，充滿了想像力與創造力，而老師只接受既定的答案。最根本的問題所在是教師以抽象數學讓幼兒記憶背誦並書寫，缺少了具體操作的部份，對概念的理解似有困難。尤其是教師在黑板上畫的三排六個圓圈圈，排與排之間並無連貫關係（如果幼兒在第一排寫了7、8，接著在第2排寫9、10，就碰到13，該如何？）而且不時以變換的空間用語——前面、後面、上面、下面來代替數量序增或序減關係，容易讓幼兒混淆。如果教師讓幼兒實際數算小方塊並排出似樓梯狀的數量序增（減）關係，然後再以各種活動方式強化具體數量與抽象數字間的關係，最後才導入數字書寫的部份（參見第四章幼兒數與量教學中之數字認讀、書寫與運用部份），相信對於整體概念的理解較有助益。

　　其次，實例中的教師似乎比較重視正確答案的成果表現，對於過程或概念理解較不重視，例如教師說：「不會寫的看黑板」、「這二個字寫顛倒，擦掉重寫」。14、15

寫成41、51是此時期幼兒很正常的現象，但也可能是對概念不理解所致；無論是那一種情境均應針對錯誤設法予以補救與強化，而非只是擦掉重寫就好了。吾人以爲在教學過程中，眞正的理解比能產生正確答案還要重要。

有關第二個「十的倍數」教學實例，很顯然地，教師採用坊間教本，而教本內容似乎偏難。事實上若欲眞正理解倍數概念，必須經過具體計數實物階段，如：點數10張貼紙，置於一行，點數數回後成數行排列，然後再從1開始計數所有貼紙，教師「引導」幼兒發現每一行最後一張貼紙都是十，第一行十、第二行二十、第三行三十，如此類推，而教師可以配合故事情境或生活實例，將活動設計得生活化、遊戲化、解題化些。實例中的教師不重概念理解，祇求幼兒記憶背誦，這樣的學習對幼兒沒有意義、無法理解。實例中的幼兒1、2、3、4……10一個個地數是有道理的，這是他所能理解、對他有意義的方式，然而教師看不出問題所在，反而譏諷他，最後無視幼兒學習情形，匆匆進入另一主題，虛應故事一番。

爲什麼幼兒園多採分科教學？幼兒教師大多仰賴坊間教材？是師資培育方案未能發揮成效，致使幼兒教師缺乏課程與活動設計能力？抑是幼兒教師缺乏堅定信念，在家長、園方壓力下隨波逐流？爲什麼教學活動偏向講述、紙筆作業，缺乏具體經驗性活動？而教師角色趨於主導性？顯然幼稚園園方、幼兒教師、及師資培育機構三方面，均需多加省思。吾人以爲在面對世代交替之際，每一位幼教從業者，均應體認未來社會需要及潮流趨勢，並秉持培養能推理思考、具解決問題能力的完整幼兒教學目標，堅定信念，隨時省思。果若如此，相信我們的幼兒是有福的，我們的國家、我們的未來是有希望的。

第十章

結論與建議

　　本著作主要目的在整合與探討當代幼兒數學概念發展方面的研究，並依據幼兒數學概念發展之特性，申論在幼兒數學教育上之意涵，進而設計相關活動，提供幼兒教師理念指導及實務參考。茲將重要研究結論呈現於第一節，並於第二節提出當前幼兒數學教育之實質改進建議。

第一節　結論

　　本書經文獻探討結果，發現學前幼兒具有一些能力與概念理解，絕非皮亞傑所認定之「數學無能」，學前幼兒不是沒有邏輯、知識的小人兒（柯華威，民84），幼兒之能力表現於三方面：

㈠數學

　　學前幼兒具有一些數量的理解與能力，這些能力統稱之為非正式算術，包括多少、序列、同等、唱數、計數、及實用算術等；它是逐漸成長、日益精進的，尤以自創的實用算數（數全部的、往上繼續計數、上增、下減等加減法策略）為例，初始非常具體，而在小學初期，已發展至心裡運算的層次。

㈡幾何與空間

　　學前幼兒具有一些幾何與空間能力，拓樸幾何、歐氏幾何與投影幾何三概念已開始萌發並逐漸發展與統合；而在某些情境下（如：熟悉場所、增設路標），幼兒也會適度表現空間推理、理解空間關係。

㈢邏輯

　　學前幼兒具有一些邏輯思考能力，例如：分類、排序、因果思考等等，這些能力其實是從嬰兒期就漸進發展、日趨純熟的。

　　幼兒具有一些能力與概念理解，然而這些初生能力是

脆弱的、有限制的，有如蘇俄學者維高斯基（Vygotsky, 1978）所指「近測發展區」（The Zone of Proximal Development）中的能力一樣，是在成熟的過程之中，但尚未完全純熟。誠如維氏所言，教學應行於發展之前，而不能坐等發展（Vygotsky, 1978）；如何去強化、穩固與提昇這些能力，使其長足充份發展，應為數學教育之重要課題。而根據文獻分析，本研究亦發現幼兒數學概念的發展，例如「非正式算術」，具有自發自導性、建構發明性、情境實用性、及直覺具體性等重要特質。針對上述幼兒的能力本質與幼兒數學概念發展的特性，吾人以為：幼兒數學教育首須提供一個豐富且刺激性的環境，讓幼兒可以探索建構，同時教師必須積極地與幼兒互動，適度地引導幼兒，促其概念與能力成熟發展，而非全然放任幼兒自行建構。換言之，教師必須在極端自我建構及傳統教學傳授間尋求新的平衡點，完全的自我建構與全然的灌輸填鴨均非所欲。這也就是布魯諾等人所揭示的「鷹架教學」（scaffolding instruction）之要義，教師為幼兒搭構學習的鷹架，強化教師在幼兒建構學習中的角色，使正在發展、成熟中之能力，達到最大發展。

基於文獻探討所歸納之數學概念發展特性，筆者進而提出幼兒數學教育各領域具體教學原則（策略）。詳言之，在數量領域之具體教學策略為：(1)與幼兒之生活經驗聯結；(2)以解題、推理為導向；(3)援引幼兒之直覺想法；(4)運用具體教具與實物；(5)鼓勵互動交流。在幾何空間領域之具體教學策略為：(1)與幼兒之生活經驗相聯結；(2)提供大量動手做與移動軀體之經驗性活動；(3)提供幼兒接觸多種變化圖形的機會；(4)鼓勵觀察、預測、思考、描述等探索性行為。在邏輯思考方面之具體教學策略為：(1)與幼兒之生活經驗聯結；(2)運用具體教具與實物；(3)鼓勵推理及不同的思考模式；(4)促進互動交流。以上這些教學策略與筆者為因應未來世紀之潮流趨勢及社會所需，所提出之具體教學方法——生活化、遊戲化、解題化、多樣化、統

整化、具體化，實不謀而合；足見無論是就潮流趨勢所需，或是就幼兒數學概念發展特性而言，生活化、遊戲化、解題化、多樣化、具體化、統整化，皆爲適切之幼兒數學教學方法。

除提供具體教學理念與策略外，本書亦綜合相關文獻，設計數量、幾何空間、邏輯思考等三大領域共三十六個活動示例，並提供統整性課程設計方式，期對幼兒教師之教學理念與實務，有所裨益。最後，筆者亦探討當前幼兒園數學教育之現況與問題，盼能喚起各層次幼教從業人員對幼兒數學教育之省思，以導正不合宜之教學實務。

第二節　建議

省思當前我國幼兒園之數學教育，未能符合幼兒數學概念發展特性，亦未能符合未來趨勢與社會所需，實頗令人擔憂。展望未來之幼兒數學教育，若欲落實生活化、遊戲化、解題化、具體化、多樣化、統整化，筆者提出改進建議如下，以供教育有關當局與師資培育機構之參考：

一、強化幼兒數學教材教法之理念與實務及其聯結工作

理念與實務均十分重要，身爲教師者不僅要知悉如何教，而且也要知悉爲何如此教？理念是實務之指導原則，有強固之理念，則實務方向必去之不遠；實務經驗亦相當重要，直接影響教學成效。師資培育者應從幼兒數學概念發展特性，以及未來潮流所需二方面，來強化職前教師之理念。同時，在幼兒數學教材教法中，應多提供「以主題統整各領域活動」的課程設計機會與練習，落實統整性課程設計經驗，使其不會輕易失落在幼兒園分科教學、似是而非的迷霧中。此外，亦要加強職前教師理念與實務間的聯結工作，當設計活動或課程時，師資培育者要促其省思

活動或課程背後之設計理念是什麼？或者是討論某種理念有哪些不同的作法或活動設計？讓職前教師在理念與實務間馳騁流轉，促進理論與實務之聯結工作。這一點非常重要，因為當在幼兒園工作，面對家長、園長的壓力時，理念與實務能聯結者，就能自信有餘，侃侃而談為何其採用某種教學方法或教學內容之理由，而且也能設計符合幼兒與潮流所需之教學活動。

二、促進幼兒數學教育學者與其他層次數學教育者之交流合作

　　幼兒教育非常強調全人教育、完整幼兒以及統整性課程，而幼兒教育師資培育者，必須通識幼兒發展的各個領域，如社會、情緒、認知體能、創造力等，且要十八般武藝均兼，有理論素養，亦有實務技巧，難免無法非常專精於某領域（純屬筆者個人所）。而且目前國內幼教界，專研幼兒數學教育的學者實屬不多，極有必要與其他層次數學教育學者，尤其是小學數學教育學者，互動交流、攜手合作。小學數學教育學者則也許不諳幼兒教育本質，幼兒數學教育學者則也許對數學教育並非極為專精，兩方面水乳交融，正可截長補短。合作交流的項目，除了有關數學各領域研究的整合探討外，更重要的是共同開發適合幼兒之教材教法。目前坊間幼兒數學教材充斥，甚而企業化經營，有全套的行銷、研習計畫，幼兒教師多依賴這些良莠不齊的坊間幼兒教材；而反觀學者著作之幼兒數學教材教法卻極為匱乏，學院派學者豈能坐而無視之？

三、加強坊間數學教材之評估研究

　　在目前幼兒數學教材教法極為匱乏，且坊間幼兒數學教材教法充斥，並為多數教師所依賴的情形下，筆者以為，當務之急乃在師資培育機構及教育有關當局，應全面清查並評估坊間數學教材，有如學術刊物獎般，公佈于茲參考之優良教材，或有如消費者基金會，公佈不符評估標準之

教材，以去蕪存菁也。新竹師院（民82）曾對坊間數學教材加以評析，但數量有限，且已時隔三年，近年來大規模企業經營的教材陸續上市，有完善的行銷與研習網，許多幼稚園趨之若鶩，參與教師研習計畫，因此，實有待專業評估。若師資培育機構能掌握坊間教材評估結果，提供幼兒教師選擇教材之資訊，則必能裨益與改善幼兒園之數學教學實務。

四、加強親職教育與提昇園方專業素養

家長對幼兒教育認識不清，導致園方迎合其錯誤觀念，致使幼兒教師之教學行為有所偏差，如何針對家長，予以再教育與理念的宣導，是刻不容緩之務。建議可舉辦類似「幼兒年」活動，透過一系列精心策劃的全園性或社區性活動，或利用電視媒體，大肆宣導「全人發展」幼教理念，以及傳揚「最終贏得什麼？」比「不要輸在起跑點」更為重要。而期望於未來獲勝，就必須具有推理、思考、解決問題能力，與快樂、自信、身心健全的個體，而非被動、依賴、柔弱的書呆子，尤其是在即將邁入未來世紀之劇烈變動、高度競爭社會之際，更必須具有前項能力與條件。

又在目前，任何人皆可創園成為幼兒園負責人，因而許多負責人缺乏幼教專業背景與素養，形成經營上的偏差，甚而錯以為是，主導專業園長和幼兒教師。建議之道是由有關當局強行規定負責人必須定期參與各種有關幼教知能之研習活動，以提昇其專業知能。

參考文獻

中文部份：

王文科譯（民81）。兒童的認知發展導論。台北：文景出版社。

土素芸（民77）。學前兒童空間概念之研究。文化大學碩士論文。

竹師幼教系（民82）。我國坊間學前數學教材之評析研究。教育部中教司研究計劃報告。

林碧珍（民82）。兒童「相似性」概念發展之研究──長方形。新竹師範學院學報第六期。

林清山譯（民83）。教育心理學：認知取向。台北：遠流出版公司。

吳貞祥（民79）。幼兒的量與空間概念的發展。國教月刊，37(1,2),頁1－10。

李丹編（民81）。兒童發展。台北：五南圖書出版公司。

李駱遜、翁麗芳（民77）。我國幼稚園課程現況之調查分析。台灣省國教研習會編印。

周淑惠（民82）。幼兒數概念發展及其教學原則。載於教育部研習資料。台北：教育部。

周淑惠（民85）。幼兒教師之教學信念與行為研究。國科會補助計畫編號：NSC84-2411-H134-005。

周淑惠（民87）。兒童數學之「教」與「學」：我國幼稚園教學教育問題探討。發表於生活、數學、遊戲研討會，國立台北師範學院。

周燕珊（民79）。幼兒數學活動。國教月刊，37(1,2),頁11－15。

岡田正章（民81）。幼稚園自然事象、數量形教學設計。台北：武陵出版社。

信誼基金會學前兒童教育研究發展中心（民75）。台北市

幼稚園、托兒所現況訪問調查之分析報告。

屏東師範學院（民79）。我國幼稚園教材使用分析與評估。教育部專案研究報告。

柯華葳（民84）。學前的孩子不是沒有邏輯、知識的小人兒。新幼教，5，頁21－23。

孫佳曆、華意蓉譯（民76）。兒童心理學。台北：五洲出版社。

教育部（民76）。幼稚園課程標準。台北：正中書局。

黃頭生譯（民69）。幼兒算術。台北：大眾書局。

陳小芬譯（民83）。幼兒發展與輔導。台北：五南圖書出版公司。

陳李綢（民81）。認知發展與輔導。台北：心理出版社。

陸有銓、華意蓉譯（民78）。兒童的早期邏輯發展。台北：五洲出版社。

張平東（民82）。國小數學教材教法新論。台北：五南圖書出版公司。

張麗芬（民77）。兒童空間認知能力發展之研究。政治大學碩士論文。

程小危（民81）。學前到學齡階段認知發展歷程。載於蘇建文等著，發展心理學。台北：心理出版社。

新竹師範學院（民82）。我國坊間學前數學教材之評析研究。教育部專案研究報告。

盧美貴、莊貞銀（民79）。幼兒常識教材教法研究。台北：五南圖書出版公司。

簡明忠（民76）。我國學前教育現況及問題之調查與分析。高雄：復文。

簡楚瑛等（民84）。當前幼兒教育問題與因應之道。教育改革諮詢委員會研究報告。

蘇建文。兒童概念的形成。心理與教育第一期，頁85－96。

盧素碧（民82）。幼兒的發展與輔導。台北：文景書局。

英文部份：

Acredolo, L.P. (1977). Developmental changes in the ability to coordinate perspectives of large-scale space. Developmental Psychology, 13(1), 1−8.

Acredolo, L.P. (1978). The development of spatial orientation in infancy. Developmental Psychology, 14, 224−234.

Acredolo, L.P. & Evans, D. (1980). Developmental changes in the effects of landmarks on infant's spatial behavior. Developmental Psychology, 16, 312−318.

Acredolo, L.P., Pick, H.L. & Olsen, M.G. (1975). Environmental differentiation and familiarity as determinants of children's memory for spatial location. Developmental Psychology, 11(4), 495−501.

Antell, S.E. & Keating, D.P. (1983). Perception of numerical invariance in neonates. Child Development, 54, 695−701.

Baroody, A.J. (1985). Mastery of basic number combinations: internalization of relationships or facts? Journal for Research in Mathematics Education, 16(2), 83−98.

Baroody, A.J. (1987). Children's mathematical thinking: a developmental framework for preschool, primary, and special education teachers. New York: Teachers College.

Baroody, A.J. (1992). The Development of preschoolers' counting skill and principles. In J. Bideaud, C. Meljac, & J.P. Fischer (Eds.), Pathways to number: children's developing numerical abilities. Hillsdale, N.J.: Lawrence Erlbaum.

Baroody, A.J., & Ginsburg, H. G. (1986). The relationship between initial meaningful and mechanical knowledge of arithmetic. In J. Hiebert (Ed.), Conceptual and procedural knowledge: the case of mathe-matics. Hillsdale, N.J.: Lawrence Erlbaum.

Baroody, A.J. & Ginsburg, H.P. (1982). Generating number combinations: rote process or problem solving? Problem Solving, 4(12), 3－4.

Baust, J.A. (1982). Teaching spatial relationships using language art and physical education. School Science and Mathematics, 82(7), 603－606.

Baust, J.A. (1981). Spatial relationships and young children. Arithmetic Teacher, 29(1), 13－14.

Baratta-Lorton, M. (1976). Mathematics their way. Menlo Park, C.A.: Addison-Wesley.

Baratta-Lorton, M. (1979). Workjobs II: Number activities for early child-hood. Menlo Park, C.A.: Addison－Wesley.

Baratta-Lorton, R. (1977). Mathematics: a way of thinking. Menlo Park, C.A.: Addison-Wesley.

Berk, L.E & Winsler, A. (1995). Scaffolding children's Learning: Vygotsky and early childhood education. Washington D.C: NAEYC

Berzansky, M. (1971). The role of familiarity in children's explorations of physical causality. Child Development, 42, 705－715.

Bishop, A.J. (1980). Spatial abilities and mathematics achievement-A review. Educational Studies in Mathematics, 11, 257—269.

Bluestein, N. & Acredolo, L.P. (1979). Developmental changes in map-reading skills, Child Development, 50, 691—697.

Brainerd, C.J. (1974). Inducing ordinal and cardinal representations of the first five natural numbers. Journal of Experimental Child Psychology, 18, 520—534.

BredeKamp, S. (Ed.), (1986). Developmentally appropriate practice. Washington, D.C.: National Association for the Education of Young Children.

Bruner, J.S. (1987). The transctional self. In J. S. Bruner & H. Haste (Eds.), Making sense: the child's construction of the word. New York: Routledge.

Bruner,J.S. & Haste, H.(Eds.), (1987). Making sense: the child's cons-truction of world. New York: Routledge.

Bruni, J.V. & Seidenstein, R.B. (1990). Geometric concepts and spatial sense. In J.N. Payne (Ed.), Mathematics for the young child. Reston, VA: The National Council of Teachers of Mathematics.

Burger, W. & Shaughnessy, J.M. (1986). Characterizing the Van Hiele levels of development in geometry. Journal for Research in Mathematics Education, 17, 31—48.

Burton, G.M. (1982). Patterning: powerful play. School Science and Mathe-matics, 82(1),

39－44.

Burton, G.M. (1985). Towards a good beginning: Teaching early childhood mathematics. Menlo Park, CA: Addison-Wesley.

Carpenter, T.P., Carey, D. & Kouba, V. (1990). A problem-solving approach to the operations. In J.N. Payne (Ed.), Mathematics for the young child. Reston, VA: The National Council of Teachers of Mathematics.

Carpenter, T.P. (1985). Learning to add and subtract: an exercise in problem solving. In E. A. Silver (Ed.), Teaching and learning mathematical problem solving: multiple research perspectives. Hillsdale, N.J.: Lawrence Erlbaum.

Carpenter, T.P. & Moser, J.M. (1982). The development of addition and subtraction problem-solving skills. In T.P. Carpenter, J.M. Moser, & T.A. Romberg (Eds.), Addition and subtraction: a cognitive perspective. Hillsdale, N.J.: Lawrence Erlbaum.

Carpenter, T.P., & Moser, J.M. (1984). The acquisition of addition and subtraction concepts in grades one through three. Journal for Research in Mathematics Education, 15, 179－202.

Case, R. (1986). Intellectual development: Birth to adulthood. New York: Academic Press.

Castaneda, A.M. (1987). Early mathematics education. in C. Seefeldt (ed.), The early childhood curriculm. New York: Teachers College.

Charlesworth, R. (1984). Kindergarten mathematics: step by step from concrete materials to paper and pencil. Paper presented at the Annual Conference of the National Association for the Education of Young Children, Los Angeles, CA. (ERIC Document Reproduction Service No. ED. 252433)

Charlesworth, R. & Radeloff, D. (1991). Experiences in math for young children. Albany, New York: Delmar.

Chou, S.H. (1990). Developing, learning and teaching primary grade arith-metic, unpublished article. MA: University of Massachusettes.

Clements, D.H. & Battista, M.T. (1992). Geometry and spatial reasoning.In D.A. Grouws (Ed.), Handbook of research on mathematics teaching and learning. New York: Macmillan.

Cobb, P. (1985). A reaction to three early number papers. Journal for Research in Mathematics Education. 16, 141－145.

Copeland, R.W. (1974). How children learn mathmatics: Teaching implications of Piaget's research, 2nd ed. New York: Macmillan.

Cohen, H.G. (1987). A longitudinal study of the development ot spatial conceptual ability. Journal of Genetic Psychology, March, 71－78.

Cooney, T.J. (1988). The issue of reform: What have we learned from yes-teryear? Mathematics Teacher, 81(5), 352－363.

Crowley, M.L. (1987). The Van Hiele model of the development of geometric thought. In M. M. Lindquist & A.P. Shulte (Ed.), Learning and teaching geometry, K-12 (1987 Yearbook of NCTM). Reston, VA: National Council of Teachers of Mathematics.

Davis, G. & Pepper, K. (1992). Mathematical problem solving by preschool children. Education Studies in Mathematics, 23(4), 397−415.

Del Grande, J. (1990). Spatial sense. Arithmetic Teacher, 37(6), 14−20.

Ditchburn, S.J. (1982). Patterning mathematical understanding in early childhood. Columbus, Ohio: ERIC Document Reproduction Service No. ED. 218008.

Dodwell, P.C. (1971). Children's perception and their understanding of geometrical ideas. In M.F. Rosskopf, L.P. Steffe & S. Taback (Eds.), Piagetian cognitive-development research and mathematical education. Reston, VA: The National Council of Teachers of Mathe-matics.

Doise & Mugny, C. (1984). The social development of the intellect. New York: Pergamon.

Dossey, J.A. (1992). The nature of mathematics: Its role and its influence. In D.A. Grouws (Ed.), Handbook of research on mathematics teaching and learning. New York: Macmillan.

Elkind, D. (1989). Miseducation: Preschoolers at risk. New York: Alfred A. Knopf.

Essa, E. (1992). Introduction to early childhood education. Albany, New York: Delmar.

Feldman, A. & Acredolo, L.P. (1979). The effect of active versus passive exploration on memory for spatial location in children. Child Development, 50, 698−704.

Fennema, E. (1972). Models and Mathematics. Arithmetic Teacher, 19(Dec.), 635−640.

Forman, G.E. & Kaden, M.(1987). Research on science education for young children. In C. Seefeldt (Ed.), The early childhood curriculum: A review of current research. New York: Teachers College Press.

Forman, G.E. & Sigel, I.E. (1979). Cognitive Development: A life-span view. Monterey, CA: Brooks Cole.

Forman, G.E. & Putfall, P.B. (1988). Constructivism in the computer age: a reconstructive epilogue. In G. Forman, & P.B. Putfall (Eds.), Constructivism in the computer age. Hillsdale, N.J.: Lawrence Erlbaum.

Fielker, D.S. (1979). Strategies for teaching Geometry to younger children. Educational Studies in Mathematics,(10), 85−133.

Fisher, N.D. (1978). Visual influences of figure orientation on concept formation in geometry. Dissertation Abstracts International, 38, 4639A.

Fleer, M. (1992). From Piaget to Vygotsky: moving into a new era of early childhood education. (ERIC Document Reproduction Service N0. ED. 360060)

Fleer,M. (1993). Science education in child care. Science Education, 77 (6), 561-573.

Fuson, K.C. (1988). Children's counting and concepts of number. New York: Springer-Verlag.

Fuson, K.C. (1992a). Research on whole number addition and subtraction. In D.A. Grouws (Ed.), Handbook of research on mathematics teaching and learning. New York: Macmillan.

Fuson, K.C. (1992b). Relationships between counting and cardinality from age 2 to age 8. In J. Bideaud, C. Meljac & J. Fischer (Ed.), Pathways to number: children's developing numerical abilities. Hillsdale, N.J.: Lawrence Erlbaum.

Fuson, K.C. & Briars, D.J. (1990). Using a base-ten Blocks learning teaching approach for first and second grade place value and multidigit addition and subtraction. Journal for Research in Mathematics Education, 21 (May), 180-206.

Fuson, K.C. & Hall, J.W. (1983). The acquisition of early number word meanings: A conceptual analysis and review. In H .P. Ginsburg (Ed.), The development of mathematical thinking. New York: Mcmillan.

Fuys, D., Geddes, D., & Tischler, R. (1988). The Van Hiele Model of thinking in geomety among adolescents. Journal for Research in Mathematics Education, Monograph, 3. Reston, VA: National Council of Teachers of Mathematies.

Gagne, R.M. (1974). Essentials of learning for instruction. Hillsdale, Illinois: The Dryden Press.

Geeslin, W.E. & Shar, A.O. (1979). Alternative model describing spatial references: Topological and geometric concepts. Journal of Research in Mathematics Education, 10, 57−68.

Gelman, R. (1979). Preschool thought. American Psychologist, 34(10), 900−905.

Gelman, R. (1969). Conservation acquisition: A problem of learning to attend to relevant attributes. Journal of Experimental Child Psychology, 7 (Apr.), 167−187.

Gelman, R. (1972). The nature and development of early number concepts. In H. Reese.(Ed.), Advances in child development and behavior (Vol.7). New York: Academic Press.

Gelman, R. & Baillargeon, R. (1983). A review of Piagetian concepts. In. P.H. Mussen (Ed.), Handbook of Child Psychology. New York: John Wiley & Son.

Gelman, R. & Meck, B. (1992). Early principles aidinitial but not later conceptions of number. In J. Bideaud, C. Meljac, & J.P. Fischer (Eds.), Pathways to number: Children's developing numerical abilities. Hillsdale, N.J · Lawrence Erlbaum.

Gelman, R., & Gallistel, C.R. (1978). The child's understanding of number. Cambridge, MA: Harvard University Press.

Gelman, R., & Meck, E. (1986). The notion of principle: the case of counting. In J. Hiebert

(Ed.), Conceptual and procedural knowl-
edge: the case of mathematics. Hillsdale,
NJ: Lawrence Erlbaum.

Gelman, R., & Meck, E. (1983). Preschoolers'count-
ing: principles before skill. Cognition, 13,
343－359.

Gelman, R., & Greeno, G. (1989). On the nature of
competence: principles for understanding
in a domain. In L.B. Resnick (Ed.), Know-
ing, learning and instruction: essays in
honor of Robert Glaser. Hillsdale, N.J.:
Lawrence Erlbaum.

Gelman, R., Meck, E., & Merkin, S. (1986). Young
children's numerical competence.
Cognitive Development, 1, 1－29.

Gelman, R., & Meck, E. (1992). Early principles aid
initial but not later conceptions of num-
ber. In J. Bideaud, C. Meljac & J. Fischer
(Eds.), Pathways to number. Hillsdale, N.
J.: Lawrence Erlbaum.

Gerhardt, L.A. (1973). Moving and knowing: The
young child orients himself in space. Engl-
ewood Cliffs, N.J.: Prentice Hall.

Greenberg, P. (1993). Ideas that work with young
children: how and why to teach all aspects
of preschool and kindergarten math natu-
rally, democratically, and effectively.
Young Children, 48(4), 75－84.

Greeno J.G., Riley, M. S. & Gelman, R. (1984).
Conceptual competence and children's
counting. Cognitive Psychology, 16, 94－
143.

Groen, G.J., & Parkman, J.M. (1972). A

chronometric analysis of simple addition. Psychological Review, 79(4), 329−343.

Groen, G.J. & Resnick, L.B. (1977). Can preschool children invent addition algorithms? Journal of Educational Psychology, 69, 645−652.

Gross, T.F. (1985). Cognitive development. Monterey, CA: Brooks Cole.

Gibb, E.G. & Castaneda, A.M. (1988). Experiences for young children. In J.N. Payne (Ed.), Mathematics learning in early childhood. Reston, VA: The National Council of Teachers of Mathematics.

Ginsburg, H.P. (1981). Piaget and education: the contributions and limits of genetic epistemology. In I.E. Sigel., D.M. Brodzinsky, & R.M. Golinkoff (Eds.), New Directions in Piagetian Theory and Practice. Hillsdale, NJ: Lawrence Erlbaum.

Ginsburg, H.P. (1977). Children's arithmetic: the learning process. New York: D. Van Nostrand.

Ginsburg, H.P. (1989). Children's arithmetic: how they learn it and how you teach it, 2nd ed. Austin, Tex.: Pro-Ed.

Ginsburg, H.P. & Opper, S. (1988). Piaget's theory of intellectual development. Englewood Cliffs, New Jersey: Prentice Hall.

Ginsburg, H.P. & T. Yamamoto. (1986). Understanding, motivation, and teaching: comment on Lampert's Knowing, Doing and Teaching Multi-plication. Cognition and Instruction, 3, 357−370.

Han, T. (1986). The effects on achievement and attitude of a standard geometry textbook and a textbook consistent with the Van Hiele theory. Dissertation Abstracts International, 47, 3690A.

Harlan, J. (1988). Science experiences for the early childhood years. Columbus, Ohio: Merrill.

Hart, R.A., & Moore, G.T. (1973). The development of spatial cognition: A review. In R. M. Down & D. Stea (Eds.). Image and environment: Cognitive mapping and spatial behavior. Chicago: Aldine.

Haste, H.(1987). Growing into rules. In J.S. Bruner & H. Haste(Eds.), Making sense: the child construction of world. New York: Routledge.

Heddens, J.W. & Speer, W.R. (1988). Today's mathematics. Chicago, IL: Science Research Associates.

Hiebert, J., & Lefevre. (1986). Conceptual and procedural knowledge in mathematics: an introductory analysis. In J. Hiebert (Ed.), Conceptual and proceural knowledge. Hillsdale, NJ: Lawrence Erlbaum.

Hiebert, J. & Lindquist, M.M. (1990). Developing mathematical knowledge in the young child. In J. Payne (Ed.), Mathematics for the young child. Reston, VA: National Council of Teachers of Mathematics.

Hiebert, J., Wearne, D. & Taber, S. (1991). Fourth graderal' gradual construction of decimal fractions during instruction using different physical representations. Elementary

School Journal, 91 (March), 321−341.

Hoffer, A.R. (1983). Van Hiele-based research. In R. Lesh & M. Landau (Eds.), Acquisition of mathematics concepts and processes. New York: Academic Press.

Hoffer, A.R. (1988). Geometry and visual thinking. In T.R. Post (Ed.), Teaching mathematics in grades K-8. Newton, MA: Allyn and Bacon.

Hughes, M. (1985). Children and Number: difficulties in learning mathe-matics.

Inhelder, B., Sinclair, H. & Bovet, M. (1974). Learning and the development of cognition. Cambridge, Mass.: Harvard University Press.

Kamii, C. (1985). Young children reinvent arithmetic: implications of piaget's theory. New York: Teachers College Press.

Kamii, C. (1989). Young children continue to reinvent arithmetic (2nd grade) : implications of Piaget's theory. New York: Teachers College Press.

Kamii, C. (1982). Number in preschool and kindergarten: educational impli-cations of Piaget's theory. Washington, D.C.: National Association for the Education of Young Children.

Kamii, C. (1986). Place value: an explanation of its difficulty and edu-cational implications for the primary grades. Journal of Research in Childhood Education, 1(2), 75−86.

Kamii, C. & DeVries, R. (1980). Group games in early education. Washington, DC: National

Association for the Education of Young Children.

Kapadia, R.(1974). A critical examination of Piaget-Inhelder's view on Topology. Educational Studies in Mathematics, 5, 419－424.

Kaye, P. (1991). Games for learning. New York: The Noonday Press.

Kerslake, D. (1979). Visual mathematics, Mathematics in School, 8(2), 34－35.

Kieren, T.E. (1971). Manipulative activity in mathematics learning. Journal for Research in Mathematics Education, 2 (May), 228－234.

Laurendeau, M. & Pinard, A. (1970). The development of the concept of space in the child. New York: International Universities Press.

Lave, J., Smith, S. & Butler, M.(1988). Problem as an everyday practice. In R.I. Charles & E. A. Silver (Eds.), The teaching and assessing of mathematical problem solving. Reston, VA: National Council of Teachers of Mathematics.

Lee, W. (1991). Children's learning geometric concepts: Logo as a learning environment. The Journal of National Chengchi University, 63, 373－400.

Lesh, R. (Ed.). (1978). Recent research concerning the development of spatial and geometric concepts. Columbus, OH: ERIC SMEAC Center for Science, Mathematics, and Environmental Education.

Leushina, A.M. (1991). Soviet Studies in Mathematics Education (Vol 4): The development of elementary mathematical concepts in preschool children. Reston, VA: National Council of Teachers of Mathemstics.

Libby, Y. & Herr, J. (1990). Designing creative materials for young children. Orlando, Florida: Harcourt Brace Jovanovich.

Liben, L.S., Moore, M.L. & Golbeck, S.L. (1982). Preschoolers' knowledge of their classroom environment: Evidence from small scale and life size spatial task. Child Development, 53, 1275—1284.

Liedtke, W.W. (1990). Measurement. In J.N. Payne (Ed.), Mathematics for the young child. Reston, VA: The National Council of Teachers of Mathematics.

Linn, M.C. & Petersen, A.C. (1985). Emergence and characterization of sex-differences in spatial ability: A meta-analysis. Child Development, 56, 1479—1498.

Lovell, K. (1959). A follow—up study of some aspects of the work of Piget and Inhelder on the child's conception of space. British Journal of Educational Psychology, 29, 104—117.

Lucas, T.C., & Uzgiris, I.C.(1977). Spatial factors in the development of the object concept. Developmental Psychology, 13, 492—500.

Madell, R. (1985). Children's natural processes. Arithmetic Teacher, 32, 20—22.

Martin, J.L. (1976a). An analysis of some of Piaget's topological tasks young child. Journal for

Research in Mathematics Education, 7,8－24.

Martin, J.L. (19076b). A test with selected topological properties of Piaget's hypothesis concerning the spatial representation of the young child. Journal for Research in Mathematics Education, 7, (1), 26－38.

Maxim, G.W. (1989). The very young (chap.19): Early Mathematical concepts and skills for the very young. Columbus, Ohio: Merill.

National Council of Teachers of Mathematics (1990). Curriculum and evalu-ation standard for school mathematics (3rd ed.). Reston, VA: National Council of Teachers of Mathematics.

National Council of Teachers of Mathematics (1991). Curriculum and evalu-ation standard for school mathematics; Addenda series, Kinder-garten Book. Reston, VA: National Council of Teachers of Mathematics.

Nelson, L.D. & Kirkpatrick, J. (1988). Problem solving. In J.A. Payne (Ed.), Mathematics learning in early childhood (7th ed.). Reston, VA: National Council of Teachers of Mathematics.

O'daffer, P.G. (1980). Geometry : What shape for a comprehensive, balanced curriculum? In M.M. Lindquist, (Ed.), Selected issues in Mathe-matics Education. Berkeley, CA: Mccutchan Publishing Corporation.

Ohio State Dept. of Education, (1988). Kindergarten mathematics. Columbus, Ohio: ERIC

Document Reproduction Service No. ED. 309969.

Page, E.I. (1959). Haptic perception: A consideration of one of the inves-tigations of Piaget and Inhelder. Educational Review, 11, 115－124.

Pascual-Leone, J. (1980). Constructive problems for constructive theories: the current relevance of Piaget's work and acritique of information-processing simulation psychology. In R.H. Kluwe & H. Spada (Ed.), Developmental models of thinking. New York: Academic Press

Payne, J.N. (1990). New direction in mathematics education. In J.N. Payne (Ed.), Mathematics for the young child. Reston, VA: National Council of Teachers of Mathematics.

Payne, J.N. & Rathmell, E.C. (1988). Number and numeration. In Payne, J.N. (Ed.), Mathematics learning in early childhood (7th ed.). Reston, VA: National Countil of Teachers of Mathematics.

Piaget, J. (1953). How children form mathematical concepts. Scientific American, 189(5), 74－79.

Piaget, J. (1973a). To understand is to invent: the future of education (G.and A. Roberts Trans.). New York: Grossman.

Piaget, J. (1973b). Comments on mathematical education. In A.G. Howson (Ed.), Developments in mathematical education: proceedings of the second international congress on mathematical education. London: Cambridge University Press.

Piaget, J. (1976). Piaget's theory. In B. Inhelder, & H. Chipman (Eds.), Piaget and his school: a reader in developmental psychology. New York: Springer-Verlag.

Piaget, J. & Inhelder, B.(1967). The Child's conception of space. London: Routledge & Kegan Paul.

Piaget, J., Inhelder, B., & Szeminska, A. (1960). The child's conception of geometry. London: Routledge and Kegan paul.

Piaget, J. & Szeminska, A. (1952). Child's conception of number (C. Gattegno and F. M. Hodgson, Trans.). New York: The Humanities Press. (Original work published 1941)

Post, T.R. (1980). The role of manipulative materials in the learning of mathematical concepts. In M.M. Lindquist.(Ed.), Selected issue in Mathematics Education. Berkeley, CA: Mccutchan.

Post, T.R. (1988). Some notes on the nature of mathematics learning. In T.R. Post (Ed.), Teaching mathematics in grade K-8. Newton, MA: Allyn and Bacon.

Prigge, G.R. (1978). The differential effects of the use of manipulative aids on the learning of geometric concepts by elementary school children. Journal for Research in Mathematics Education, 9, 361−367.

Resnick, L.B. (1983). A developmental theory of number understanding. In H.P. Ginsburg (Ed.), The development of mathematical thinking. New York: Academic Press.

Resnick, L.B. (1987). Constructing knowledge in school. In L. Liben (Ed.), Development & Learning: conflict or congruence. Hillsdale, N.J. : Lawrence Erlbaum.

Resnick, L.B. & Ford, W.W. (1981). The psychology of mathematics for instruction. Hillsdale, N.J.: Lawrence Erlbaum.

Resnick, L.B., & Klopfer, L.E. (1989). Toward the thinking curriculum: an overview. In L.B. Resnick, & L.E. Klopfer (Ed.), Toward the thinking curriculum: current cognitive research. 1989 Yearbook: the Association for Supervision and Curriculum Development.

Resnick, L.B. & Omanson, S.F. (1987). Learning to understand arithmetic. In R. Glaser (Ed.), Advances in instructional psychology(Vol. 3). Hillsdale, N.J.: Lawrence Erlbaum.

Robinson, G.E.(1988). Geometry. In J.N. Payne (Ed.), Mathematics learning in early childhood (7th ed.). Reston, VA: National Council of Teachers of Mathematics.

Robinson, G.E., Mahaffey, M.L. & Nelson, L.D. (1988). Measurement. In J.N. Payne(Ed.), Mathematics learning in early childhood (7th ed.). Reston, VA: National Council of Teachers of Mathematics.

Romberg, T.A. (1988). Changes in school mathematics: curricular changes, instructional changes, and indicators of changes. New Brunswick , N.J.: Eagleton Institute of Politics, the State University of New Jersey.(ERIC Document Reproduction Service No. ED 300278)

Rosser, R.A., Campbell, K.P. & Horan, P.F. (1986). The differential salience of spatial information features in the geometric reproductions of young children. The Journal of Genetic Psychology, 147(4), 447−455.

Rosser, R.A., Horan, P.F., Mattson, S.L. & Mazzeo, J. (1984). Comprehension of Euclidean space in young children: the early emergence of understanding and its limits. Genetic Psychology Monographs, 110, 21−41.

Rosser, R.A., Mazzeo, J. & Horan, P.F. (1984). Reconceptualizing perceptual development: the identification of some dimensions of spatial competence in young children. Contemporary Educational Psychology, 9, 125−145.

Rowan, T.E. (1990). The geometry standards in K−8 mathematics. Arithmetic Teacher, 37(6), 24−28.

Schoenfeld, A.H. (1988). Problem solving in context(s). In R.I. Charles & E.A. Silver (Eds.), The teaching and assessing of mathematical problem solving. Reston, VA: National Council of Teachers of Mathematics.

Schultz, K.A., Colarusso, R.P., & Strawderman, V.W. (1989). Mathematics for every young child. Columbus, Ohio: Bell & Howell.

Shaughnessy, J.M. & Burger, W.F. (1985). Spadework prior to deduction in geometry.

Mathematics Teacher, 78, 419−428.

Siegel, A.W. & White, S.H. (1975). The development of spatial represen-tations of large-scale environments. In H. Reese (Ed.), Advances in child development and behavior(Vol. 10). New York: Academic Press.

Siegel, A.W. & Schadler, M. (1977). The development of young children's spatial representations of their classroom. Child Development, 48, 388−394.

Siegel, I.E. (1972). Developmental theory and pre-school education: Issues, problems,and implication. In I. Gordon (Ed.), Early Childhood Education: The 71st Yearbook of the National Society for the Study of Education. Chicago: University of Chicago Press.

Sinclair, H. (1973). From preoperational to concrete thinking and parallel development of symbolization. In M. Schwebel & J. Raph (Ed.), Piaget in the classroom. New York: Basic Books.

Sinclair, H. & Kamii, C. (1970). Some implications of Piaget's theory for teaching young children. School Review, (Feb.), 169−183.

Skemp, R.P. (1989). Mathematics in the primary school. Worcestor: Billing & Sons.

Skemp, R.P. (1978). Relational understanding and instrumental under-standing. Arithmetic Teacher, 26(3), 9−15.

Smock, C.D. (1976). Piaget's thinking about the development of space concepts and geome-

try. In J.L. Martin (Ed.), <u>Space and Geom-</u>
<u>etry.</u> In J.L. Martin (Eds.), Space and
Geometry.

Sophian, C. (1992). Learning about numbers: Les-
sons for mathematics education from pre-
school number development. In J.
Bideaud., C. Meljac & J. Fischer (Ed.),
<u>Pathways to number: children's develop-</u>
<u>ing numerical abilities.</u> Hillsdale, N.J.:
Lawrence Erlbaum.

Sovchik, R. (1989). <u>Teaching mathematics to chil-</u>
<u>dren.</u> New York: Harper & Row.

Starkey, P., & Gelman, R. (1982). The development
of addition and sub-traction abilities prior
to formal schooling in arithmetic. In T.P.
Carpenter, J.M. Moser, & T.A. Romberg
(Eds.), <u>Addition and subtraction: a</u>
<u>cognitive perspective.</u> Hillsdale, N.J.:
Lawrence Erlbaum.

Stevenson, H.W., Lummis, M., Lee, S. & Stigler, J.
W. (1990). <u>Making the grade in Math-</u>
<u>ematics.</u> Reston, VA: National Council of
Teachers of Mathematics.

Stone, J. (1990). Hand-on Math: <u>Manipulative</u>
<u>Math for young children age 3-6.</u> Glenview,
IL: Good Year Books Inc. (ERIC Docu-
ment Repro-duction Service No. Ed.
309962)

Suydam, M.N. & Higgins, J.L. (1976). <u>Review and</u>
<u>synthesis of studies of activity-based</u>
<u>approaches to mathematics teaching.</u> Final
Report, NIE Contract No.400-75-0063 (Also
available from Cobumbus, Ohio: ERIC,

1977).

Suydam, M.N. & Weaver, J.F. (1988). Research on mathematics learning. In J.N. Payne (Ed.), Mathematics learning in early childhood. Reston. VA: The National Council of Teachers of Mathematics.

Thompson, P.W. & Lambdin, D. (1994). Concrete materials and teaching for mathematical understanding. Arithmetic Teacher, 41(9), 556−558.

Thornton, C.A. (1990). Strategies for the basic facts. In J .N. Payne (Ed.), Mathematics for the young child. Reston, VA: The National Council of Teachers of Mathematics.

Van De Walle, J.A. (1990). Elementary school mathematics: teaching developmentally. White Plains, N.Y.: Longman.

Van De Walle, J.A. (1990). Concepts of number. In J.N. Payne (Ed.), Mathe-matics for the young child. Reston, VA: The National Council of Teachers of Mathematics.

Vurpillot, E. (1976). The visual world of the child. London: George Allen & Unwin.

Vygotsky, L.S.(1978). Mind in society: the development of higher psy-chological process. Camdridge, MA: Harward University Press.

Wearne, D. & Hiebert, J. (1988). A cognitive approach to meaningful mathe-matics instruction: testing a local theory using decimal numbers. Journal for Research in Mathematics Education, 19, 371−384.

Welchman-Tischler, R. (1992). How to use chil-
 dren's literature to teach mathematics.
 Reston, VA: National Council of Teachers
 of Mathe-matics.

Wertsch, J.V. (1985). Vygotsky and the social for-
 mation of mind. Cambridge, MA: Harwar-
 d University press.

Womack, D. (1988). Developing mathematical and
 scientific thinking in young children.
 Chatham Kent: Mackays of Chatham.

Wood, D.J. (1989). Scoial interaction as tutoring.
 In. M.H. Bornstein & J.S. Bruner (Eds.),
 Interaction in human development. Hills-
 dale, N.J.: Erlbaum.

Wood, D.J. Bruner, J. & Ross, G.(1976). The role
 of tutoring in problem solving. Journal of
 Child Psychologyand Psychiatry, 17, 89 −
 100.

Worth, J. (1990). Developing problem-solving abil-
 ities and attitudes. In J.N. Payne (Ed.),
 Mathematics for the young child. Reston,
 VA: The National Council of Teachers of
 Mathematics.

Zvonkin, A. (1992). Mathematics for little ones.
 Journal of Mathematical Behavior, 11,
 207 − 219.

國家圖書館出版品預行編目資料

幼兒數學新論：教材教法／周淑惠著. --初版.
--臺北市：心理, 1999（民 88）
　　面；　　公分. --（幼兒教育系列；51018）
　　ISBN 978-957-702-331-5（平裝）

1.學前教育－教學法　　2.數學－教學法

523.23　　　　　　　　　　　　88010853

幼兒教育系列 51018

幼兒數學新論──教材教法（第二版）

作　　者：周淑惠

總 編 輯：林敬堯

發 行 人：洪有義

出 版 者：心理出版社股份有限公司

地　　址：新北市新店區光明街 288 號 7 樓

電　　話：(02) 29150566

傳　　真：(02) 29152928

郵撥帳號：19293172　心理出版社股份有限公司

網　　址：http://www.psy.com.tw

電子信箱：psychoco@ms15.hinet.net

印 刷 者：肯定實業股份有限公司

初版一刷：1995 年 3 月

二版一刷：1999 年 8 月

二版十六刷：2020 年 12 月

Ｉ Ｓ Ｂ Ｎ：978-957-702-331-5

定　　價：新台幣 350 元